Sarah Bouchard

Clandestin

Parfum d'encre

101, rue Henry-Bessemer
Bois-des-Filion (Québec)
J6Z 4S9

Catalogage avant publication de Bibliothèque et Archives nationales
du Québec et Bibliothèque et Archives Canada

Bouchard, Sarah, 1976-

    Clandestin
    Suite de : Attraction.

    ISBN 978-2-923708-50-8 (v. 2)

    I. Titre.

PS8603.O924C52 2011   C843'.6   C2011-942267-0
PS9603.O924C52 2011

Couverture : Katheryne Boileau
Révision : Laurence Jourde et Chantal Bergeron
Mise en page : Émilie Beauchamp

Imprimé au Canada

*À tous les anges
qui font partie de ma vie.*

Sarah

Remerciements

Sincères remerciements à toutes les personnes qui ont travaillé de près ou de loin à la réalisation de cet ouvrage et des précédents. Chaque nouveau livre est une immense victoire que je vous dois. Chantal, Marie, Marie-Josée et Marylène j'ai une pensée toute particulière pour chacune d'entre vous.

Merci à mes éternelles premières lectrices qui ont le courage de me dire quelles sont les choses à améliorer. Maman, Pierrette, Sonia, Julie, Christelle, vous remettre mes manuscrits est à chaque fois une épreuve car votre opinion et vos commentaires ont beaucoup de valeur pour moi. Merci pour votre honnêteté et vos encouragements répétés.

Merci à tous mes autres lecteurs; votre enthousiasme exprimé à chacune de nos rencontres, m'a porté à bout de bras lorsque j'avais envie de baisser les miens.

Sarah

« L'être que je serai après la mort n'a pas plus de raisons de se souvenir de l'homme que je suis depuis ma naissance que ce dernier ne se souvient de ce que j'ai été avant elle. »

Marcel Proust
Sodome et Gomorrhe

Prologue
« Annabelle »

Je n'étais pas prête à vivre cela. Personne ne l'est à moins d'y avoir été préparé, ce qui n'était pas mon cas. Même si je connaissais ce phénomène, cette intrusion dans mon corps et mon esprit fut désagréable. J'aurais pourtant dû me douter qu'il utiliserait un procédé de ce genre sans me prévenir. Son intervention de la veille le démontrait clairement et je ne savais pas comment réagir.

Cette nuit-là, un étrange engourdissement au niveau de ma main droite me réveilla. Le temps d'ouvrir les yeux, l'engourdissement avait gagné la totalité de mon bras. Légèrement paniquée, je me redressai sur un coude alors que de forts frémissements agitaient ma main.

Guidée par une force invisible, je me levai et sans réfléchir, munie d'une pile de feuilles blanches et d'un stylo, je me dirigeai vers la cuisine pour m'installer à la table, l'esprit alerte.

Sans volonté de ma part, ma main se mit à se déplacer, me désarçonnant par sa rapidité et la brusquerie du geste. Tâchant de me détendre, je laissai ma main dévoiler ce qu'on attendait de moi.

J'essayais de maîtriser mon stress. À la vitesse stupéfiante à laquelle le stylo se déplaçait sur le papier, il était évident que le temps manquait. Je supervisai donc le plus sereinement possible l'étrange phénomène dont j'étais témoin.

L'énergie dépensée devait être considérable car les premiers signes d'une crampe se manifestèrent au niveau de mon avant-bras. La sueur coulait le long de mes tempes et entre mes seins. J'éprouvais de plus en plus de difficulté à contrôler ma respiration.

Près d'une heure plus tard, le mouvement de ma main se calma; me rendant le plein contrôle de mon bras. Un coup d'œil jeté à ce qui noircissait les pages me permis d'apercevoir une vingtaine de feuilles éparses sur la table, bariolées d'une écriture serrée, qui ne correspondait absolument pas à la mienne. Mon esprit frémit en lisant le message inscrit, mon regard s'écorchant contre le nom qui figurait à la fin du texte. Ma respiration se bloqua alors que mon cœur manquait un battement. Que faire de tout cela?

Mon corps vidé de son énergie avait besoin de se reposer; dormir était la seule activité envisageable. Malgré les sentiments qui m'agitaient, je sombrai rapidement dans le sommeil. Cependant, quelques mots refusèrent de me laisser en paix, tourbillonnant au milieu de mes rêves, se gravant dans ma mémoire : *Il revenait...*

Partie 1
« Marylou »

Chapitre 1
« Présence »

Voilà. C'était enfin terminé. Ma vie d'avant jonchait le sol de la cuisine, répartie en une trentaine de boîtes, empaquetée, étiquetée. J'avais fait de la place, tout était prêt pour accueillir ma vie d'après. J'étais restée longuement assise, entourée de tout ce que j'étais, à trier les bons comme les mauvais souvenirs. Je ne regrettais rien, mais je me promettais de faire mieux désormais.

Il était près de minuit et mes colocataires dormaient depuis plus d'une heure. Elles m'avaient aidée à ranger mes affaires, avant de prendre congé en prétextant la fatigue pour, me semblait-il, éviter les adieux. Caroline, Anne et moi habitions ensemble depuis tant d'années! Mais ce déménagement était nécessaire car, plus que jamais, j'avais besoin de solitude et d'intimité. Je savais que Tristan m'approuvait; il me l'avait dit.

Tristan. Le seul fait d'évoquer son nom m'émoustillait. La caresse du t-shirt que je retirai suffit à faire pointer mes seins. Un regard dans le miroir et quelque chose au fond de mon ventre se mit à palpiter. Tous mes sens étaient affûtés par l'envie que j'avais de lui. Je pouvais tout me rappeler, tout imaginer. Il n'en fallait pas davantage pour me faire frémir.

Les vapeurs de l'eau chaude avaient créé une ambiance de spa dans la salle de bain. Je m'étirai longuement avant de plonger jusqu'au cou dans la baignoire. J'essayai de me détendre. Mais ce soir-là, mes sens aux aguets percevaient une présence, même si mes yeux n'en décelaient aucune. Même s'il m'avait juré qu'il ne m'espionnerait jamais dans ces moments-là, je sentais que Tristan était là. L'air n'avait pas la même densité lorsque mon espace était partagé par quelqu'un d'autre, mort ou vivant.

Sa présence était tellement envahissante que je ne pouvais en faire abstraction. Je le sentais près de moi, autour de moi, sur moi. Il m'enveloppait tout entière, me pénétrait jusqu'à l'âme. Son contact, habituellement frais et léger, me causait un profond malaise que je ne m'expliquais pas. Je me redressai, dissimulant ma poitrine avec un reste de mousse, convaincue d'être observée.

— Tristan? Je sais que tu es là. Je croyais que tu ne reluquais jamais les jeunes filles dans leur bain.

Un petit rire, plein du malaise qui m'habitait, s'échappa de mes lèvres. Je me rallongeai dans l'eau et tentai de me concentrer sur autre chose : les couleurs ondulantes des bulles de savon, la vapeur qui opacifiait le miroir, l'odeur de sa peau... Mon cœur s'affola et mon mal-être atteignit un nouveau sommet. C'était totalement stupide. Après tout, il m'avait vue nue plus d'une fois! Au contraire, j'aurais dû en tirer plaisir et saisir à deux mains cette nouvelle forme d'érotisme. Pourtant, mon corps jusqu'alors excité se braqua.

— Tristan? Si tu es là, je t'en prie, sors de cette salle de bain. J'ai besoin d'être seule.

Une pensée surgit alors, aussitôt mise en doute par ma conscience. Et si... Non. Impossible. Pourtant...

Je me redressai de nouveau, le souffle court, les yeux agrandis par mon désir de voir ce que l'invisible me cachait. Et si ce n'était pas Tristan?

Cette idée suffit à me faire paniquer. Je sortis du bain si rapidement qu'une vague gicla sur le carrelage, manquant me faire trébucher. Il me fallut à peine une fraction de seconde pour dissimuler mon corps d'une serviette. Je tremblais. Je dus même réfréner l'envie ridicule de me terrer dans un coin. Non. Ça ne pouvait pas être cela. C'était sûrement autre chose. Puis je sentis l'air s'alléger, comme s'il pouvait s'étendre, comme s'il y avait plus d'espace.

L'animal au fond de mon estomac cessa ses ruades et je me laissai glisser sur le sol plus froid qui m'offrit un peu de réconfort. Néanmoins, mes yeux s'entêtaient à scruter le moindre coin d'ombre. Rien. J'étais seule. Mon cœur s'apaisa et, la tête appuyée contre le mur, je me rappelai ce qu'il y avait de vrai et de précieux dans ma vie : Tristan.

Réconfortée par cette conviction, je me relevai et quittai la salle de bains. L'air plus frais de ma chambre était vivifiant. C'était bon, ça me faisait du bien. J'enfilai le seul t-shirt que j'avais de lui, et roulée en boule, éreintée par ma journée, je m'endormis avant même d'avoir songé à le rejoindre. Mais je pus quand même sentir la marque fraîche de sa présence : un baiser posé sur ma joue, et entendre contre mon oreille sa voix veloutée m'exprimer son amour. L'entendre? Je savais que c'était impossible, à moins d'être en état de projection astrale. Pourtant, ce soir-là, le corps tendu vers le sommeil, j'aurais pu jurer être bercée par sa voix.

Mes membres fatigués cédèrent, mais mon esprit résista. Au travers de mes rêves, je ne pus cesser de me demander : « Et si c'était quelqu'un d'autre? »

Chapitre 2
« Déménagement »

Un grognement étouffé m'incita à libérer le couloir permettant à Nataniel et mon frère Joël de faire pivoter la lourde table qu'ils tentaient de faire entrer dans le salon / salle à manger.

— Vous voyez que j'avais raison! Il fallait enlever la porte! les taquinai-je gentiment, en retenant un fou rire devant leurs visages rougis par l'effort.

— Bon sang, Mary, qu'est-ce qui t'a pris d'acheter un truc pareil? s'écria mon frère dont la musculature, luisante de transpiration, aurait fait pâlir d'envie n'importe quel homme.

L'imposante pièce de bois glissa enfin dans l'embrasure et les deux hommes la déposèrent avec soin. J'en profitai pour caresser du regard les murs blancs dont l'apparence immaculée contrastait avec la chaude couleur de ma très longue table. Je jubilais! Finies les irruptions inopinées dans ma chambre. Terminé le vacarme qui entravait la concentration nécessaire à mes séances de méditation quotidiennes. C'était ce dernier point qui avait motivé ma décision d'emménager seule. Bien sûr, si j'avais pu expliquer à mes colocataires la nature particulière de mes activités, sans doute se seraient-elles montrées plus respectueuses de mon intimité. Déménager, c'était le prix à payer pour garder Tristan dans ma vie.

Nataniel tira sur ma queue de cheval, le visage encore crispé par l'effort qu'il venait de fournir.

— Cette table est trop grande, Marylou. Tu ne reçois jamais personne!

— Faux, répliquai-je aussitôt. Ces derniers temps, vous me collez comme des sangsues.

— Ça ne fait toujours que deux idiots! s'insurgea-t-il.

Il se laissa glisser contre le mur et s'assit à même le sol. Le carrelage représentait une source de fraîcheur bénie en ce jour caniculaire. Puis, il se traîna jusqu'à la glacière et s'empara d'une bière qu'il avala d'un trait. Il scruta la pièce et la trentaine de boîtes éparpillées ici et là, d'un œil morne.

— Ça y est, on a fini? Tout y est?

— Oui, m'écriai-je euphorique. Je sens que je vais vraiment me plaire ici.

Je ressentis aussitôt un léger courant d'air s'enrouler autour de mon cou. Comme j'aurais aimé être en mesure d'avouer la vérité sur Tristan. Ils l'avaient tous les deux tellement aimé et avaient tant souffert de sa perte. Joël, grâce à son statut de prêtre, aurait sans doute compris mais je n'osais pas imaginer la réaction de Nel.

— C'est pas possible qu'il fasse aussi chaud! s'exclama-t-il. Chaque année, c'est pareil! Il faut qu'on se tape un trente-deux degrés le 1er juillet. À croire qu'on est obligé de suer comme des phoques parce qu'on déménage! Dis donc, Marylou, tu ne vas pas nous faire le coup l'année prochaine, hein?

Deux coups frappés à la porte annoncèrent mon premier visiteur. Comme je n'attendais personne, j'allai ouvrir, mi-curieuse, mi-excitée. Je me retrouvai face à une femme au visage rondouillet, de quelques années ma cadette, qui me tendit une imposante plante verte.

— Pour vous, dit-elle simplement. Bienvenue dans l'immeuble. C'est de la part de vos nouveaux voisins, moi y comprise.

— Oh, merci beaucoup!

Elle déposa le présent à mes pieds, tout sourire.

— C'est mieux qu'une porcelaine de Limoges!

— Pardon? m'enquis-je interdite.

En la voyant blêmir, je compris que ce n'était pas elle qui venait de faire cette remarque.

— Eh! Est-ce que ça va? lui demandai-je

Elle semblait soudain complètement déconnectée de notre conversation. Son regard, rivé légèrement au-dessus de mon épaule gauche, fixait le vide avec une telle intensité que je tournai la tête, certaine d'apercevoir une araignée descendant du plafond. Mais il n'y avait rien. Je savais Tristan à ma droite, je sentais sa présence le long de mon bras de ce côté-là. Mais rien sur la gauche. Je reportai donc mon attention sur ma visiteuse. Comme son état pétrifié perdurait, je fis claquer mes doigts devant ses yeux démesurément agrandis, ce qui la fit revenir à elle. Elle recula rapidement de plusieurs pas, jusqu'à se retrouver acculée au mur de la cage d'escalier.

— Est-ce que ça va? répétai-je, étonnée.

— Euh… oui… ça va, balbutia-t-elle d'une toute petite voix. Bienvenue, redit-elle avant de décamper à la vitesse grand V.

Le claquement d'une porte que l'on ferme avec fracas me fit sursauter et j'aurais juré percevoir un bruit de verrous tirés avec brusquerie. Incapable de donner un sens à ce qui venait de se passer, je refermai ma porte en haussant les épaules et plaçai la plante près d'une fenêtre. Joël, les yeux clos, ne bougeait plus, mais Nataniel avait suffisamment d'énergie pour continuer de se plaindre.

— Grand Dieu qu'il fait chaud!

Son commentaire me fit rire. Joël entrouvrit un œil. Cela suffit pour que Nel murmure des excuses qui m'arrachèrent un nouvel éclat de rire. Je tapotai gentiment son épaule.

— Pouah, tu es tout collant! Vous passerez tous les deux sous la douche avant le dîner, ordonnai-je, le regard sévère.

— Qu'est-ce que c'est? s'informa mon frère en indiquant la fougère d'un geste du menton.

— Je vous présente Agatha. Agatha est ma nouvelle plante verte. Elle vient de m'être offerte par… euh… une voisine au nom inconnu, en cadeau de bienvenue. Une voisine très étrange en fait… Bon, je vais commander de la pizza, si l'un d'entre vous a l'amabilité de me prêter son cellulaire! Je ne sais plus où j'ai posé le mien!

— Pas étonnant, commenta mon frère. J'ai rarement vu un tel bazar! Je te croyais plus ordonnée, Mary.

— Ne t'inquiète pas, Joe. Je m'y retrouverai.

Joël entreprit de faire le tour du propriétaire, moi sur ses talons.

— C'est petit, mais lumineux, approuva-t-il.

— Oui. Et près de l'université! Dix minutes à pied, tout au plus. Tu entends? questionnai-je ensuite, très attentive.

Il tendit l'oreille.

— Non, pas vraiment. Qu'est-ce que je devrais entendre?

— Rien, justement! m'enthousiasmai-je. C'est d'un calme! C'est mieux qu'un confessionnal!

— Marylou! me réprimanda-t-il, comme chaque fois que j'usais du vocabulaire de l'église pour me moquer.

— Désolée, m'excusai-je en me signant de la croix, ce qui me valut une nouvelle œillade réprobatrice.

La fenêtre à carreaux de ma chambre, par laquelle on pouvait voir les arbres matures de la cour, donnait sur un petit balcon où m'attendait une invitante table en osier. Ce serait l'endroit idéal pour lire en automne et prendre le café en été. Je m'y voyais déjà, enroulée dans une épaisse couverture, à contempler les arbres se dénuder de leurs feuilles. Je passai la main sur les murs de lambris crème et caressai du bout des doigts la surface rugueuse de la vieille cheminée en pierre. Elle donnait une touche esthétique à l'endroit et soulevait en moi de la nostalgie. Cette chambre m'en rappelait une autre, perchée au deuxième étage d'un chalet qui avait marqué à jamais mon existence. C'était là, que Tristan m'avait fait l'amour pour la première fois, et qu'il avait essayé de me tuer.

Mon cœur frémissait encore à ce souvenir. Sa peau n'effleurerait jamais plus la mienne. Ses lèvres ne se presseraient plus contre ma bouche et mon corps devrait souffrir de ce manque pour le restant de mes jours.

Comme si mon ange avait lu dans mes pensées, je sentis sa présence près de mon visage.

— Tu ne risques pas de t'ennuyer ici, toute seule? m'interrogea Joël.

— Pas du tout.

— Marylou, quand jugeras-tu qu'il est temps de refaire ta vie avec quelqu'un d'autre?

La sensation de fraîcheur qui ne m'avait pratiquement pas quittée de la journée cessa brusquement, et je devinai que Tristan devait s'être écarté de moi, sans doute très attentif à la conversation.

— Par quelqu'un d'autre, tu sous-entends un autre homme? répliquai-je, agacée.

— Ne prends pas la mouche, Mary. Je m'informe simplement. Il n'y a personne que tu envisagerais de côtoyer?

— Arrête ça tout de suite, Joe! Je te l'ai déjà dit, je ne suis pas prête!

Loin d'obéir à mon injonction, mon frère s'approcha et posa une main apaisante sur mon épaule.

— Mary, il va y avoir plus d'un an, maintenant…

— Et alors? Il y en aurait dix, vingt ou même trente que ça ne changerait rien. Je suis bien, seule! Avec toi et Nel, j'ai amplement ma dose de testostérone.

Ses doigts resserrèrent leur étreinte.

— Tu pensais autrement lorsque Tristan était encore vivant.

— Parce qu'il s'agissait de lui.

— Mary, s'il te plaît, tu dois tourner la page!

— Il a raison, Lou.

Je fronçai les sourcils. Je me retournai, m'attendant à découvrir Nataniel derrière moi, mais il n'y avait personne. Suspicieuse, je me mis à dévisager mon frère.

— Qu'est-ce que tu as dit? interrogeai-je.

— Que tu dois tourner la page!

Je secouai la tête, mon regard balayant l'espace qui nous entourait.

— Non, après cela. Qu'as-tu dit?

Il souleva les épaules, paumes levées vers le ciel.

— Je n'ai rien ajouté.

— Lou? Tu m'entends? Tu peux m'entendre?

Mon cœur s'affola. Mes yeux obliquèrent dans la direction d'où me provenait la voix de Tristan.

— Quoi? Qu'est-ce qu'il y a? s'inquiéta Joël, intrigué par mon étrange comportement.

— Je n'en suis pas certaine…, murmurai-je, tous mes sens à l'affût.

Je sentis un frisson glisser le long de ma gorge alors que j'entendais, distinctement cette fois-ci, tout contre mon oreille droite :

— Oui. Tu m'entends. Je ne sais pas comment, ni pourquoi, mais c'est bien le cas.

Je crus que j'allais défaillir. Tristan. Il me parlait alors que je n'étais pas endormie, ni même en état de méditation. La splendeur de cette découverte m'aveugla un moment et je dus m'asseoir sur le sol, le front appuyé contre mes genoux. Immédiatement, Joël fut près de moi, intimant à Nataniel d'apporter un verre d'eau.

— Mary? Mary! Est-ce que ça va?

— Oui… je vais bien. La chaleur sans doute. La journée a été longue…

— Et elle n'est pas terminée.

Le rire de mon ange résonna et mon cœur tressauta. Nataniel surgit avec une bière qu'il tendit à mon frère. Joël le regarda, outré.

— Je n'ai pas demandé une bière, j'ai demandé de la glace!

— Qu'est-ce que tu crois? Y a rien dans cette foutue baraque! Tu veux quelque chose de froid? C'est tout ce que j'ai trouvé! argumenta-t-il en agitant la bouteille.

Tout en maugréant, Joël s'en empara et la passa lentement sur mon front et le long de ma nuque. La température rafraîchissante du verre me revigora.

— C'est pas une table de dix places qu'il te fallait, Marylou, c'est un climatiseur! C'est un four, cet appart!

— J'aime la chaleur, balbutiai-je faiblement.

Je ne cessais de scruter tous les moindres recoins de la pièce.

— Ça va maintenant, les rassurai-je.

Joël m'aida à me relever.

— Tu en es certaine? Tu es aussi blanche qu'un cachet d'aspirine!

La remarque de Nel me fit grimacer alors que j'entendais le rire de Tristan carillonner.

— Wow, pensai-je, je ne rêve pas!

— Non, Lou, tu ne rêves pas.

Mes yeux se fermèrent et un doux sourire s'étira sur mes lèvres alors que Nel et Joël échangeaient des regards soucieux.

— Je pense qu'elle doit avoir faim, supposa mon frère.

— Ouais, et elle n'est pas la seule. Je vais commander la pizza. On s'est tellement fait suer à la monter, cette table, autant l'utiliser!

Les deux heures qui suivirent furent très éprouvantes. Mes deux déménageurs se goinfrèrent de pizza et de bières, discutant sport, voiture et un peu religion. Alors que de mon côté, j'étais plus que jamais assaillie par les indices de la présence de Tristan. Je le sentais frôlant ma bouche, marquant un baiser, encerclant ma gorge ou encore m'enveloppant tout entière, sans pour autant cesser de commenter ce que nous nous disions, Joël, Nataniel et moi. Et cette façon de prendre part à la conversation était très troublante. Attentive à toutes les paroles de Tristan, je dus paraître extraordinairement distraite aux yeux des deux autres.

— Tu ne regretteras pas tes colocataires? me demanda Nataniel en mordant à pleines dents dans sa quatrième part de pizza.

— Oh que non! murmura Tristan.

— J'ai une rude année scolaire qui m'attend, Nel. C'est la dernière avant l'obtention de mon diplôme et j'ai bien l'intention de travailler comme une acharnée, m'efforçai-je de répondre.

— Entre autres choses, bien sûr!

— Bien sûr, m'exclamai-je, rougissante, en réponse à la suggestion provocante de Tristan.

— Pardon? releva Joël.

— Euh, rien du tout. Je me parlais à moi-même. Ça m'arrive quelquefois.

— J'ai toujours trouvé que tu étais une fille bizarre, déclara Nel en rejetant sa pointe de pizza à moitié entamée dans l'une des boîtes en carton qui traînaient sur la table. Y a que toi pour parler toute seule, alors que tu pourrais converser avec nous.

— Ça fait partie de mon charme, non?

Aucun n'approuva. Nataniel conclut :

— Une table de dix places : au moins on a le choix de l'endroit où poser sa bière!

Chapitre 3
« Discussion »

Il était près de dix-neuf heures lorsque Nataniel avait déserté l'endroit exténué. Joël s'éternisait, et je le soupçonnais de vouloir s'assurer que j'allais bien et que mon comportement déroutant de l'après-midi n'était pas d'origine inquiétante. Tristan s'efforçait de rester silencieux pour ne pas me distraire, ce qui me permit de rester attentive à Joël. Les seuls mots qui lui échappèrent furent une réponse à l'une de mes affirmations :

— Je serai bien, ici, Joe.

— Nous serons bien, rectifia Tristan d'une voix convaincue.

Joël avait souri. Rassuré, il me laissa enfin seule. J'écoutai le bruit de ses pas décroître dans la cage d'escalier. Quand le silence revint, je chuchotai :

— Tristan?

— Je croyais qu'ils ne partiraient jamais! Quel geignard, ce Nel!

Je me laissai choir sur la causeuse.

— Seigneur, je ne dors pas, je ne médite pas et je t'entends. Qu'est-ce que ça veut dire?

— Aucune idée. Mais j'adore! Ça commençait à me peser de restreindre nos contacts à tes seuls états méditatifs! Je crois que tu deviens de plus en plus sensible à ma présence, ma belle.

— Ça n'a rien de nouveau. Tu sais que je l'ai toujours été.

Je tournai la tête, mon regard essayant de déterminer où se situait le sien.

— Lève un peu les yeux, Lou, murmura-t-il alors.

Je ne rencontrai que du vide mais une sensation très forte m'envahit. J'en cessai de respirer, mon pouls s'accéléra et ma bouche s'entrouvrit.

— Ne fais pas cela, gémit-il.

— Faire quoi?

— Entrouvrir les lèvres comme si tu espérais un baiser.

Ma bouche se referma, et une nouvelle sensation, désagréable celle-là, me tordit l'estomac. Je baissai les yeux, peu désireuse qu'il s'en aperçoive. Mais pouvait-on cacher quoi que ce soit à un ange? Je me remis sur pieds et me rendis à la salle de bain.

— Je vais inaugurer la douche, déclarai-je d'un ton qui se voulait léger. Et pas question de me reluquer, Tristan, l'avertis-je en fouillant dans l'une des boîtes à la recherche d'un drap de bain.

Une mèche de mes cheveux voleta alors que je sentais sur ma peau, derrière mon oreille, son souffle frais.

— J'ai promis de ne jamais le faire.

Un sourire sceptique glissa sur mes lèvres.

— Vraiment? Jamais?

— Jamais. Tu le sais.

J'aurais voulu le voir, fouiller l'intérieur de ses yeux et découvrir la raison de son mensonge. J'étais convaincue de ne pas avoir imaginé sa présence, la veille au soir.

— Tristan, hier, je n'étais pas seule. J'en jurerais. Tu es démasqué. Alors pourquoi mentir?

— Je ne mens pas, Lou. Je n'ai…

Il se tut, laissant planer le doute.

— Tristan?

— Vas-y. Je ne serai pas loin.

— Je t'entendrai, lui rappelai-je.

— Fais vite.

Son ton sec m'alerta. Cela lui ressemblait si peu!

La salle de bain, entièrement blanche, ne possédait pas de fenêtre. La baignoire, l'évier, le carrelage, tout était blanc. Je souris en songeant que Tristan appréciait sûrement ce décor épuré. Je fis couler l'eau chaude et l'air ne tarda pas à se gorger d'humidité qui m'enveloppa dans un cocon duveteux.

Je laissai tomber mes vêtements sur le sol et pénétrai sous la douche. D'un geste sec, je tirai le rideau devenu opaque par la buée. L'odeur de mon huile de bain acheva d'optimiser mon bien-être. J'émis un long soupir de contentement, un autre soupir, celui-là ne m'appartenant pas, y répondit. Je plaquai instantanément ma serviette sur ma poitrine, ramenant ma chevelure sur mon épaule droite.

— Je t'ai entendu! fis-je mine de m'offusquer.

Silence. Mais je ne fus pas dupe. Il était là. Comme la veille, l'air ambiant était différent.

Une fois mes ablutions terminées, je retournai dans ma chambre. Je m'appliquai à essorer vigoureusement ma chevelure, à me frictionner avec une crème qui embauma la pièce. Je massai mes épaules, mes bras, mes jambes. La paume de ma main parcourut les rondeurs de mon corps, s'attardant au bas de mon dos et à mes hanches.

— Comme si j'avais besoin de ça, l'entendis-je se plaindre.

Je suspendis mon geste, le cœur serré.

— Cette fois, tu t'es vraiment trahi! répliquai-je, mes pulsations cardiaques passant du simple au double.

Je fis mon lit et m'y étendit. Mais contrairement à mon habitude, la détente et la concentration nécessaires à la réussite de mes projections astrales me fuyaient. Rejoindre Tristan dans cet autre monde en marge du mien représentait ce soir-là un véritable défi.

Comme s'il avait deviné ce qui se passait, je l'entendis bougonner :

— Eh bien, qu'attends-tu pour me rejoindre?

Devant mon soupir excédé et mon air circonspect, il s'excusa.

— Pardon. Je crois comprendre. C'est très difficile pour moi aussi, Lou.

J'en doutais. Il n'était plus fait de chair et d'os. Comment pouvait-il ressentir cette pression au creux du ventre qui exacerbait la sensation de vide à combler, celle-là même que je ressentais depuis sa mort?

— Éloigne-toi, l'enjoignis-je d'une voix tendue. Sinon, je n'y arriverai pas.

Il obtempéra et je parvins enfin à me concentrer. Ma respiration devint lente et profonde et mon esprit se libéra de son enveloppe charnelle.

Avec le même plaisir que les fois précédentes, je sentis mon être se soulever. Je percevais toute la lourdeur du corps humain, qui contrastait avec la légèreté de l'âme. Flottant près de mon corps profondément endormi, je croisai le regard argenté de mon ange.

Je me rappelai le jour où Tristan avait découvert mes aptitudes particulières. Même si l'existence des voyages astraux est assez connue, admettre la véracité d'un pareil phénomène demande une grande ouverture d'esprit. Tristan n'avait pas fait exception à la règle. Le convaincre que je disais vrai avait été ardu.

Debout devant moi, l'air nonchalant, les jambes légèrement écartées et les bras croisés sur le torse, il me dévisageait avec une rare intensité.

— Tu en as mis du temps!

Je ne relevai pas la remarque, consciente que cela aurait mené à une discussion que je n'avais pas envie d'entreprendre. Je décidai donc de la jouer décontractée. Il était toujours aussi beau, cette apparence angélique l'avait métamorphosé.

— Alors, mon appartement, qu'en penses-tu?

— Hum… très joli. J'aime beaucoup la cheminée.

Même si mon esprit translucide n'avait pas changé je décelai sur mon corps alangui une légère rougeur.

— C'était difficile de ne pas faire le lien, expliqua-t-il en soulevant les épaules. Ce sont de très forts souvenirs pour moi aussi.

Il quitta le coin de la pièce pour s'approcher de mon corps physique étendu sur le lit. Son regard le caressa des pieds à la tête. Lorsque nous nous retrouvions ainsi, deux esprits face à face, nos émotions devenaient terriblement ostensibles. Savoir que je ne pouvais rien lui cacher m'était difficilement supportable. Ainsi, il était pleinement conscient de mon désir.

— Marylou, commença-t-il sur un ton qui m'alerta aussitôt.

— Je ne veux pas en parler, Tristan.

— Il le faudra pourtant. Un jour ou l'autre.

— Alors ce sera le plus tard possible.

Un petit rire cynique me heurta.

— Très bien, alors de quoi veux-tu parler? De la réaction étrange de ta nouvelle voisine?

Stupéfaite, je hochai la tête.

— Qu'y a-t-il à en dire?

— Beaucoup de choses, malheureusement.

Il balança son pied droit dans le vide comme s'il avait voulu frapper un objet imaginaire.

— Oui, reprit-il d'une voix tendue. Tu dois savoir certaines choses.

— Quel genre de choses?

Le fait que la brillance diminua autour de lui me répondit à sa place. Il était inquiet. Je me détournai, secouant la tête comme une enfant capricieuse.

— Je ne veux pas les connaître!

— Il le faut, pourtant.

Je le regardai.

— OK. Mais avant, dis-moi une chose. Est-ce que je peux d'une manière ou d'une autre influencer les faits?

— Non.

— Puis-je interférer sur les conséquences?

— Non. Je ne crois pas.

— Très bien. Dans ce cas, ça ne sert à rien que je sache. Le sujet est clos.

Il entrouvrit la bouche, désireux d'ajouter quelque chose. Il me considéra, cherchant quelle stratégie adopter.

— Très bien. Dans ce cas, revenons à notre premier sujet.

Il était tenace. Il n'avait pas changé.

— Lou, reprit-il d'une voix douce, tu ne pourras pas continuer à seulement effleurer ta vie. Joël a raison!

— Je me fous de ce que Joël pense. Tu es ma vie. Toi et personne d'autre.

Il secoua la tête, attristé. Ses yeux fuyaient les miens.

— Bon sang, regarde-toi! Tu ne peux pas rester indéfiniment seule sans avoir un homme dans ta vie!

— J'ai déjà ce qu'il me faut en la matière! m'objectai-je, comprenant que je ne pourrais éviter plus longtemps la discussion que j'appréhendais.

— Oui, je suis là. Tu as mon âme, mon cœur, mon amour. Tu as mes yeux pour te regarder, mon souffle pour te rappeler ma présence. Mais je te parle de lèvres pour t'embrasser, de mains pour te caresser, de bras pour t'enlacer et te soutenir dans les épreuves. Je parle de quelqu'un pour te protéger! Pour s'occuper de toi! Je ne peux pas…

— Stop! l'interrompis-je. Pas de ça, Tristan. Pas ce soir.

Il s'approcha de moi, me sondant.

— Quand alors? Demain? Après-demain? Dis-moi.

— Je ne sais pas, mais pas ce soir.

— Ton corps est fait pour l'amour d'un homme, Lou. Regarde dans quel état tu es! Je pourrais ressentir ton désir à des kilomètres à la ronde!

J'avais l'étrange impression qu'il m'en voulait.

— Et alors? Qu'est-ce que ça peut te faire?

Il pinça les lèvres, ses traits se durcirent.

— J'en souffre, moi aussi! lâcha-t-il. Je suis peut-être mort, mais pas amnésique! Chaque moment vécu avec toi fait partie de ce que je suis mais lorsque tu m'obliges, comme ce soir, à m'y replonger... Ah bon sang!

Ses yeux se fermèrent à demi alors que son visage exprimait clairement le combat qu'il menait de son côté. Il secoua lentement la tête.

— Je suis désolée, murmurai-je.

— De quoi? D'être vivante? D'être une femme incroyablement attirante et d'avoir des envies tout à fait légitimes?

— Non, de t'obliger à supporter cela.

— C'est encore pire, souffla-t-il en se détournant de moi, absorbé dans la contemplation des lattes du plancher.

— Il vaudrait mieux changer de sujet, suggérai-je, anxieuse à l'idée qu'il décide, sans que je puisse l'en empêcher, de mettre fin à nos rencontres.

Il ne répondit pas, immobile, le regard rivé au sol. J'étais incapable d'aller vers lui.

Jusqu'à présent, nous avions évité certains sujets susceptibles de nous rappeler l'étrangeté de notre situation. Or, pour la première fois ce soir-là, nous avions franchi la frontière qui sépare le rêve de la réalité. Et la réalité prenait des allures cauchemardesques.

— Je l'accepterais, tu sais? reprit-il au bout d'un long silence.

— Quoi donc?

— De ne plus te voir. De te laisser vivre ta vie normalement. J'accepterais que tu recommences avec un autre.

— Eh bien, moi pas! grondai-je, furieuse.

— Tu devrais quand même l'envisager, Lou.

— Non! Ni aujourd'hui, ni demain, ni après-demain. Arrête ton baratin! Tu ne supportes pas plus que moi l'idée que je me retrouve dans les bras d'un autre! J'en suis persuadée!

J'avais élevé le ton et je m'en voulus. Son être irradiait la colère. Il s'avança, me fusillant de ses yeux gris. Il s'arrêta à moins d'un mètre de moi, imposant, les poings fermés.

— C'est faux, affirma-t-il sans ciller. Je tiens à toi plus qu'à toute autre chose. Tu ignores ce que je serais prêt à faire!

— Vraiment? Tu es sincère lorsque tu prétends vouloir me laisser vivre ma vie et tout le tralala?

— Oui, assena-t-il d'une voix blanche.

— OK, répliquai-je, blessée. Très bien. J'y songerai. Merci de ta... sollicitude!

J'avais craché ces derniers mots avec tant de hargne qu'il sourcilla de surprise. Sans doute s'attendait-il à ce que je le supplie de ne pas m'abandonner. Ce en quoi il se trompait complètement. Je lui prouverais qu'il ne pouvait pas renoncer à moi, qu'il flancherait le premier et m'implorerait d'oublier ce qu'il venait de dire.

— Je suis fatiguée, marmonnai-je. J'ai besoin de dormir. Il vaut mieux s'arrêter là pour ce soir.

— Sans doute, oui.

— Bonne nuit, alors, grommelai-je.

Il ne répondit pas.

Nous ne nous étions encore jamais quittés sur une dispute. Chaque au revoir m'était insupportable. Ce soir-là, je n'eus aucun mal à réintégrer mon corps, profondément bouleversée par ses paroles.

Je passai les quatre heures suivantes à me retourner dans mon lit, pestant contre lui, que je savais tout près, même s'il se faisait particulièrement discret. Je sentis son étreinte beaucoup plus tard, alors que je laissai couler des larmes brûlantes. Sa voix troubla le silence :

— Je suis idiot. Pardonne-moi.

— Tu es un idiot. Je te pardonne.

Je le sentis tout contre moi. Mais incapable d'en rester là, je lui demandai d'une voix tremblante :

— Tu étais sincère?

La réponse tarda.

— Oui. Tu l'étais, répondis-je à sa place.

Un terrible sentiment d'angoisse, une peur brute, écrasa mon cœur. Moi qui le croyais à jamais mien, je compris que rien n'était joué... ou au contraire que tout l'était déjà. La dernière chose que j'entendis avant de sombrer dans un sommeil agité, fut cette phrase qu'il prononça d'un ton déterminé :

— Je te l'ai dit, tu n'as aucune idée de ce que je serais prêt à faire...

Chapitre 4
« Leçon »

Le matin de la rentrée universitaire, je me réveillai, euphorique. Je m'empressai d'avaler mon petit déjeuner et de préparer tout ce dont j'aurais besoin pour la journée. À l'extérieur, la moiteur du temps libérait les odeurs de feuilles brûlées et de terre humide. À l'intérieur, les murs de ma cuisine étaient teintés d'une lumière violacée et le bruit de la pluie contre les carreaux accompagnait le glougloutement de ma cafetière. Un puissant arôme de noisettes et de vanille se répandit : un vrai délice!

— Il n'y a que toi pour être aussi enjouée un jour pareil, chuchota Tristan.

— Hum, tu n'as pas idée à quel point. C'est ma dernière rentrée, autant en profiter au maximum. Enfin de quoi m'occuper l'esprit!

Je me rapprochai de l'endroit d'où me provenait le son de sa voix.

— Je croyais que ma seule présence te donnait largement matière à réflexion! me nargua-t-il.

— Bien sûr! Mais je parlais de matières académiques.

— Ah!

Je m'emparai de mon sac et je dégringolai par trois les marches de l'escalier. À l'extérieur, la pluie s'abattit furieusement sur mon parapluie, emplissant mes oreilles d'une cacophonie rassurante.

— C'est décidé, ronchonnai-je en contemplant ma veste partiellement trempée. Je vais m'acheter une voiture!

Tristan s'esclaffa.

— Nel exagère, il aurait pu t'accompagner.

— Bof, tu sais comment il est!

— Oh oui! je sais. Il aurait quand même pu faire un effort!

— Peu importe. Dans quelques semaines, j'aurai ma propre voiture. Rouge, flamboyante avec vitres automatiques et climatisation pour les chaudes journées de déménagement.

Le rire de Tristan carillonna et mon sourire s'élargit.

— Tu m'as l'air d'une humeur particulièrement joyeuse, toi aussi, commentai-je en traversant la rue.

— Sois un peu plus discrète!

Je jetai un rapide coup d'œil autour de moi et m'empourprai en constatant qu'une bonne dizaine de personnes m'observaient, intriguées de me voir parler seule.

— Oups!

Nouveau rire angélique.

— Tu vas assister à tous mes cours? lui demandai-je quelques instants plus tard en pénétrant dans le pavillon Charles-De Koninck, où se donnait la quasi-totalité de mon programme académique.

— Tous, sans exception. En souvenir du bon vieux temps!

Le bon vieux temps; y repenser me causa un pincement au cœur et je ne pus retenir un profond soupir. Il était loin ce temps où nous nous rendions ensemble à notre cours de langues mortes, où il portait mon sac et me ramenait chez moi dans sa voiture. Le temps où nous faisions l'amour tous les soirs et pensions que nous avions toute la vie devant nous.

— Lou! me réprimanda-t-il alors qu'une bouffée d'excitation me faisait vibrer. Pas maintenant!

— Désolée, m'excusai-je en rougissant de plus belle.

Je trouvai facilement l'amphithéâtre où se tenait mon premier cours. Contrairement à mon habitude, j'arrivai parmi les dernières. Je préférais les sièges situés à l'avant mais manque de chance, ils étaient déjà tous occupés. Je me dirigeai donc vers l'arrière de la salle, agacée.

Une fois assise, je perçus aussitôt sa présence tout contre moi. J'imaginais ses longs doigts s'entremêler à mes cheveux, ses lèvres glisser le long de ma gorge… Pressentant le dessin de mes pensées, une froide pression suivit la même trajectoire.

Je dissimulai mon visage derrière une pile de feuilles.

— Pourrais-tu essayer de me faciliter les choses, s'il te plaît? marmonnai-je. J'aimerais autant que possible passer inaperçue.

— Dans ton cas, c'est peine perdue! reprit-il d'un ton plus grave.

Comme pour lui donner raison, mon voisin de droite, un grand blond dont le visage ne m'était pas inconnu se tourna vers moi. Il m'adressa un sourire étincelant et entreprit de me faire la conversation. Je retins un soupir d'insatisfaction et fis un effort pour afficher un air aimable.

— Bonjour. Marylou, n'est-ce pas?

Comme j'acquiesçais d'un signe de la tête, il reprit :

— Moi, c'est Alan. J'étais dans ton cours de langues mortes en première année.

— Oh! m'exclamai-je, mal à l'aise. Ça explique que tu me connaisses.

Je laissai échapper un petit rire nerveux, et sentis aussitôt une sensation de fraîcheur autour de mes mains. Il m'était toujours douloureux de parler de cette période de ma vie, en particulier avec des inconnus, et Tristan le savait.

— Oui, il était difficile de ne pas te remarquer, enfin, je veux dire de vous remarquer. Tu n'étais pas la seule à attirer l'attention.

Je relevai brusquement la tête, le toisai l'air mauvais, déjà prête à répliquer.

— Calme-toi, m'intima Tristan d'une voix douce. Ce n'est pas l'inquisition!

— Je ne voulais pas te vexer, reprit très vite Alan. Je suis heureux de pouvoir enfin te parler. Je l'aurais fait bien avant, si tu n'avais pas été aussi…

Je me raidis. Il s'en aperçut et laissa échapper un petit rire nerveux avant de terminer :

— Inaccessible.

Ne sachant comment interpréter sa remarque, je reculai un peu plus sur mon siège et sortis de mon sac tout mon attirail pour prendre des notes.

— Je suis désolé pour Tristan. Je sais que vous étiez ensemble.

Je suspendis mon geste et tournai à nouveau la tête dans sa direction. Je gardai le silence, donc son bavardage se poursuivit :

— Ça a dû être difficile…

— Ça l'est encore, le coupai-je froidement, désireuse de lui passer un message clair et précis.

— Ne fais pas ça, Lou, gronda Tristan.

Sans tenir compte de son avertissement, j'en rajoutai.

— C'est même pire qu'avant.

J'entendis le soupir réprobateur de mon ange et celui plein de compassion d'Alan.

— J'imagine, oui.

— Ça ne s'imagine pas, attaquai-je de nouveau.

— Pauvre gars, chuchota Tristan, tu vas le traumatiser, arrête tout de suite, il n'y est pour rien.

J'aurais bien voulu pouvoir lui intimer de se taire, mais déjà Alan reprenait courageusement :

— Tu te trompes. Je peux comprendre, j'ai perdu ma mère d'un cancer il y a quelques années.

— Oh! Je suis désolée, marmonnai-je, confuse.

Je devais avoir blêmi, car il me rassura aussitôt.

— Inutile d'être aussi mortifiée. Tu ne pouvais pas le savoir. De toute manière, ce n'est pas sur cette voie que je voulais poursuivre.

— Ah non? Quelle voie? m'enquis-je, déboussolée.

— Celle qui mène au restaurant, avec toi. Ou peut-être simplement au cinéma. Ou les deux…

Mon malaise augmenta. Curieusement, Tristan était soudainement devenu très silencieux. Même ses soupirs qui ces derniers temps rythmaient chacune de mes respirations, m'étaient imperceptibles. Ce pouvait-il qu'il soit parti? Avait-il souhaité me laisser un peu d'intimité pour me prouver son absurde théorie? Un sentiment de rage s'empara de moi. Un brouillard rouge voila mon regard, et ma respiration devint sifflante. Je devais m'isoler. Je me levai d'un bond et remis mes affaires dans mon sac. Alan s'empara aussitôt de mon poignet gauche pour me retenir. Ce contact inattendu me coupa le souffle. Choquée, je braquai mes yeux vers lui.

— Marylou, oublie ça. Je ne voulais pas te brusquer. C'était de la gentillesse, rien de plus.

Il paraissait sincèrement regretter son invitation. Hésitante, navrée de ma réaction exagérée, je me rassis lentement, acceptant ses excuses d'un geste de la tête tout en massant mon poignet pour effacer son contact de ma peau.

— Décidément, je ne sais vraiment pas m'y prendre, marmonna Alan en m'adressant un sourire dépité.

— Ça c'est vrai! approuva Tristan qui se fit entendre à nouveau.

Il me vint alors une idée. La proposition stupide qu'il m'avait faite quelques semaines plus tôt était encore trop présente à ma mémoire pour que je ne saisisse pas cette occasion. Même si mon instinct me dictait de n'en rien faire, je poursuivis la conversation, désireuse de tester la soi-disant sincérité de Tristan.

— Je suis désolée pour le décès de ta mère.

Je lui jetai un regard en coin.

— Ne t'en fais pas.

— J'ai la fâcheuse habitude de me croire la seule affligée sur cette terre, repris-je, plus détendue.

— Perdre sa mère et celui que l'on aime doit se vivre différemment, poursuivit-il maladroitement. Je veux dire, ça ne doit pas se gérer de la même façon.

Je sourcillai à ses propos.

— En effet.

— Le manque aussi, j'imagine.

Je me retournai complètement vers lui.

— Alan, c'est ça?

— Oui.

— C'est… d'accord pour le cinéma. À bien y penser, je crois que ça pourrait nous changer les idées.

La réaction de Tristan ne tarda pas. J'entendis un très long soupir. Mon cœur se serra et je faillis me rétracter. Alan fronça légèrement les sourcils, surpris d'obtenir si facilement mon accord, ses yeux cherchant à déchiffrer ce que les miens dissimulaient.

— Samedi soir? proposa-t-il prudemment.

— OK, samedi. Ça me va.

Je laissai un petit rire s'échapper :

— Ce n'est pas… je veux dire, c'est purement amical, OK? Que les choses soient bien claires…

— J'avais compris, Marylou, rétorqua Alan, amusé.

Ses yeux s'étaient soudain mis à briller comme si le voile de gêne qui les recouvrait venait de se déchirer. Je me pris à songer qu'il était plutôt mignon avec sa chevelure d'un blond vénitien et ses yeux bleu clair. Mon ventre réagit alors que je m'imaginais l'embrasser. Paradoxalement, mon sang se glaça dans mes veines. Je me raclai bruyamment la gorge, rougissante.

— Considérons cela comme une thérapie mutuelle, suggéra-t-il d'un ton léger. On verra bien où ça nous mènera.

Je tentai de me rassurer. Après tout, peut-être que j'y gagnerais un ami. Le professeur fit son entrée et les étudiants se turent. J'attendis que Tristan reprenne notre conversation, mais il demeurait douloureusement absent. Le silence devint oppressant. Mon souffle se bloqua et je me mis à trembler. Lorsque mon cours se termina, j'étais convaincue que ma stupide expérience l'avait définitivement éloigné de moi. Si je le croyais incapable de m'abandonner sans le moindre adieu, le vide immense qui m'entourait, la chaleur étouffante que je ressentais, me firent paniquer.

Une main plaquée contre ma gorge, mon sac trop lourd sur l'épaule, je courus le long des couloirs, qui menaient à l'extérieur. Le vent de septembre me fouetta le visage et des relents de bruine mouillèrent mes cheveux.

— Tristan, implorai-je à voix basse.

— Je suis là, entendis-je enfin.

J'étouffai un sanglot de soulagement contre le dos de ma main. Un long frisson me secoua.

— Tu vas attraper froid, Lou, retourne à l'intérieur immédiatement, me somma-t-il.

Il me fallut encore quelques secondes pour parvenir à me calmer et lui obéir.

— Je ne voulais pas…

— Chut! Tu n'as aucune raison de t'inquiéter. Nous en parlerons ce soir. Tout va bien.

Je pressentis qu'une autre conversation décisive m'attendait plus tard. Comme pour appuyer mon intuition, Tristan ne se manifesta que très peu, le reste de la journée.

S'il avait décidé de me quitter, comment le contrer? Je ne pourrais pas le poursuivre jusque chez lui, ni le harceler de coups de téléphone, ni encore polluer sa boite de courriels avec des messages intempestifs. Qu'il en décide ainsi et je serais obligée de continuer sans lui. Continuer sans lui; sauter en bas d'un immeuble de vingt étages ne serait pas plus désastreux.

Lorsque je le rejoignis quelques heures plus tard, son humeur avait changé. Son attitude était distante, son visage neutre. Seules ses prunelles miroitaient d'une manière inquiétante.

Une fois près de moi, il tendit une main vers ma joue et je fermai les yeux pour savourer la sensation énergisante qu'il me communiquait. Il poussa quelques soupirs profonds, incapable de prononcer le moindre mot. Je n'osais pas intervenir. Il finit par briser la glace :

— Il m'a l'air sympa.

— Qui ? interrogeai-je en rouvrant les yeux.

— Alan. Je trouve qu'il a l'air sympa. Pas l'un de ces idiots qui ne pensent qu'à…

— Stop ! Pas ça s'il te plaît. Je ne veux pas parler de lui avec toi. C'était une erreur.

Souriant légèrement, il posa un regard tendre sur moi.

— Tu as pourtant accepté de sortir avec lui !

— Je sais, maugréai-je en baissant les yeux, contrite. Je n'irai pas, décidai-je très vite.

— Bien sûr que tu iras. Et tout se passera très bien. Je pense que c'est bon pour toi de côtoyer de nouvelles connaissances.

Qu'il m'encourage ainsi me blessait. J'avais espéré qu'il tempêterait et me forcerait à tout annuler, qu'il s'excuserait d'avoir osé me proposer de continuer ma vie avec quelqu'un d'autre que lui. Or, il était toujours aussi calme. Qu'est-ce qui clochait ?

— Je n'irai pas, réitérai-je. C'était stupide.

— Oh que oui ! Ça l'était. Mais tu iras.

Je relevai la tête, croisai ses yeux insondables.

— J'ai très bien compris ce que tu cherchais à faire, Lou. Tu voulais me prouver que j'avais tort.

Je ne dis rien, me contentant de faire la moue. Un petit rire amusé lui échappa et je sentis à nouveau la caresse de son énergie sur mon visage.

— Lou, c'est toi qui t'égares et qui perds ton temps. J'étais sincère. Il est inutile que tu te mettes dans ce genre de situation pour tenter de me prouver le contraire. Et surtout, j'aimerais que tu comprennes que je ne t'en aime pas moins. Aimer, c'est aussi cela.

— C'est-à-dire ?

— Savoir s'effacer lorsqu'il est temps.

— S'effacer, hein ! Plutôt accepter de perdre l'autre. Baisser les bras ? Abandonner ? Tu vois, ma définition de l'amour ne va pas jusque-là. Elle est sans doute beaucoup plus égoïste.

— Ou tout simplement plus humaine, termina-t-il dans un sourire sans joie.

— Je me concentrerai sur toi, tentai-je de me réconforter.

Tristan recula de quelques pas, rompant tout contact entre nous.

— Je crois, commença-t-il prudemment, qu'il vaudrait mieux que tu y ailles seule. Je veux dire, je me tiendrai à l'écart.

— Quoi? m'exclamai-je, choquée. C'est nouveau cela!

Il revint aussitôt à mes côtés.

— Du calme! Je ne m'éloignerai que pendant quelques heures. Je n'aime pas l'idée de jouer au chaperon, Lou.

— Tu ne joues à rien du tout. Je n'ai rien à te cacher! m'enflammai-je.

Ses yeux se plissèrent et la ride sur son front se creusa.

— Marylou, ce que j'essaie d'expliquer, c'est que tu ne cours aucun risque à te rendre au cinéma avec ce type. Je pense simplement qu'il serait bien que tu puisses bénéficier d'un peu d'intimité à certains moments. Tu es entourée de ma présence en permanence! Je me doute qu'elle…

— Ça suffit! rageai-je en secouant la tête pour ne plus rien entendre.

— Pourquoi te mets-tu dans un état pareil? m'interrogea-t-il brusquement. Je ne suis pas en train de t'abandonner, seulement de devenir raisonnable. Où est le problème?

— Tu n'as jamais été raisonnable! criai-je en me détournant.

Un fort sentiment de frustration m'étreignit et en tournant la tête vers mon corps endormi je constatai que mon visage était humide de larmes. Tristan fut aussitôt près du lit, les poings serrés, découragé.

— Vois dans quel état tu te mets!

— Vois dans quel état tu me mets!

— Lou, regarde-moi, s'il te plaît.

Je ne bronchai pas.

— Lou, redemanda-t-il, en tentant par pur réflexe d'attraper mon bras.

Ses doigts ne saisirent que du vide, mais son geste me fit tourner la tête. Mes prunelles devinrent prisonnières des siennes

— Je ne te quitte pas, Marylou, je t'offre un peu plus de liberté. C'est ma seule manière de te faire un cadeau.

Même si je m'obstinais à garder le silence, il pouvait lire toutes les émotions qui m'envahissaient.

— Tu es tellement transparente! Tu ne peux rien me cacher. Absolument rien. C'est pour cela que je veux te laisser plus d'intimité. J'ai peur que tu en viennes à appréhender ma présence à cause des pensées ou des sentiments que tu risquerais de me laisser entrevoir. Bien que je ne t'en tienne jamais rigueur, sache-le. J'y suis préparé.

Je me mis à l'observer comme on observe un étranger qui nous parle dans une langue incompréhensible. Je refusais ses propos de toutes les fibres de mon corps et de mon âme. Un nouveau sourire, embarrassé celui-là, fit trembler ses lèvres. Il revint près de moi et reprit d'une voix très douce :

— Lou, j'étais là cet après-midi. Je t'ai sentie vibrer de désir, et cette fois ce n'était pas à cause de moi.

Un pieu s'enfonça profondément dans ma poitrine et mon cœur cessa de battre l'espace de quelques secondes. Le remords m'envahit.

— Je ne te reproche rien! s'emporta-t-il aussitôt. Je veux dire, tu n'es pas faite en bois!

— Je t'aime! Ça devrait pourtant suffire!

— C'est suffisant dans mon cas, mais pas pour toi! Tu veux être touchée, caressée, aimée! En quoi est-ce condamnable?

— Ça l'est lorsqu'un autre que toi doit s'en charger! ripostai-je.

— Que veux-tu que je fasse! gronda-t-il à son tour, les bras levés au ciel. Je suis mort, Lou, mort! Les morts ne peuvent pas interférer de cette manière dans la vie de ceux qui vivent encore! Comprends-le!

— Je fais plus que le comprendre, je le subis!

— Alors accepte-le!

— Je ne peux pas! hurlai-je. Je ne le pourrai jamais! Je veux que tu me touches, que tu m'embrasses et me fasses l'amour comme avant! Je veux t'avoir dans mon lit, dans ma vie, et pas uniquement quelques heures par jour! Je ne veux pas de ton esprit, je veux ton corps tout entier. Je te veux, Tristan, toi!

J'avais complètement perdu le contrôle de mes paroles et de mes pensées. Plus rien n'avait de sens, d'odeur ou de couleur. Seule ma frustration était réelle. Je prenais conscience de l'ampleur du problème que créait notre situation : je continuais d'aimer cet homme, je n'arrivais pas à l'oublier. Je devais me cantonner à des discussions au coin du feu, alors que je voulais que le feu me dévore tout entière! Y avait-il une issue?

— Je ne veux pas de ta mort, Tristan!

— Mais je suis mort, Marylou. C'est ça, la réalité.

— Alors que nous reste-t-il?

Les traits de Tristan se crispèrent en cette expression qui m'était toujours aussi pénible. Il garda le silence; il n'y avait pas de réponse.

— Je ne voulais pas... C'était plus fort que moi. Il fallait que je le dise.

— Je sais. Je crois comprendre les raisons pour lesquelles mon père a voulu me dissuader de revenir vers toi.

Mes yeux devinrent menaçants.

— Ton père ne sait rien de ce qui nous unit. Ça mérite tous les sacrifices.

Un petit rire sec claqua contre mon oreille.

— Sans doute, oui, commenta-t-il avant de se taire.

Puis, aussi subitement qu'il s'était assombri, son regard s'éclaircit de nouveau, plus brillant encore.

— Lou, ne perdons pas espoir. Il y a toujours de l'espoir.

« Oui », pensai-je avec amertume. De ce que je connaissais de la définition de ce mot, l'espoir exigeait une certaine confiance. Or, la confiance, je ne savais plus ce que c'était.

Lorsqu'arriva le samedi de mon premier rendez-vous avec Alan, j'étais nerveuse. Je souhaitais rester naturelle, il ne s'agissait pas de séduire, mais de créer des liens. Alors que je me regardais d'un œil critique dans le miroir, je sentis, là où mon décolleté dévoilait un coin de peau, la froide pression des lèvres de Tristan, plus appuyée que les autres fois.

— Tu es très belle, souffla-t-il.

— Ce n'était pas mon intention, répliquai-je, malheureuse.

— Je sais. N'empêche, tu es toujours très belle. Lou?

— Hum?

Les yeux fermés, mon corps se balançant légèrement d'avant en arrière, je pouvais le sentir tout près de moi. La sensation de froid qui lui était propre glissa sur moi en un long mouvement, comme si de sa main il me caressait. Tout d'abord mon visage, mon cou, chacun de mes bras. Mes seins se durcirent sous cet assaut. Je résistai au désir de suivre son parcours de ma propre main. J'attendais qu'il poursuive son idée. Et, lorsque ses paroles emplirent l'air entre nous, mes yeux se rouvrirent d'un coup sec.

— Loutamé, chuchota-t-il. On se reparle à ton retour. Je t'attendrai.

Puis, plus rien. Rien sauf le silence et cette impression terrifiante de nager seule au milieu d'un océan obscur sans savoir ce qu'il y avait sous mes pieds. Je n'eus pas le temps de ressasser longtemps mes états d'âme, car la sonnette d'entrée retentit. Je m'obligeai à me composer une expression sereine. J'ouvris la porte et me retrouvai face à face avec Alan. Il me sourit, avant de m'examiner de la tête aux pieds, d'un air appréciateur.

— On y va? interrogea-t-il, sans autre préambule.

— Oui.

Je m'emparai de mon sac. Tristan était vraiment parti. Et contre toute attente, j'éprouvais, un certain soulagement. Alan attisait en moi des désirs et je fus heureuse que Tristan n'en soit pas témoin. Ce ne fut pas là ma seule surprise de la soirée, qui s'avéra agréable. Mon compagnon semblait doué pour la conversation. Nous allâmes au cinéma et après la séance, comme convenu, il m'amena au restaurant. Il m'abreuva de théories farfelues sur toutes sortes de sujets. Je me surpris à rire de ses suppositions, qu'il voulait volontairement ridicules. L'ambiance était agréable, sans ambiguïté.

— Comment c'était?

Du bout de ma fourchette, je jouais avec les crevettes qui garnissaient mon assiette.

— Quoi donc?

— D'être avec Tristan? C'était comment?

Je suspendis mon geste, déposai ma fourchette et croisai sagement les mains sur la table.

— C'était la question à ne pas poser, n'est-ce pas? devina-t-il, embarrassé.

— Non. C'était le sujet à ne pas aborder.

Je tentai de ne pas me montrer trop froide, n'y réussis qu'à moitié.

Alan balaya l'air de la main, comme s'il cherchait à effacer son erreur. Mais plutôt que de changer de sujet comme je l'espérais, il reprit :

— Bah! tant pis pour les conséquences, je veux savoir. Alors, Marylou, c'était comment?

La lueur qui attisait ses prunelles bleues me déplut. On aurait dit qu'il s'attendait à quelque récit croustillant. Il avait besoin d'une bonne leçon. Et pour cela, rien de mieux que la vérité.

— C'était tout, répondis-je.

Décontenancé, il fronça les sourcils et répliqua :

— À ce point?

— Plus encore, assenai-je. Tristan était…

Ma voix se cassa. Parler de Tristan au passé m'était toujours difficile. Je me raclai la gorge pour réussir à terminer ma phrase.

— Tristan était un être d'exception.

— En conséquence, sa mort a dû être…

— La fin de tout.

Alan se mit à faire craquer distraitement les articulations de sa main droite tout en me dévisageant, l'air pensif.

— Pourtant tu es là, ce soir, avec moi, conclut-il sur un ton toujours aussi songeur.

— Oui. En amie, précisai-je très vite.

— Bien sûr. Mais, pour être honnête avec toi, Marylou, je suis de nature très patiente.

Il eut le bon sens de changer de sujet de conversation. Les heures filèrent à une vitesse surprenante et il était plus de minuit lorsqu'il me ramena chez moi. Il insista pour me raccompagner jusqu'à ma porte. En lui souriant, je lui avouai :

— J'appréhendais beaucoup cette sortie, Alan. À tort. Merci beaucoup, j'ai passé un bon moment. Ce fut presque parfait.

Il souleva les épaules, peu affecté par ma dernière remarque.

— Dans ce cas, on remettra cela. Bientôt.

Son expression m'inquiéta. Il m'adressa un sourire engageant et lorsqu'il passa sa langue longuement sur ses lèvres, je compris n'avoir qu'une ou deux secondes pour réagir. Or, je ne fis qu'attendre. Il glissa une main autour de mon cou et attira mon visage contre le sien. Ses lèvres étaient entreprenantes et agréables. Mais pas suffisamment pour m'enflammer. Il insista légèrement. Je tentai de faire un effort, après tout, peut-être y retrouverais-je ce que j'avais connu avec Tristan. Tristan, la seule pensée de ce nom me donna un coup à l'estomac. Mais se méprenant sur la raison de mon trouble, Alan continua à m'embrasser, avec plus de détermination. Mes lèvres s'entrouvrirent sous la pression des siennes et mes bras raides osèrent encercler sa taille. Je me concentrai, chassant Tristan de mes pensées. Le baiser prit de l'ampleur, mais mon cœur ne s'emballait toujours pas. Aucune pulsion, aucun vertige. Puis, sans comprendre ce qui se passait, je me retrouvai plaquée contre le mur. Alan s'était écarté et me dévisageait, le regard brumeux, ses traits affichant une légère gêne. Il avait dû me repousser, sans doute vexé par mon manque d'entrain.

— Je… je suis désolée, balbutiai-je.

— Pas moi, sourit-il. Ne t'en fais pas, Marylou. Je ne t'en veux pas. Comme je te l'ai dit, je ne suis pas pressé.

— Ce n'est peut-être pas une bonne idée de chercher à se revoir, en fin de compte…

Il prit mon menton, un petit sourire suffisant sur les lèvres.

— Pas de cela, Marylou. Tu me plais. Je saurai être patient, attendre que tu guérisses.

— Je ne crois pas que tu mesures l'ampleur de ma maladie, Alan. Elle est incurable.

— J'insiste. J'attendrai le temps qu'il faudra. La médecine avance à pas de géant, se moqua-t-il gentiment. On se voit en cours?

— O… oui. À mardi, alors.

Il me jeta un dernier regard, puis descendit l'escalier en sifflotant.

Je me remis à respirer librement. Je me glissai à l'intérieur de mon appartement plongé dans la pénombre et m'appuyai contre la porte, les yeux clos. J'essayai d'identifier ce que je ressentais, mais j'en vins à la conclusion qu'il n'y avait rien. Ni colère, ni dégoût, ni déception. Rien.

— Tristan? interrogeai-je, tendue.

Toujours le silence. Je me prélassais dans mon bain lorsqu'une fraîche pression sur mon front me fit sourire. Mon ange venait de réapparaître. Trop heureuse qu'il soit de retour, je ne lui fis pas remarquer qu'il ne devait pas passer le seuil de la salle de bain.

— Tu m'as manqué, chuchotai-je alors que mon doigt traçait de larges cercles sur la mousse qui flottait tout autour de moi.

— Menteuse. Alors, comment c'était ce rendez-vous?

Je m'efforçai de contrôler les pulsations erratiques de mon cœur et de conserver une allure désinvolte.

— Bien. C'était bien. Le film était intéressant.

— Ah, oui. Le film.

Son ton me fit craindre qu'il puisse deviner mes émotions contradictoires.

— Je te laisse profiter de ton bain, reprit-il au bout d'un interminable moment. Tu me rejoins ensuite?

— Oui. Bien sûr, murmurai-je en refermant les yeux.

Je continuai de relaxer dans l'eau pendant un bon moment, essayant de faire le tri entre ce que je devais dire et ce que je devais taire. Mais comment lui cacher quoi que ce soit? Lorsqu'il m'aurait près de lui, il saurait tout. Il était peu probable qu'il ne me pose pas de questions. Sans doute resterait-il subtil dans son interrogatoire, mais il chercherait à savoir. Que lui répondre alors?

Une demi-heure plus tard, face à lui, je m'étais composé un visage détendu. Lui, adossé contre un mur, les bras croisés, splendide, rayonnant, me regarda de son regard doux, avec ce sourire en coin auquel j'avais toujours beaucoup de mal à résister.

— Bonsoir, chuchotai-je en tendant une main vers lui. Il imita mon geste et notre énergie s'entremêla, nous faisant frissonner.

— Bonsoir. Tu es toute rose.

— L'eau était chaude, commentai-je.

— Tu sens bon, murmura-t-il, le regard intense.

— Elle était parfumée.

Il n'ajouta rien, me scrutant avec intensité. Je reculai d'un pas.

— Le temps ne t'a pas semblé trop long?

— Il est impossible à mesurer sans toi, répondit-il sans cligner des yeux. Et toi?

— Ça a été.

Il pencha un peu la tête sur le côté, comme s'il cherchait l'angle qui me forcerait à parler.

— Le film était bien?

— Hum... hum. Fort mouvementé. Tu l'aurais aimé.

— Décidément, il n'est vraiment pas doué, ce gars-là, commenta-t-il.

Sa réplique m'arracha un petit sourire.

— Et ensuite?

— Tu veux un rapport complet? Pourquoi n'es-tu pas resté dans ce cas? dis-je en détournant les yeux.

— Tu as raison, excuse-moi.

Il paraissait embarrassé, comme s'il me cachait quelque chose. Et, en un éclair de lucidité, je compris. Je relevai la tête, horrifiée.

— Tu étais là, l'accusai-je.

Il ne répondit pas. C'était inutile.

— Je n'ai pas pu..., tenta-t-il.

— Devant ma porte, lorsqu'il... c'était toi, compris-je, stupéfaite. C'est toi qui m'as repoussée ainsi!

Mes yeux étaient arrondis par la stupeur. Je l'observais, en quête du moindre renseignement sur son état d'esprit. Ses traits ne décelaient rien. Je me rapprochai d'un pas, attentive à ce que je ressentais, tâchant de démêler ce qui m'appartenait et ce qui était à lui. Or, il n'y avait rien qui ne fut pas à moi.

— Comment fais-tu cela? interrogeai-je d'une voix dure. Comment parviens-tu à me bloquer ainsi l'accès à tes sentiments?

— J'y travaille. Je ne sais pas vraiment comment j'y arrive. C'est nouveau.

— Et c'est en prévision de quoi? Du moment où tu me diras adieu?

Il se rua vers moi.

— Cesse de te sentir coupable parce qu'un homme t'a embrassée. Tu ne m'as pas trahi. C'est moi qui t'ai menti. Malgré ce que je t'avais dit, j'y suis quand même allé.

— Pourquoi?

— Pour savoir.

— Savoir quoi?

Son regard froid quitta le mien.

— Ce que ça me ferait.

Muette, je lui tournai le dos. Il s'écoula quelques secondes avant que je ne parvienne à reprendre :

— Et... qu'est-ce que ça t'a fait? bredouillai-je, anxieuse.

Je le sentis s'approcher de moi.

— C'est ce que je m'efforce de te cacher.

Les lèvres serrées, je m'appliquais à contenir mon chagrin. Je lui jetai un bref regard par-dessus mon épaule et me figeai. Ce que son énergie masquait soigneusement, son regard, lui, le trahissait : une douleur insondable.

— Oh! Tristan, sanglotai-je en baissant la tête. Qu'allons-nous faire?

— Je ne sais pas. Je trouverai un moyen. En tout cas, chose certaine, te jeter dans d'autres bras n'est pas la solution. Lou, regarde-moi s'il te plaît. Retourne-toi.

Je refusai, incapable d'affronter ce que je pourrais lire sur son beau visage.

— S'il te plaît, insista-t-il d'une voix cajoleuse.

Je cédai. Son expression me semblait moins vive. Pourtant, son regard hésitant enclencha le bouton d'alerte. S'il avait été en mesure de le faire, sans doute m'aurait-il attiré dans le cercle de ses bras. J'aurais pu poser ma tête sur son épaule, bercée par le rythme régulier de son cœur. J'avais beau essayer de faire comme si de rien n'était, je n'arrivais pas à passer outre mes désirs de contact physique. J'aurais pourtant été prête à payer n'importe quel prix pour qu'il en soit ainsi!

— Marylou, reprit-il en me dévisageant presque violemment. Si je te demandais de me faire confiance. Totalement confiance. Le ferais-tu?

— Tristan, la dernière fois que tu me l'as demandé, tu es mort entre mes bras.

— Oui, mais je suis revenu, n'est-ce pas?

Impossible de le fuir. J'étais hypnotisée.

— Marylou, réponds-moi. Si, en ce moment même, je te demandais d'avoir une foi absolue en moi, en serais-tu capable?

Je ne pris même pas la peine de réfléchir.

— Oui, soufflai-je

L'éclat des glaciers en plein soleil aurait semblé fade à côté de son regard Ce regard-là, je le craignais plus que tout. Il reprit :

— Même si cela impliquait que je t'inflige des choses que tu ne comprendrais pas?

Il attendit. Son regard s'enflammait encore davantage.

— Oui, acceptai-je, torturée par ce que laissaient sous-entendre ses paroles.

— Très bien. Merci, reprit-il un large sourire éclairant son visage.

Il alla s'allonger sur le lit, près de mon corps endormi. Comme il le faisait parfois, il déposa un long baiser sur mes lèvres, que je goûtai en fermant les yeux.

— Les choses s'arrangeront, je te le promets.

Je ne voyais pas comment, mais je hochai tout de même la tête. Nous restâmes ainsi un long moment.

Chapitre 5

« Le vent tourne... »

Nous étions le 27 octobre. J'étais si enthousiaste que le froid mordant et le vent qui soufflait en rafale ne me firent aucun effet.

— Tu en es sûre? s'inquiéta Tristan.

— Oh que oui! Il y a longtemps que j'envisageais de m'acheter une voiture. Il me manque seulement l'accord de la banque. À moi, les sièges en cuir confortables!

Je dévalai les escaliers alors que Tristan insistait encore.

— Doucement! Tu aurais dû récupérer la mienne, rechigna-t-il.

— Oui, mais c'était difficilement envisageable, commentai-je en courant jusqu'à l'arrêt d'autobus, situé à quelques mètres de chez moi. Ta mère ne m'a vue qu'une seule fois, et c'était à ton enterrement. Il aurait été difficile d'aller la voir et de lui réclamer les clefs!

Il me répondit par un grognement contrarié, avant de poursuivre.

— Tout ce qui était à moi aurait dû te revenir.

— Pas grave. J'ai obtenu le plus important. Une prolongation, répliquai-je, de plus en plus enjouée.

Mon humeur taciturne, à la suite de mon rendez-vous avec Alan, s'était dissipée peu à peu et je m'étais juré de ne pas la laisser réapparaître. Il était hors de question que je passe le reste de mon existence à me lamenter sur ce que je n'aurais plus, au lieu de rendre grâce pour ce que j'avais encore.

— À quelle heure est ton rendez-vous à la banque?

— Onze heures. Je vais être en retard si ce fichu autobus ne se pointe pas immédiatement! m'énervai-je, en sautillant pour éviter d'avoir froid.

L'autobus se présenta la minute suivante et j'arrivai à la banque largement en avance.

Après avoir attendu quelques instants dans la file d'attente, je me dirigeai vers la rangée de sièges que m'avait indiquée en souriant la réceptionniste. Concentrée à chercher mes pièces d'identité au fond de mon sac à main, je ne remarquai pas la tension extrême qui s'installa subitement.

— Tristan?

— Ne bouge pas, entendis-je soudain contre mon oreille.

La panique que je perçus dans la voix de Tristan me fit réagir instantanément. Sur mes gardes, je jetai un rapide coup d'œil autour de moi, alors qu'il répétait :

— Quoi qu'il arrive, ne bouge pas, tu m'entends?

D'un petit hochement de tête j'acquiesçai, enregistrant soudainement une foule de détails. De l'autre côté, à droite des guichets, une jeune mère serrait contre elle de manière désespérée un nourrisson qui dormait paisiblement dans ses bras. Elle dévisageait, terrifiée, un homme qui braquait une arme sur la réceptionniste. Je vis la jeune femme vêtue d'un tailleur gris relever très lentement les mains de chaque côté de sa tête.

— Non, gémis-je, tétanisée à mon tour.

— Ne bouge pas! m'ordonna à nouveau Tristan.

Son étreinte recouvrait toute la surface de mon corps, franchissant la barrière de ma peau et me glaçait jusqu'aux os. Rien pour me rassurer.

L'assaillant avait la moitié du visage dissimulé par un foulard remonté jusque sous ses yeux. Ses cheveux étaient recouverts d'un bonnet vert foncé. L'arme qu'il tenait à deux mains tremblait légèrement.

Un silence de mort planait dans la banque. On aurait cru que le temps s'était arrêté. Mais lorsqu'il se mit à hurler comme un possédé, jurant qu'il tuerait la première personne qui s'interposerait, mon cœur se mit à battre la chamade. J'enfonçai mes ongles dans la bourrure du siège sur lequel j'étais assise.

— Tristan…

— Chut! m'enjoignit-il aussitôt.

C'était plus qu'un ordre, c'était une injonction impossible à contester.

C'est alors qu'une voix chaude et d'une extrême fermeté ordonna à l'agresseur de baisser son arme. Je tournai légèrement la tête, et vis un policier passer le seuil de la banque et s'avancer vers l'homme armé avec une telle assurance que j'en restai coite. Il allait se faire tuer! « On va tous y passer! » entendis-je. L'homme assis près de moi venait à peine de murmurer ces mots que l'arme pivotait dans notre direction avant de faire un tour complet du hall.

— Non, tentai-je de le rassurer.

Ce qui me valut un « Chut! » alarmé de la part de mon ange précédant un « La ferme! » hurlé par l'homme armé qui tourna la tête vers moi. La dureté de son regard me tétanisa. Sans cesser de me dévisager, son arme pointée vers moi, il ordonna au policier de s'immobiliser sous peine d'avoir ma mort sur la conscience.

— On se calme, vieux! intima le policier, dont le ton très posé jurait étrangement avec la violence de la situation.

— Ne panique pas, Lou, ça va aller, me murmura Tristan.

L'arme me pointait toujours. L'homme porta soudain son attention quelque part derrière moi. J'en profitai pour inspirer à pleins poumons. Les choses allaient s'arranger, j'en étais persuadée. Tout à coup, les cris du nourrisson déclenchèrent une série de réactions hystériques. La réceptionniste hurla et se jeta sur le sol derrière le comptoir. L'agresseur se mit à rugir en pointant son arme sur la jeune mère et son enfant.

— Non! criai-je en me levant d'un bond.

Je m'élançai, prête à supplier pour qu'il épargne le bébé qui se tortillait avec vigueur dans les bras de sa mère quand je sentis une énergie glaciale m'encercler le bras. Puis vrillèrent contre mes tympans le hurlement horrifié de Tristan en même temps que le son assourdissant d'un premier coup de feu. Je fus aussitôt projetée au sol par le poids d'un corps, et je restai immobilisée, face contre terre, la poitrine oppressée par une stupéfiante lourdeur. Une autre décharge retentit, suivie d'une troisième, et d'une quatrième. Les coups de feu semblaient jaillir de partout et je compris que d'autres policiers venaient d'envahir les lieux. En me retournant sur le dos, je fus prise d'une quinte de toux qui révéla une douleur atroce au sein gauche. J'y portai une main, que je sentis ruisselante de sang. J'étais blessée! Stupéfaite, je tentai sans succès d'émettre un cri.

— Oh! gémis-je aussitôt alors que le sang coulait le long de mon bras.

— Bon Dieu, Lou, ne bouge pas!

— Tristan! chuchotai-je, craintive.

— Je suis là, chérie, tout va bien aller.

Mais l'affolement que je sentis derrière le calme de sa voix amplifia mes peurs.

— Tristan!

Impossible de me faire entendre. Je m'étouffais entre deux quintes de toux. La douleur, supportable jusque-là, se frayait un chemin dans toute ma poitrine, impitoyable, me coupant le souffle.

— Le bébé…?

À cet instant même, les pleurs de l'enfant perçaient le brouhaha général. Des sirènes résonnèrent. La réponse de Tristan se perdit dans le fracas des roulettes contre le carrelage et le hurlement des ordres qui fusaient de partout. « Il y a deux blessés », entendis-je au travers du brouillard qui s'épaississait tout autour de moi. « Occupez-vous de l'homme, on s'occupe de la fille. »

Je tentai d'ouvrir les yeux. Deux blessés? Moi et qui d'autre? Je me souvenais de la jeune mère, de la réceptionniste et du bébé. Mais les secouristes évoquaient un homme. « Tristan! » pensai-je avec horreur. Non, ce ne pouvait être lui. Qui alors?

— Tristan, implorai-je.

— Je suis là, mon amour. Je t'en prie, accroche-toi. Les secours sont là, tout va bien aller maintenant.

Sa voix était pleine des larmes que ses yeux ne pouvaient plus verser. Le bébé continuait ses lamentations, ce qui m'incita à croire qu'il allait bien. C'est à ce moment que j'entendis mon ange s'écrier : « Mon Dieu, non, pas lui! » Je sentis une aiguille piquer mon bras, un masque fut appliqué sur mon visage. On m'encourageait à respirer. Des yeux, je fouillais le vide qui m'entourait. Je ne sentais plus rien à présent, j'étais engourdie par le froid du carrelage. Tristan était omniprésent. J'éprouvai beaucoup de mal à me concentrer sur autre chose que le sang qui battait contre mes tempes. Mon cœur en marquait le rythme de plus en plus lentement.

— Est-ce que je suis en train de mourir? chuchotai-je trop faiblement pour que les brancardiers, qui s'affairaient sur mon corps blessé, m'entendent.

Mais Tristan réagit.

— Non! rugit-il. Tu n'es pas en train de mourir. Tu vas t'en sortir. Bon sang, Lou, je te le jure, tu vas t'en sortir! Bats-toi, chérie. Je t'en prie, bats-toi!

Où était-il? Je le sentais en constant mouvement autour de moi, sa voix me provenant de tous les côtés à la fois. Mais il demeurait invisible. C'est alors que je rencontrai un regard qui me marquera comme le sceau d'une promesse. Ces yeux gris fixés sur moi, du même ton argenté que ceux de Tristan, ces yeux desquels la vie se retirait, étaient ceux du policier qui était intervenu. L'homme était allongé à seulement quelques centimètres de moi et nous étions encerclés de secouristes. Je voulus tourner la tête, mais le regard gris me retenait. Il me rappelait une scène semblable : Tristan allongé sur le sol, mourant entre mes bras. Je ne voulais pas me souvenir.

— Non! voulus-je hurler.

Mes lèvres s'arrondirent, mais aucun son n'en sortit. L'étreinte de Tristan s'intensifia, elle m'étouffait. Je voulus tourner la tête, m'échapper, mais les prunelles grises, humaines, refusèrent de lâcher prise. Elles étaient de plus en plus troubles. Le sang, qui s'écoulait d'une blessure à son front, dissimulait la moitié des traits de l'homme.

La douleur revint à la charge. J'avais chaud et froid, je ne distinguais plus rien nettement.

— Tristan, répétai-je. C'est ça, mourir?

— Non, ce n'est pas cela! Bats-toi! Je suis là, je ne te laisserai pas abandonner!

Mes paupières finirent par céder, me libérant enfin du regard obsédant qui avait emprisonné le mien. Mes lèvres s'entrouvrirent et je cessai de respirer...

Chapitre 6
« Conséquences »

À mon réveil, il me fallut plusieurs minutes pour comprendre ce qui m'arrivait. Les sons me parvenaient de très loin, comme s'ils étaient recouverts d'ouate. Les odeurs étaient étranges et titillaient ma mémoire. Je finis par les reconnaître : c'était un horrible mélange de narcotiques et de désinfectants. Puis, en apercevant le visage ravagé de Tristan, je compris que je devais être morte. J'étais étonnée, car je n'avais jamais imaginé qu'après ma mort j'aurais pu me retrouver dans une chambre d'hôpital plongée dans une obscurité quasi totale, à côté de ma mère et de mon frère, tous deux assoupis dans des fauteuils près d'une fenêtre.

— Bonsoir, me chuchota Tristan.

— Je ne pensais pas que la mort ressemblait à cela, murmurai-je en le contemplant, éblouie comme chaque fois par sa présence lumineuse et fantomatique.

Ma remarque parvint à lui arracher une grimace qui de loin pouvait ressembler à un sourire.

— Tu n'es pas morte. Tu vas bien et tu vas t'en sortir, expliqua-t-il à mi-voix. Mais ils t'ont administré de puissants sédatifs et tu sembles apprécier. Tu vagabondes souvent…

— Oh! C'est donc cela…

J'étais en état de projection astrale, ce qui expliquait que je ne ressentais aucune douleur et qu'il m'était possible de le voir. En voyant mon corps, je constatai que je n'avais pas bonne mine. Je tournai la tête vers mon frère et ma mère toujours assoupis.

Tristan s'approcha de moi, jusqu'à porter son front contre le mien. Je fermai les yeux pour profiter au maximum de ce contact.

— Bon sang, Lou, qu'est-ce qui t'as pris de te ruer comme cela vers lui? Il aurait pu te tuer!

— Le bébé, murmurai-je. Je n'ai pas réfléchi…

— Réfléchir, sais-tu seulement ce que ça veut dire? répliqua-t-il d'un ton sec. J'ai repensé à tous les moments que nous avons passés ensemble et j'en suis venu à la conclusion que tu n'en fais qu'à ta tête sans penser aux conséquences!

— Wow, soufflai-je. On dirait que tu as eu pas mal de temps pour cogiter.

— Oui, entre autres choses.

— Quelles choses?

Silence.

— Tristan, que se passe-t-il?

— Un policier. Il s'est interposé et... Sans lui tu serais sans doute morte, Lou. La balle est passée à quelques centimètres du cœur. S'il ne t'avait pas poussée...

— Comment va-t-il?

— Mal. Son état est critique.

— Critique?

— Entre la vie et la mort.

— Oh...

Il y avait bien longtemps que je n'avais pas éprouvé un tel sentiment de culpabilité.

— Inutile de te morfondre, Lou. Ça n'est pas de ta faute.

— Ah non? Vraiment?

Il ne répondit rien, se contentant de détourner le regard.

— Est-ce que je peux lui parler? J'aimerais le remercier.

— Il a subi une intervention chirurgicale majeure. Depuis, il est dans le coma. Il ne t'entendrait pas.

J'émis un seul gémissement, faible, insignifiant. Mais Tristan l'entendit.

— Lou, qu'as-tu?

— Je serai peut-être responsable de la mort de cet homme, Tristan. Comme je l'ai été de la tienne.

Son inquiétude se mua en révolte et il dut s'éloigner pour limiter l'impact qu'une telle énergie négative aurait sur moi.

— Tu ne peux pas dire ça. Tu n'es pas responsable de ma mort comme tu ne le seras pas non plus de la sienne. Il pourrait s'en sortir. Mais il semble qu'il ne le veuille pas.

— Que veux-tu dire? Il veut mourir?

— Oui.

La dureté de son ton me surprit, à croire qu'il en voulait à cet homme. Puis, je compris le sens de sa frustration.

— C'est tellement injuste, soufflai-je, désemparée. Toi, tu es mort alors que tu aurais voulu vivre et lui qui le pourrait, souhaite mourir.

— Oui, c'est injuste, Marylou. Mais ce qui l'est bien davantage, et même au-delà de toute mesure, c'est que personne, vivant ou mort, n'ait pu te protéger.

— Oh, Tristan, non! On ne peut pas prévoir ce genre de chose. Personne n'y peut rien.

— C'est faux! Lui a tout tenté. Sans ce flic, tu serais morte, Lou.

Cette constatation me fit frémir.

— Au moins nous serions ensemble…, chuchotai-je sans le regarder.

— Nous sommes ensemble, objecta-t-il aussitôt.

— À quel prix, Tristan?

Sans répondre à ma question, il insistait.

— C'était à moi de te protéger. À personne d'autre, et surtout pas à lui.

— Pourquoi surtout pas à lui?

Il détourna rapidement le regard, le temps nécessaire pour que le mépris modifie ses traits.

— Tristan, réponds-moi. Que voulais-tu dire?

— Marylou? Es-tu réveillée?

Je sursautai en entendant la voix ensommeillée de Joël. Mon esprit se retrouva instantanément avalé par mon corps de chair, et mes paupières se mirent à battre. Mon frère s'empara d'une de mes mains, puis il signa une croix sur mon front.

— Dieu merci! murmura-t-il avant qu'il ne se penche pour déposer un baiser sur ma joue.

Je cherchai Tristan, il m'était devenu invisible. Il devait s'être retranché dans un coin de la pièce.

— Tu sais que tu fais la joie des médecins, Mary? Ils sont fascinés par l'épaisseur et la complexité de ton dossier médical, rigola mon frère dont la voix laissait filtrer le soulagement.

Je murmurai les excuses habituelles, étouffées par le masque à oxygène qui recouvrait encore mon nez et ma bouche :

— Allons, reprit Joël de sa voix calme et apaisante. Tu es sortie d'affaire à présent, c'est tout ce qui compte. On va prendre soin de toi.

— Combien de jours? demandai-je enfin.

— Cinq.

— Cinq! m'alarmai-je.

— Ne t'affole pas. Ce n'est pas le moment. Tu as été deux jours dans le coma et une infection t'a causé de fortes fièvres jusqu'à hier soir où ta température est redescendue. Mais ce matin, tout est redevenu normal. Tu es encore aux soins intensifs, spécifia-t-il alors que mon regard s'orientait de nouveau vers le coin de la pièce où Tristan devait s'être réfugié.

J'entendais Tristan grommeler sans cesse des phrases à moitié incompréhensibles. Je pressentais cependant la gravité de ses intentions. Ma mère se réveilla à son tour, et se mit à piailler son soulagement.

— Repose-toi.

J'entendis ces mots murmurés tout contre mon oreille avant de sentir sur mon front la froideur d'un baiser. Ce qui déclencha une série de frissons qui alertèrent aussitôt mon frère.

Mon ange était parti. J'aurais voulu pouvoir protester, le retenir, j'avais tant besoin de sa présence. Comment l'aurais-je expliqué à ma mère et à Joël? J'étais prête à parier que c'était exactement pour cette raison qu'il avait choisi ce moment pour s'éclipser. Mon cœur s'affola instantanément dans ma poitrine, et déjà une infirmière pénétrait dans ma chambre.

Tout ce monde autour de moi m'étourdissait. L'infirmière capta mon regard suppliant et s'interposa aussitôt :

— Que faites-vous tous ici? Nous sommes aux soins intensifs, les visites ne sont autorisées que cinq minutes par heure et une seule personne à la fois. Allez, tout le monde dehors.

— Mais elle a besoin de nous! s'indigna ma mère.

Son ton autoritaire m'aurait fait obéir séance tenante. Mais l'infirmière n'en fut pas impressionnée. D'une main plaquée dans le dos de ma mère, elle la poussa résolument en dehors de ma chambre, intimant à mon frère de sa voix ferme d'en faire autant. Joël déposa un dernier baiser sur le sommet de ma tête et s'exécuta.

— Cette jeune personne a besoin de repos. Nous veillons sur elle, ne vous inquiétez pas. Allez donc boire un café et patienter dans la salle d'attente. Vous aurez le droit de la voir, cinq minutes par heure, une personne à la fois, répéta-t-elle, imperturbable.

Les protestations de ma mère s'étouffèrent derrière la porte refermée. L'infirmière revint presque aussitôt et m'injecta une dose de sédatifs qui me replongea dans un sommeil artificiel et me permit d'échapper à mes tourments.

Mon esprit savait comment recharger mon corps en énergie. Stimulé par la médication, il s'activa et je me retrouvai très vite en état de projection astrale. Je savais que les forts médicaments que l'on m'administrait pouvaient provoquer ce phénomène, mais que cela m'arrive deux fois en l'espace de quelques heures, c'était une première. Pourtant, cette fois-ci, Tristan ne m'attendait pas. À la place, j'entendis le chant harmonieux d'un chœur. Les voix qui le formaient étaient d'une douceur extrême, envoûtante et leurs chants étaient aussi convaincants qu'aurait pu l'être un long discours. Sans doute aurais-je dû y résister et rester bien sagement dans ma chambre sauf que je fis le contraire.

Chapitre 7
« La promesse »

Je me retrouvai dans un couloir désert, près d'une autre chambre dont la porte était entrebâillée. Plus je m'en rapprochais, plus les chants s'intensifiaient.

J'identifiai quatre voix : un ténor, une basse, une alto et une soprano. Des femmes, des hommes? Je n'aurais su dire. Je n'en saisis le sens qu'une fois entrée dans la pièce. Tristan était là, dans un coin, et posait sur le malade un regard empli d'une telle tristesse que j'en restai pétrifiée. Je vis ensuite la jeune femme qui se tenait tout près du lit. De larges cernes creusaient son très jeune visage, marqué par la peine et l'inquiétude. Ses yeux fatigués témoignaient des longues heures de veille passées à pleurer. Elle se balançait doucement sur sa chaise, d'avant en arrière. Elle aurait très bien pu être moi, un an auparavant. Elle serrait l'une des mains inertes de l'homme allongé sur le lit. Il avait tout un côté du visage masqué par un large bandeau de gaze et sa pâleur extrême me fit presque peur.

— Je t'en prie, bats-toi! Ne me laisse pas! Je t'en prie, pas encore une fois!

Elle sanglotait, son front posé sur ses mains jointes. Je reconnus cette souffrance qui m'était trop familière.

— Oh non!

Mon exclamation attira l'attention de Tristan qui fut immédiatement à mes côtés, son regard lourd de reproches braqué sur moi.

— Lou, que fais-tu là? Retourne dans ta chambre! m'ordonna-t-il.

— Qu'est-ce qui se passe? l'interrogeai-je en regardant vers le lit.

— Tu n'as pas à être ici! Retourne dans ta chambre! me somma-t-il de plus en plus irrité.

Le ton intraitable de sa voix aurait dû m'intimider. Pourtant, je m'approchai du blessé et me plaçai tout près de la jeune femme, espérant pouvoir lui communiquer un peu d'énergie.

— Est-ce qu'elle nous voit? demandai-je à Tristan sans la quitter des yeux.

J'entendis dans mon dos le soupir exaspéré de mon ange.

— Non.

— Qui est-elle? Sa femme?

— Non, sa sœur.

— Et lui? De qui s'agit-il? Il semble si jeune…

La réponse tarda suffisamment pour que je tourne la tête dans sa direction et l'interroge du regard. Mes lèvres s'entrouvrirent sous le choc lorsque je compris son hésitation.

— C'est lui, n'est-ce pas? Le policier qui m'a sauvé la vie…

Il me répondit d'un simple hochement de tête, ne quittant plus mon visage des yeux. Je fixai à nouveau le visage blême du blessé.

— Il est si jeune, répétai-je, le cœur serré. Il ne peut pas mourir…

— Si, il le peut, répondit Tristan d'une voix sans timbre dont la froideur me fit peur. Viens, Marylou, partons d'ici.

— Qui chante? repris-je sans lui obéir.

Il garda le silence.

— Ils chantent pour lui, c'est cela? Parce qu'il va mourir?

— Oui.

— Où sont-ils?

Mon regard fit un rapide tour de la chambre. Personne.

— Ici. Tu ne les verras pas.

Je n'insistai pas. En frémissant, je tendis plutôt une main vers les cheveux du blessé.

— Pourquoi? interrogeai-je Tristan. Pourquoi lui? Il est si jeune, il est si… beau… Il a toute la vie devant lui.

J'aurais voulu pouvoir caresser sa joue, insuffler à cet homme la force nécessaire pour se battre, ne serait-ce que pour lui offrir la chance que l'on avait refusée à Tristan. Ce dernier s'approcha de moi et souffla :

— Lou, on ne peut rien y faire. Allez, viens. Ne restons pas ici.

Cette fois, je lui obéis. Mais lorsque nous quittâmes la chambre et qu'il se retourna pour jeter un dernier coup d'œil à l'homme qui allait perdre son combat, je surpris sur son visage une révolte similaire à la mienne.

De retour dans ma chambre, j'observai longuement mon corps endormi.

— À ce rythme-là, je serai pleine de rhumatismes à quarante ans, ripostai-je pour détendre l'atmosphère.

— Pourquoi es-tu venue dans cette chambre, Lou?

— Je… je ne sais pas. Je ne suis pas certaine d'avoir décidé quoi que ce soit. Les médicaments sans doute…

Il sembla croire ma thèse, mais ne cessa pas pour autant de réfléchir. Je l'observai un moment, puis je me décidai à lui demander :

— Tristan? Est-ce qu'ils ont chanté aussi pour toi?

Il releva les yeux.

— Je suppose que oui. Je ne m'en souviens pas.

— Et est-ce qu'ils chanteront pour moi?

Ses traits s'adoucirent instantanément et il m'adressa un sourire très tendre.

— Oui, sûrement. Mais pas maintenant. Pas avant très, très longtemps.

— Qu'en sais-tu? répliquai-je.

— Parce que je m'en assurerai.

La réponse me surprit autant que son expression décidée.

— Comment?

Il me dévisageait toujours et dans ses prunelles cendrées, je vis défiler les unes après les autres, toute une gamme d'émotions : de la colère brute à l'exaspération, en passant par la peur et la douleur.

— Je n'aurais pas dû dire cela, me repris-je très vite.

Ma question l'avait blessé. Je le savais sincère lorsqu'il affirmait vouloir me protéger, mais je savais aussi qu'il était impuissant à le faire. Puis, à nouveau son regard s'attendrit et il se rapprocha suffisamment de moi pour me communiquer de son énergie.

— Lou, jusqu'où un homme est-il autorisé à aller? Je veux dire quelle est la limite? Qu'est-il autorisé à faire pour la femme qu'il aime?

Ses questions me surprirent tellement que j'en restai bouche bée. Je pouvais voir sur son visage le combat intérieur qu'il menait. Motivée par mes propres convictions, par ce que je me savais capable de faire pour lui, je lui répondis avec certitude :

— Il n'y a aucune limite. Aucune. Tout doit être tenté, tout peut être fait.

C'est alors que les haut-parleurs se mirent à grésiller dans toutes les chambres, dans tous les couloirs : « Code bleu, chambre 3010, 3e Nord, code bleu, chambre 3010, 3e Nord ». J'entendais des infirmières et des médecins courir dans le corridor. Des sonnettes retentirent et les cris d'une femme aussi. Je ne saisis qu'une bribe de phrase : « Il est en arrêt cardiaque! » Je devinais vers quelle chambre tous se précipitaient. Je voulus retourner près du blessé, mais Tristan m'en empêcha.

— Non! N'y va pas.

Puis, très vite, il se pencha vers moi, ancrant son regard au fond du mien, si intensément qu'il m'engloba tout entière, me faisant oublier l'activité effervescente tout autour.

— Lou?

Rien qu'au ton de sa voix, je compris que l'heure était grave.

— Lou, il y a quelque temps, je t'ai demandé de me faire confiance. Tu m'as juré que tu en serais capable en dépit de tout ce que cela t'obligerait à faire… ou… à supporter. Est-ce toujours le cas?

Une toute petite voix, que j'avais trop souvent tendance à occulter, me souffla de lui dire que j'avais changé d'avis, que je ne voulais plus souffrir! À la place du « Non! » qui bouillonnait dans ma tête, mes lèvres, traîtresses, s'entrouvrirent et murmurèrent :

— Je crois… oui. Mais Tristan…

— Alors je te le demande, là, maintenant, me coupa-t-il en intensifiant la brillance et l'intensité de tout son être, jure de me faire confiance.

Ma réponse tarda. Trop. Mon esprit était en pleine rébellion. Il reprit d'une voix brusque.

— Promets, Lou. Je t'en prie, pour moi. Fais-le. Maintenant!

— Je ne veux pas que tu me quittes, Tristan, suppliai-je en me mettant à pleurer.

Il ne broncha pas, ses yeux demeuraient rivés aux miens, impassibles, décidés, durs.

— Promets-le-moi, Lou. Maintenant. Promets-moi que quoi qu'il arrive, tu auras confiance en moi, que tu n'oublieras jamais que je ne t'ai pas quittée, et surtout que tu te souviendras toujours à quel point je t'aime. Jure-le. Maintenant. Jure-le-moi.

Je restai silencieuse.

— Promets-le! réitéra-t-il, presque furieux.

— Non!

— Si! Dis-le.

— Je ne peux pas…

— Fais-le, Lou. Pour moi. Promets.

— Mais…

— Maintenant!

Il ne me regardait plus, il tentait de m'arracher la réponse qu'il attendait.

Alors, parce que je savais que je n'avais plus de temps et que l'éternité venait de tirer à sa fin, je promis. Au moment même où mes paroles résonnaient dans l'espace entre nous, son regard se chargea de souffrance, ses lèvres mimèrent un dernier « Loutamé ». Et il disparut.

Je demeurai immobile, refusant d'accepter la réalité qui ne concordait en rien avec mes désirs et mes besoins. Tous les plans que j'avais échafaudés s'effondrèrent comme un château de cartes. En une seconde, mes émotions me forcèrent à retrouver ma prison de chair qu'était mon corps où il me fut impossible de nier l'évidence : je l'avais perdu. Je me mis à hurler, secouant la tête avec violence, les bras tendus devant moi, voulant me saisir de l'insaisissable.

— Tristan! Je t'en prie, non!

Mon âme meurtrie tenta de s'échapper à nouveau, sans succès. Joël, qui était revenu à mes côtés, appela à l'aide. Une infirmière accourut et s'empressa de m'administrer un sédatif.

— Tristan, chuchotai-je à l'obscurité qui m'entourait, l'esprit déjà abruti par la médication que l'on venait de m'injecter. Tristan, répétai-je plus faiblement, mes larmes débordant sur mon oreiller. Tristan…

— Ça va aller, Marylou, je suis là, tout va bien.

Ébranlé par ce soudain rappel d'une blessure qu'il avait cru guérie, Joël maintenait fermement mes mains dans les siennes,

— Tristan…, continuai-je, tout en luttant contre l'engourdissement qui me gagnait.

Mais cette fois, il n'y eut aucun écho, pas le moindre murmure, ni souffle, ni parfum. Rien. Il n'y avait plus rien. Rien que moi et le silence qui avala pour une dernière fois le prénom béni… Tristan.

Chapitre 8
« Deux ans plus tard »

Assise à ma longue table en pin, je faisais face à Nataniel qui peinait à dissimuler un sourire. Son excitation du jeu n'avait d'égal que son incapacité à feindre ses émotions lorsqu'il bluffait au poker. Je soupirai, jetai un bref coup d'œil à Joël qui, le visage de marbre, releva la tête avant d'annoncer qu'il doublait la mise. Celui de Nataniel vira au rouge et je compris que c'était peine perdue de tenter quelque chose contre lui.

— Je me couche, les prévins-je avant de jeter mes cartes sur la table.

— Quoi, déjà! C'est pas du jeu ça. Ce que tu peux être trouillarde, Marylou! s'exclama Nataniel

Je lui adressai un petit sourire amusé avant de me lever, emportant avec moi les six bouteilles de bière vides que nous avions bues à deux, mon frère se cantonnant au coca-cola. Joël, toujours impassible, regarda son adversaire par-dessus ses cartes, attendant de voir ce qui allait être joué. Quel étrange contraste marquait ces deux hommes qui meublaient à eux seuls mon existence! Le seul point commun que je leur trouvais était leur affection pour moi.

Une fois dans la cuisine, je déposai les bouteilles dans l'évier, puis je contemplai la nuit, à l'extérieur. Nous serions bientôt au mois de novembre. Les premiers flocons ne tarderaient plus et l'air était gorgé de cette odeur lourde de glace. Une bourrasque de vent rugit derrière la fenêtre, arrachant au passage quelques branches d'arbres trop frêles pour résister. Je songeai que j'étais un peu semblable à un arbre desséché. Les racines enfoncées profondément dans la terre, les branches levées vers le ciel, en prière, implorant que l'on veuille bien m'écouter, mais trop affaiblie pour insister. Je me cassais en mille morceaux, une branche après l'autre, un peu plus chaque jour. Rien n'était décelable à l'extérieur, tout se jouait en dedans.

Deux années s'étaient écoulées depuis ce jour où l'on m'avait tirée dessus dans cette banque, depuis cette soirée fatidique où Tristan m'avait dit adieu dans ma chambre d'hôpital. Avait-il vraiment dit adieu? Non, il avait dit « Loutamé ». Mais « Je t'aime » pouvait aussi signifier « Adieu ». J'en avais la preuve maintenant.

J'avais été anéantie. Combien de femmes pouvaient se vanter d'avoir vu la mort leur arracher le même homme deux fois? Le pire était de savoir ce qui m'attendait. Je connaissais chacune des maudites étapes qu'il me faudrait franchir : toutes ces premières fois qui ne manqueraient pas de se multiplier. Tout comme, au fil des mois, j'avais dû faire croire que j'allais mieux à tous ceux qui n'espéraient que cela.

Au tout début, Joël et ma mère s'étaient trouvés désemparés par mes larmes incessantes. Ils assistèrent à la recrudescence de ma douleur, désarmés par le nom que je lui donnais. Cette blessure-là, tous l'avaient crue guérie. Les jours passant, il m'avait fallu user de beaucoup d'imagination, et mentir avec application pour dissimuler l'intensité et la raison de mon état. Et s'il avait été facile de berner Nataniel et ma mère, Joël, lui, se montrait sceptique. Mais je fus aidée par les médecins qui trouvèrent de multiples causes à mes maux, et mon frère goba mes mensonges. On parla d'un choc post-traumatique provoqué par mon agression. Plus d'une fois j'avais été tentée de tout avouer à Joël. Mais peu désireuse d'entendre tous les reproches qui ne manqueraient pas de pleuvoir, je m'étais abstenue. Même lui n'aurait pas su quoi faire. Puis les jours, les semaines et les mois avaient passé, me grugeant de l'intérieur. L'une des premières choses que j'avais faites en quittant l'hôpital avait été de m'installer chez ma mère et de sous-louer mon appartement. Il m'était impossible de continuer de vivre dans cet environnement que j'avais partagé avec Tristan. J'avais ensuite déniché un nouvel endroit où vivre, sans cheminée, sans couleurs sur les murs.

Je sursautai en sentant sur mes épaules deux mains caressantes.

— Où étais-tu donc? m'interrogea mon frère.

Je me forçai à sourire. Des mois de pratique avaient rendu l'exercice presque facile.

— Loin. J'étais très loin.

Son regard soucieux se posa sur moi.

— C'est bien ce qu'il me semblait.

— Ne t'inquiète pas comme cela, Joe. Tu vas te rider avant l'âge, le taquinai-je pour détendre l'atmosphère qui s'alourdissait.

Je tentai d'échapper à l'emprise de ses mains, mais il me ramena devant lui.

— Mary, pourquoi n'essaierais-tu pas de t'occuper un peu?

Cette fois, je ne pus cacher mon étonnement.

— Je travaille cinq jours sur sept, je fais plus d'heures supplémentaires que n'importe qui dans cette foutue université et le reste du temps, je joue au poker avec mon frère et un ami qui passe son temps à me délecter de bières et de pizzas froides. Qu'est-ce qui te fait croire que je manque d'occupation?

— Je te parle de loisirs, pas d'obligations. Un sport, une activité. En groupe.

— Le poker est une activité.

Un petit rire secoua ma gorge.

— Je ne comprends pas Joe, qu'est-ce qui t'arrive? Je n'ai pas envie de faire du sport. De toute manière, j'ai toujours détesté tout ce qui fait transpirer.

— L'idée, c'est de te sortir d'ici. Le travail c'est bien, mais ce n'est pas comme cela que tu retrouveras une vie sociale intéressante. Jouer au poker avec moi et Nel, je veux bien, mais nous ne t'apportons rien de plus, Mary.

— Peut-être, oui. Mais que pourrais-je faire? Je suis nulle en dessin, je n'ai pas la verve des poètes et comme je viens de le dire, le sport ne m'intéresse pas. Alors, tu vois, je suis un cas désespéré. Je pourrais essayer le scrabble, me moquai-je.

Nel fit son apparition dans la cuisine et vint se planter devant moi en avalant d'un trait le reste de sa bière.

— Ton frère a raison, Mary, tu devrais faire du sport. Tu t'empâtes ces derniers temps, conclut-il, en enfonçant son index dans la chair de ma taille.

Je lui donnai un coup d'épaule qui le fit rigoler.

— Merci, Nel. Toujours aussi délicat!

— De rien. Apparemment, ici, il n'y a que moi pour te dire les vraies affaires.

— Un peu de subtilité ne serait pas de trop, maugréa Joël.

Je me dirigeai d'un pas vif vers ma chambre afin de m'examiner dans le grand miroir en pied. Ma silhouette était loin d'être désagréable à regarder. Mais il était vrai que j'avais pris du poids ces derniers temps. Je ne m'en étais pas plainte, trouvant ma poitrine d'une rondeur plus agréable et mon corps moins squelettique.

— Tu es très jolie, me rassura aussitôt mon frère qui m'avait suivie. Je ne pensais pas à cela lorsque je t'ai fait cette proposition. Je te préfère de loin à l'anorexique que j'ai eue devant moi pendant des mois.

— Mouais, pas faux, répliqua Nataniel qui surgit à son tour. N'empêche, un peu d'exercice ne te fera pas de mal.

— Pour te faire de nouvelles connaissances, renchérit Joël en lui jetant un regard meurtrier.

Toujours aussi imperméable à l'hostilité de mon frère, Nel enchaîna.

— Tu devrais aussi changer ta garde-robe. Les pulls, ça fait un temps, mais une jolie paire de jambes est plus appréciable avec des talons hauts et une mini-jupe!

De concert, Joël et moi le toisâmes, outrés.

— Ben, quoi! se défendit-il en haussant les épaules. Aux dernières nouvelles, les hommes étaient sensibles à ce genre de truc.

Cette fois, Joël lui donna un coup de poing sur l'épaule en riant.

— N'importe quoi!

— Parce qu'un prêtre sait ce qui attire ou non les hommes!

— Au moins autant qu'un homo…

— Ça suffit vous deux! m'emportai-je en me plaçant entre eux. Vous êtes-vous entendus? Joe, tu es mûr pour une bonne confession, et toi, Nel, ne t'avise pas de dire du mal de la religion!

Je me retournai vers mon frère, le regard sévère.

— Joe, c'est indigne de toi. Tu devrais t'excuser.

Comme il ne supportait pas d'avoir été pris en flagrant délit, il s'exécuta illico.

— Désolé, Nel.

— J'ai quand même raison.

— Nel!

— Ah! m'énervai-je en levant les bras au ciel.

Je retournai au salon, suivie de près par les deux hommes, qui depuis quelque temps, me compliquaient plus l'existence qu'ils ne la simplifiaient.

— Promets-moi d'y réfléchir, reprit Joël d'une voix autoritaire. C'est pour ton bien, tu le sais. Bon, il se fait tard, il faut que j'y aille. J'officie demain.

Il s'empara de sa veste et m'embrassa sur le front.

— Et toi, fous-lui la paix! dit-il à Nel

Amusé, Nataniel ne releva pas l'injonction. Mon frère avait à peine fermé la porte derrière lui que mon invité revint à la charge.

— Alors, t'aimerais que je te présente quelqu'un? Si tu veux je peux t'organiser un petit rendez-vous!

Je plaquai aussitôt une main sur mon visage, exaspérée.

— Tu m'énerves, Nel. Arrête ça tout de suite. C'est vraiment pénible à la fin.

— OK! Mais toi, tu n'aurais pas quelqu'un pour moi? tenta-t-il, pour me dérider. Je n'aime pas être seul pour regarder les matchs de foot.

J'écartai deux doigts et croisai son regard amusé. Son stratagème avait fonctionné et je me mis à rire. Je lui ébouriffai les cheveux, avant qu'il ne m'attire dans ses bras. Tête contre tête, nous restâmes ainsi un long moment à soupirer.

— Tu nous as vus, rechigna-t-il. On doit vraiment faire peine à voir. C'était plus marrant lorsque je t'attaquais avec des couteaux à viande, au moins il y avait de l'action.

Choquée, je lui pinçai le biceps. Je n'étais pas dupe. Depuis longtemps, j'avais compris qu'il souffrait intérieurement de cet incident. Et malgré les circonstances atténuantes, il ne se pardonnait pas de m'avoir blessée. Bien sûr, à l'époque, son aversion pour moi l'avait empêché de souffrir d'insomnie, mais à présent que nous nous étions rapprochés, il lui arrivait d'y faire référence.

Comme chaque fois où je replongeais dans cette autre vie, les souvenirs m'apparurent fades et ternes. Privé de la lumière que dispensait la présence de Tristan, tout mon passé était plongé dans l'obscurité.

— Ne t'en fais pas, Nel. C'est fini tout cela. Je n'en souffre plus.

— Et quand tu penses à lui? C'est toujours aussi pénible?

— J'évite de le faire. C'est mieux comme cela.

Il hocha la tête, compréhensif.

— Sur une échelle d'un à dix, tu dirais quoi?

— Cent, répliquai-je, amère. C'est pire que tout.

— Même après tout ce temps?

— Oui.

— Ce n'est pas normal.

— Non, en effet. Mais c'est comme ça, je n'y peux rien.

Chose rare, Nel garda le silence pendant ce qui me parut un long moment. Puis :

— Je peux rester dormir, ce soir? demanda-t-il sans me regarder.

Je hochai la tête. Nous approchions, une fois de plus, de la date qui marquerait la deuxième disparition de Tristan. Plus que quelques jours… La présence de Nel s'avérait un véritable réconfort. Nous partagions tous les deux la même perte et parler de mes sentiments avec quelqu'un qui n'avait pas à faire semblant de comprendre, rendait la chose moins difficile.

— Je vais sortir ce qu'il faut pour préparer ton lit.

Je me levai, le laissant seul avec ses pensées.

Ce fut une très longue nuit. Une nuit un peu plus longue que les autres.

Chapitre 9
« La rencontre »

Cet après-midi-là, je frôlai la crise de nerfs. L'esprit en révolte, je ne voyais pas comment venir à bout de cette journée. Les murs de mon appartement semblaient s'avancer vers moi et rapetisser dangereusement mon espace. À force de rester enfermée, j'étais en train de devenir claustrophobe. Il fallait que je sorte. Mais que faire? Je dus admettre que mon frère avait raison : mon cercle de connaissances était trop restreint et je n'arrivais plus à apprécier la solitude dans laquelle j'étais plongée. N'importe quoi plutôt que rester seule. Je fouillai dans le tiroir de ma commode à la recherche du prospectus qui répertoriait les activités sportives disponibles au Pavillon d'éducation physique et des sports de l'Université Laval. Mes yeux se posèrent sur une annonce vantant un cours de danse aérobique. Ça ou autre chose…

Le soir même, un vieux sac de sport sur l'épaule, je me retrouvai devant une porte vitrée qui donnait sur un vaste studio de danse semblable à l'idée que je m'en étais faite : un parquet en bois vernis, un mur recouvert de miroirs, des barres perpendiculaires et de la musique classique en guise de fond sonore. Rien de très original.

Habillée pour l'occasion de vêtements de fortune, je tentai quelques mouvements d'échauffement en attendant le début du cours.

— Bonsoir!

La voix aiguë me fit sursauter. Je tournai la tête et rencontrai aussitôt deux iris d'un bleu profond qui m'observaient, curieux.

— Euh, bonsoir.

Je me redressai. Mon interlocutrice, très élancée, voluptueuse et gracieuse, était plus grande que moi d'une bonne tête. Elle devait être née avec des chaussons de ballerine aux pieds. Ses jambes, galbées dans un collant bleu clair assorti à son justaucorps, me firent rougir d'embarras. Deux barrettes en strass retenaient sa courte chevelure blonde stylée. La minceur de son visage accentuée par deux pommettes hautes et saillantes faisait paraître son menton légèrement trop pointu. Quelle beauté! Mais ce qui m'étonna fut cette impression de l'avoir déjà vue. J'eus beau fouiller le moindre recoin de ma mémoire, impossible de me rappeler où.

— C'est ta première fois ici, n'est-ce pas?

Je maugréai une réponse inaudible, maudissant silencieusement l'influence de Joël. Pourquoi accordai-je autant d'importance à la moindre de ses suggestions?

— Oui. Une idée saugrenue.

Je tentai un mouvement d'aérobie et fit ainsi la démonstration de mon équilibre précaire, ce qui arracha un sourire amusé à mon interlocutrice. Elle me tendit la main.

— Je m'appelle Barbara. Ne sois pas trop dure, nous avons toutes commencé comme ça. Et puis, c'est un cours de remise en forme ici, rien de professionnel. Juste de quoi nous faire perdre quelques kilos.

— Tu crois?

Elle hocha vigoureusement la tête.

— Marylou, me présentai-je en soupirant.

— Enchantée.

Mademoiselle Austin, notre professeure, une ancienne danseuse, nous souhaita la bienvenue avant de nous inviter à nous échauffer. Prudente, je pris soin de rester le plus en arrière possible, flanquée de Barbara qui m'avait prise sous son aile.

Nous pratiquâmes une série d'étirements, puis mademoiselle Austin fit jouer une musique entraînante. Cette agréable surprise m'aida à vaincre ma timidité et je me laissai gagner par l'entrain. Lorsque la musique s'éteignit, quarante minutes plus tard, j'étais en nage, épuisée, mais sereine.

En m'essuyant le front avec ma serviette, je réalisai que je n'avais pas pensé une seule fois à Tristan au cours de la dernière heure. J'en ressentis même un pincement au creux de l'estomac. Le remords ne traînait jamais loin.

— Pas mal pour une première. Tu te débrouilles bien, me complimenta Barbara avant d'avaler une longue gorgée d'eau.

— Merci. Toi aussi. Wow, quel déhanchement!

Elle sourit, fière d'elle-même.

— Je n'ai pas de mérite, j'ai toujours adoré la danse. C'est mon exutoire. Je dirais même que ça m'a sauvé la vie à plusieurs reprises.

Intriguée par ses paroles, je cessai de m'éponger. J'étais curieuse d'en apprendre plus, mais elle changea de sujet.

— Ils annoncent encore du mauvais temps pour toute la semaine. Quel malheur! Je déteste la pluie.

— Ah bon? Moi, j'aime bien. Ça nous fait apprécier la chaleur de notre chez-nous.

Elle souleva les épaules et réfléchit quelques secondes à ce que je venais de dire.

— Vu comme cela…

Elle se leva et enfila un pull. Elle était vive et alerte, ses mouvements rapides et assurés. À ses côtés, j'avais l'impression d'être une tortue coursant contre un lièvre.

— Qu'est-ce que tu fais dans la vie? m'interrogea-t-elle, changeant à nouveau de sujet.

— Pour l'instant, je donne des cours à l'université.

— Oh, enseignante!

Elle siffla son admiration.

— Pas exactement, la corrigeai-je. Je remplace temporairement un professeur malade. Et toi? Danseuse étoile au Crazy Horse?

Ma plaisanterie la fit rire.

— Non, pas du tout. Ça m'aurait plu, mais j'aurais dû m'expatrier. Je ne crois pas que ce soit une bonne idée car je tiens trop à mes racines. Et puis, on a besoin de moi ici.

Tout en enfilant manteaux, gants et foulard, nous descendîmes ensemble le long escalier qui menait à la sortie.

— As-tu une voiture?

Un frisson de dégoût me parcourut. Même après toutes ces années, les réactions de mon corps à cette question étaient toujours aussi fortes.

— Non.

— Tu veux qu'on te raccompagne? Il fait plutôt froid, ce soir.

D'un geste de la tête, elle montra une silhouette, debout près d'une voiture démodée d'une couleur difficile à déterminer dans la noirceur ambiante. Je m'étirai le cou pour mieux voir la haute stature de l'homme qui attendait là, les jambes écartées et les mains croisées dans le dos. J'aurais bien aimé pouvoir discerner ses traits.

— Ton petit ami?

— Non, mon frère, Caleb, rigola-t-elle. Regarde-le!

— Il a l'air imposant.

— Imposant? Hum, oui, c'est vrai. Tout chez lui est rigide et autoritaire. Il est incapable de se détendre ou d'adopter une posture décontractée. On n'a pas idée de se tenir comme cela au milieu d'un stationnement.

Je le scrutai à nouveau et quelque chose frémit en moi. La seule chose qui me vint à l'esprit fut que la posture de l'homme s'agençait parfaitement à son prénom. Caleb. C'était presque criminel d'affubler son enfant d'un nom pareil!

— Oui, il est…

— Beau, grand, fort et sexy! Mais surtout, il déteste que je le fasse attendre.

Barbara se remit à rire. Avais-je déjà rencontré quelqu'un qui riait autant? Ou peut-être me posais-je cette question parce que je riais si peu?

— Alors, reprit Barbara, on te ramène?

— Je vais rentrer à pied. J'habite près d'ici et tant qu'à faire de l'exercice, autant se donner à fond.

— Ne te surestime pas, tu risques d'avoir de belles courbatures demain.

— Des courbatures? Non! Je me sens en forme comme jamais!

Ma réplique déclencha un nouveau fou rire chez ma compagne. L'homme commençait manifestement à trouver le temps long et à le voir pianoter sur le toit de sa voiture, on aurait pu croire qu'il télégraphiait à sa sœur un message d'irritation.

— Je crois qu'il s'impatiente, commentai-je.

— Oui. Il vaut mieux que j'y aille. Bon, on se revoit vendredi. Si tu marches encore! se moqua-t-elle.

— Bien sûr que je marcherai. J'arriverai même en courant!

Elle me salua et s'éloigna rapidement pour rejoindre son frère. Je tournai les talons, mais je ne résistai pas à l'envie de lui jeter un dernier regard par-dessus mon épaule. Prenant sa sœur par la taille, il l'aida à s'installer côté passager avant de refermer la portière avec vigueur. Mais avant qu'il ne s'asseye derrière le volant, je le vis tourner la tête vers moi. Surprise, je m'immobilisai. Je n'étais pas sujette aux pressentiments, pourtant, à cette seconde précise, mon cœur se mit à tambouriner un avertissement que je ne sus pas déchiffrer. Si la nuit n'avait pas été aussi noire, j'aurais pu croiser son regard. Et ce dont j'étais certaine, c'est que ça ne m'aurait pas déplu. Il fit démarrer la voiture et, l'espace d'une seconde, je fus balayée par le halo jaune de ses phares. Puis la noirceur se referma à nouveau autour de moi. Je jetai mon sac sur mon épaule et en sifflotant, je me mis en route. Au long du parcours, j'esquissais même des pas de danse. Mon corps était léger et mes muscles déliés. Je n'avais pas menti en affirmant que j'étais en pleine forme. C'était une sensation inhabituelle et très agréable.

Une fois chez moi, je m'empressai de rappeler Joël. Il s'était tellement inquiété au cours des dernières années que je l'avais laissé prendre de mauvaises habitudes. Ses coups de fil répétés, destinés à s'assurer que je ne m'étais pas pendue dans mon placard, en faisaient partie. Je lui fis un bref compte rendu de ma soirée, imaginant sans peine la satisfaction marquer ses traits. Je pris une douche, un repas froid et je me glissai dans mes draps, rompue de fatigue.

Je dormis peu. Mes muscles refroidis, pollués par un surplus de toxines, m'arrachèrent un cri de douleur alors que je tentais de me retourner dans mon lit. Des courbatures? Tu parles!

Tant bien que mal, je m'extirpai de mon lit. Il n'y avait pas un seul centimètre de mon corps qui ne fût pas douloureux. Était-il possible que l'être humain possède autant de muscles?

Je me traînai jusqu'à la salle de bains, semant sur mon parcours une série de jurons bien sentis. J'avalai deux comprimés d'aspirine et retournai au lit, décidée à y rester jusqu'à l'hiver ou peut-être même jusqu'au printemps suivant.

Allongée sur le dos, les yeux fermés, j'entrepris de mettre à profit les techniques de relaxation que j'utilisais depuis des années.

Je me concentrai sur mes pieds, jusqu'à ne plus rien ressentir dans cette partie de mon corps. Je fis de même avec mes jambes, mes bras, mes mains, ma tête, mes épaules, mon torse et enfin mon bassin. Puis hop! Presque à mon insu, je me sentis m'élever au-dessus de mon corps détendu, en état de méditation profonde. La première chose que je remarquai fut la disparition instantanée de toute sensation de douleur. Un large sourire de bien-être s'épanouit sur mon visage. Il disparut pourtant quand je pris conscience que je me trouvais dans un endroit inconnu. Désorientée, je tentai de trouver une explication à cette projection astrale, la première depuis l'abandon de Tristan.

Le phénomène ne s'était plus reproduit depuis ma sortie de l'hôpital. L'attraction qui nous avait liés ces dernières années ne s'exerçait plus. Que faisais-je donc dans ce lieu?

Un rapide coup d'œil m'apprit que je me trouvais dans une chambre plongée dans l'obscurité. Hésitante, je m'approchai du lit où la forme des draps laissait deviner un corps. Je me penchai pour contempler le visage du dormeur. Les épaules étaient larges, le torse puissant. Tourné sur le côté, l'homme sommeillait. La lumière bleutée qui filtrait par les fenêtres était trop faible pour dévoiler ses traits. Pourquoi me trouvais-je à ses côtés? Ne pas pouvoir répondre à cette question m'effraya. Jamais encore, lors d'une projection astrale, je ne m'étais retrouvée en terrain inconnu sans Tristan. Tiraillée entre ma curiosité et mon envie de fuir, je laissai mon regard glisser sur la silhouette. La curiosité l'emporta.

Je m'éloignai du lit et observai ce qui l'entourait. Ni la vue que j'aperçus par la fenêtre, ni le décor épuré de la chambre ne me donnèrent le moindre indice. Mes yeux s'attardèrent sur les objets : des meubles sobres en bois brut, des photographies de New York et d'autres grandes villes faisant office de tête de lit, un fauteuil défraîchi sur lequel était posée une paire de jeans. Une petite bibliothèque était pleine à craquer d'ouvrages de Stephen King et d'autres grands noms du roman à suspense. Et un révolver posé sur la table près du lit. Un révolver!

Je me figeai, éberluée. Qu'est-ce que cet homme pouvait faire avec une arme posée près de son lit? Une liste de toutes les possibilités, plus terrifiantes les unes que les autres, se déroula dans mon esprit. L'homme gémit et se retourna sur le dos, balançant l'un de ses bras au-dessus de sa tête. Prête à déguerpir au moindre signe d'éveil, je ne le quittais plus des yeux. En gémissant de nouveau, il se redressa péniblement sur un coude. La peur m'entraîna alors dans une descente vertigineuse et me ramena en sécurité, allongée sur mon propre lit.

Je me redressai moi aussi péniblement, enroulée dans mes draps, le cœur en déroute, grimaçante de douleur. Les courbatures n'avaient pas disparu. Que s'était-il passé? Pourquoi cette chambre, cet homme? Je mis un long moment à retrouver mon calme et même alors, l'image en clair-obscur de la silhouette endormie de l'homme se superposa aux ombres de ma chambre. Alors que je persistais à vouloir comprendre ce qui s'était passé, quatre petits mots retentirent dans mes oreilles : « Aie confiance en moi ».

Chapitre 10
« Le frère »

Le vendredi suivant, je retrouvai Barbara à notre cours de danse. Rien ne présageait qu'un nouvel élément perturberait encore une fois le chemin de ma vie. Pourtant, les signes ne manquaient pas!

— Alors? s'informa, Barbara, moqueuse. En forme?

— Est-ce que ce sera toujours aussi douloureux? m'inquiétai-je alors que nous commencions nos étirements. J'ai cru mourir pendant les deux jours qui ont suivi ce maudit cours.

Son rire s'étouffa derrière une main plaquée sur sa bouche.

— Je t'avais prévenue!

Devant mon air alarmé, elle ajouta, plus encourageante :

— Le pire est déjà derrière toi. C'est le prix à payer pour avoir négligé ton corps.

— Et tu ne sais pas à quel point, ronchonnai-je.

Je la regardai arquer le dos en un C inversé.

— Dis donc! soufflai-je, impressionnée. Une vraie danseuse professionnelle. Tiens, ce sera ton surnom : la danseuse étoile.

Elle rit, fière de ce mouvement parfait qu'elle venait d'exécuter, puis me proposa :

— Je vais manger un morceau avec mon frère après le cours. Tu nous accompagnes?

L'évocation de l'homme que j'avais aperçu quelques jours plus tôt me donna le vertige.

— Ça ne va pas le gêner?

— Pourquoi?

Je haussai les épaules, intimidée.

— Il ne me connaît pas. Peut-être qu'il préférerait rester seul avec toi.

Tout en poursuivant notre conversation, elle ploya le corps vers l'avant.

— Nous sommes en tête-à-tête trop souvent à mon goût.

— C'est-à-dire?

— Nous vivons ensemble depuis des années. Au début c'était par nécessité, mais ensuite... nous n'avons jamais coupé le cordon. Il est très protecteur, mais il arrive aussi qu'il ait besoin de moi. Ça compliquerait les choses qu'il habite ailleurs.

— Vous vous entendez bien?

— Oui, mais ça n'a pas toujours été le cas. À une époque, il se moquait bien de savoir ce qui pouvait advenir de ma carcasse. Mais depuis son accident, les choses ont changé.

— Son accident?

— Oh, c'est une longue histoire qui lui a valu la médaille du gouverneur.

Barbara fit passer l'un de ses bras en arc de cercle au-dessus de sa tête et maintint la pause quelques secondes avant de poursuivre.

— Il est policier. Il a été gravement blessé il y a quelques années. J'ai bien failli le perdre.

Je tentai d'imiter les gestes de Barbara, mais je dus me retenir à la barre, par manque d'équilibre.

— Comment fais-tu pour tenir aussi facilement sur une seule jambe! grommelai-je en reprenant la position. J'ai changé d'idée, je vais t'appeler le flamant rose.

Son sourire s'élargit.

— C'est une position très naturelle.

— Tu parles! m'exclamai-je, envieuse. Ce qui est naturel chez moi, c'est de réciter le dictionnaire ou de parler cinq langues.

— Wow! s'exclama Barbara en roulant des yeux admiratifs. Cinq, vraiment?

— Oui.

— Ça alors! Qu'est-ce que tu fais dans un cours de danse?

— Je me le demande, soupirai-je en tendant le bras au-dessus de ma tête, tout en tâchant de gagner en grâce. Raconte-moi ce qui est arrivé à ton frère.

Barbara soupira.

— Il s'est trouvé au bon endroit au bon moment. Il a sauvé la vie de plusieurs personnes en s'interposant pendant un braquage. Sauf qu'on lui a tiré dessus. Tout ce drame pour de l'argent! Ça me dégoûte.

J'eus l'impression que si elle avait pu cracher par terre, elle l'aurait fait.

— C'était où? Dans un dépanneur?

— Non, dans une banque.

Cette fois, je trébuchai pour de bon et me retrouvai assise sur le sol, à moitié sonnée. Je levai la tête vers Barbara qui venait de s'agenouiller près de moi, étouffée par un éclat de rire.

— Eh, ça va? Quel plongeon! Ça manquait de grâce.

Elle se releva.

— Quand était-ce? demandai-je d'une voix étranglée, ignorant la main qu'elle me tendait.

— Quoi donc?

— Cet événement!

— Ça s'est passé il y a un peu plus de deux ans. Pourquoi?

Je blêmis, le regard fixé droit devant moi, la poitrine écrasée par un poids invisible. Barbara perdit cette fois-ci toute envie de se moquer.

— Il n'est pas... mort! constatai-je bêtement.

— Ben non! La preuve...

Barbara me dévisagea bizarrement.

— Eh, Marylou, ça va? Tu es blanche comme un linge!

Comme je ne répondais pas, elle me secoua doucement, passant sa main à plusieurs reprises devant mes yeux pour me faire réagir. Je repris mes exercices, dans un état second.

— Ex... cuse-moi, bégayai-je, j'étais dans la lune.

— Dans la lune? Elle était pleine, j'espère! s'esclaffa-t-elle.

Mademoiselle Austin choisit ce moment précis pour mettre fin aux échauffements. J'eus énormément de difficulté à me concentrer. Mes mouvements étaient désynchronisés par rapport à ceux des autres et je manquai trébucher plus d'une fois. À la fin du cours, Barbara revint à la charge :

— C'est OK pour ce soir? Nous allons dans un pub sur la Grande Allée, ce sera sympa.

J'allais revoir un homme que j'avais cru mort et surtout qui m'avait sauvé la vie. Rien qu'à imaginer cette rencontre, mes mains devinrent moites.

— Je me lave, me change et je vous rejoins. Où est-ce qu'on se retrouve?

Elle me tendit un papier sur lequel elle avait griffonné rapidement quelques indications. Je le glissai dans la poche de mon manteau.

— Nous pourrions passer te prendre, suggéra-t-elle.

— Non! m'écriai-je.

Surprise de ma soudaine nervosité, Barbara me dévisagea.

— Euh, ça va aller, merci… m'empressai-je de reprendre avec plus d'aplomb. On se rejoint là-bas dans deux petites heures. D'accord?

— OK. Caleb sera ravi de te rencontrer. Je lui ai déjà parlé de toi.

La situation était quasi irréelle. Aurais-je le courage de lui dire qui j'étais? M'en voulait-il de mes gestes irréfléchis dans la banque?

À l'heure dite, je pénétrais dans le pub, les mains gelées, le nez rougi et les yeux larmoyants. L'air y était chaud et embaumait la bière et la friture. Toutes les tables étaient occupées. Un chansonnier grattait sa guitare sur une petite scène au centre de la salle, sa voix rauque se mélangeant aux conversations joyeuses des clients. Une main s'agita, attirant mon attention. Barbara, somptueuse, se leva pour m'embrasser sur les deux joues. Un fin cerceau en argent retenait sa courte chevelure et sa frange, longue et parfaitement lissée, était ramenée sur le côté droit. Je soupirai en songeant à ma banale queue de cheval. « Élaboré » : voilà un mot du dictionnaire que je n'avais pas utilisé pour mon propre usage. Vêtue d'un simple jean et d'un pull blanc, j'illustrais parfaitement l'adjectif « décontracté ». Barbara m'invita à m'asseoir en m'indiquant le siège près d'elle.

— Tu es superbe, la complimentai-je, sincère.

— Merci. Toi aussi.

Je chassai son mensonge d'un geste de la main.

— Si, si. Vraiment. Tu as des yeux magnifiques. Ils sont de quelle couleur? Bleus?

— Violets, répondis-je en constatant que le siège en face de moi était vide. Tu es seule?

— Non. Caleb est au téléphone.

Du doigt, elle m'indiqua un petit couloir en retrait. Totalement absorbé par sa conversation, il ne nous prêtait aucune attention. Je pus donc détailler son profil à loisir. Le premier qualificatif qui me vint à l'esprit fut « strict ». Sa façon de se tenir était identique à celle qu'il avait la première fois que je l'avais entrevu. Même à cette distance, on pouvait percevoir l'aura de tension qui l'entourait. « Séduisant », fut le deuxième adjectif qui lui convenait parfaitement. Les traits de son profil étaient doux et sévères à la fois. Oui, séduisant et sexy. Mon regard glissa vers ses hanches moulées à la perfection dans son jean, et je devinais les muscles de son torse sous son pull gris cendré. Son cou aussi avait quelque chose d'attrayant, et l'espace d'un instant je fus hypnotisée par le mouvement de sa pomme d'Adam. Je devenais ridicule... Il mit fin à sa communication et je m'empressai de reporter mon attention sur ma nouvelle amie.

— Qu'est-ce que tu veux boire? me demanda-t-elle en hélant le serveur.

— Une bière. Merci.

Barbara passa la commande : une bière pour moi, une téquila *sunrise* pour elle et une bouteille de Perrier pour son frère. Un Perrier? Étrange, je l'aurais plutôt imaginé une bière entre les mains. Du coin de l'œil, je le vis s'approcher de notre table.

— Enfin! s'exclama Barbara alors que Caleb s'installait face à moi.

Intimidée, je fis mine d'être occupée à fouiller dans mon sac.

— Marylou, voici mon frère Caleb. Caleb, voici ma nouvelle amie, Marylou.

J'entendis la chaise grincer alors qu'il se reculait légèrement pour me tendre la main. Je n'eus pas d'autre choix que de relever la tête vers lui.

— Enchan...

Les mots que j'allais prononcer moururent au moment précis où mes yeux entrèrent en contact avec les siens. Un coup de poing reçu en plein ventre aurait eu le même effet. Ce regard! Impossible de baisser les paupières : il me tenait prisonnière. Respirer, il fallait que je recommence à respirer. Des yeux gris, il en existait des milliards sur la terre, mais cette expression et cet éclat étaient uniques au monde. L'espace d'un instant, je me revis allongée sur le sol glacé d'une banque. Je parvins à bredouiller un « je suis désolée » et filai directement vers les toilettes, après avoir manqué trébucher sur ma chaise qui vacilla contre le mur.

Une fois à l'abri derrière la porte en bois défraîchi des toilettes du pub, je pus sentir sur mon dos la brûlure qu'avait laissée le regard gris acier.

Partie 2
« Caleb »

Chapitre 11
« L'étrangère »

Lorsque je raccrochai, je souriais radieusement. Enfin une bonne nouvelle. Une affaire qui me tenait particulièrement à cœur venait de trouver un dénouement heureux. L'évènement méritait d'être célébré. Je passai distraitement une main dans mes cheveux en désordre, beaucoup trop longs. Il me faudrait les couper. Un autre jour... Je m'empressai de regagner la table où m'attendaient ma sœur et sa nouvelle amie dont je ne pouvais apercevoir le visage car elle était occupée à fouiller dans un énorme sac.

Ma sœur entreprit de faire les présentations. En garçon bien élevé, je tendis ma main droite à la jeune femme qui daigna enfin me prêter attention. Elle leva son visage, ses joues passèrent du rose bonbon au blanc cadavérique en moins d'une seconde. Je ne compris l'ampleur de son malaise qu'en rencontrant ses yeux magnifiques, et à cet instant, je me sentis prisonnier du même trouble. Décontenancé, je la dévisageais, incapable de produire le moindre son, excepté celui de ma respiration de plus en plus saccadée.

Je la connaissais. Mais la retrouver là, en face de moi, sema le chaos dans mes émotions.

Mon petit sourire de convenance s'effaça lorsque je la vis se lever d'un bond, et s'enfuir vers les toilettes. Interloquée, Barbara se tourna vers moi, quêtant une explication.

— Qu'est-ce qu'elle a?

Puis, remarquant ma propre expression, elle s'exclama :

— Et toi, qu'est-ce que tu as?

La fuite de Marylou m'avait pris par surprise et il me fallut quelques secondes pour revenir à la réalité, le regard rivé sur la porte des toilettes.

— Caleb! insista ma sœur en tirant sur la manche de mon pull.

— Hum... Intéressant, commentai-je simplement, d'une voix lointaine.

— Pourrais-tu me mettre au parfum, s'il te plaît? Je t'ai déjà vu faire de l'effet à une femme, mais à ce point-là, c'est… embarrassant.

— Étrange, poursuivis-je toujours sur le même ton, inattentif aux paroles de ma sœur.

Je fouillai à l'intérieur de ma poche et sortis le portrait-robot qui ne me quittait pratiquement jamais depuis des années. Je le tendis à Barbara qui s'en empara.

— Est-ce que Suzanne sait que tu te promènes avec le portrait-robot d'une autre femme qu'elle? s'exclama-t-elle. Moi, à sa place, ça ne me plairait pas. Pas du t… mais c'est Marylou!

Je hochai la tête, heureux de voir qu'elle corroborait mes soupçons.

— C'est une criminelle! s'alarma-t-elle. Qu'est-ce qu'elle a fait? Ce n'est pas une meurtrière au moins? Cambriolage?

— Mais non! C'est moi qui l'ai fait dessiner.

— Mais comment… pourquoi… qui… reprit-elle avant de s'interrompre.

Marylou avait daigné enfin revenir vers nous. Elle s'était recomposé un visage et un léger sourire jouait sur ses lèvres. Je m'emparai du dessin, le repliai discrètement avant de le ranger, sans cesser d'observer les traits de la jeune femme qui avaient retrouvé quelques couleurs. Un rose tendre, semblable à celui des bonbons en sucre.

— Je suis désolée, s'excusa-t-elle avant de s'asseoir près de Barbara.

— Tu vas bien? l'interrogea ma sœur, un tantinet soupçonneuse.

— Oui, oui, acquiesça-t-elle en évitant soigneusement de regarder dans ma direction.

Elle inspira un bon coup, puis se risqua à relever les yeux vers les miens. Je ne m'étais pas préparé à ce deuxième choc. Non seulement ce qui luisait au fond de ses prunelles était très intense, mais la couleur de ses iris était la plus incroyable que j'aie jamais vue.

— Je ne sais pas pourquoi, commençai-je prudemment, mais j'ai l'impression que je dois m'excuser.

Je m'efforçais de paraître calme, mais le trouble qu'elle soulevait en moi m'inquiéta. Un sourire hésitant flotta sur ses lèvres alors qu'elle détournait les yeux, balayant cette éventualité d'un geste de la main.

— Non, non. C'est moi qui devrais présenter des excuses. J'ai été… surprise.

— Par quoi?

Barbara et moi nous étions exprimés en même temps, ce qui nous fit sourire et allégea l'atmosphère.

— Je crois, reprit Marylou, vous avoir déjà rencontré… Caleb.

Elle avait marqué une pause avant de prononcer mon prénom. Je ne pus retenir un froncement de sourcils qui fit apparaître une ride sur mon front. La réaction de Marylou fut immédiate. Son corps se tendit, ses yeux mauves ne fixant plus qu'une chose : le haut de mon visage.

— Barbara m'a un peu parlé de vous, commença-t-elle doucement.

— Un peu? répliquai-je en jetant un regard inquiet en direction de ma sœur.

— Pas la peine de me fusiller de cette manière, se défendit-elle. Je ne lui ai dévoilé aucun de tes petits secrets.

Marylou sourit, gênée, alors que je les gratifiai l'une et l'autre d'une moue peu engageante.

— C'est en partie de ma faute, car c'est moi qui l'ai interrogée.

— Pourquoi donc?

À nouveau Barbara et moi nous étions exprimés simultanément.

— Ça vous arrive souvent? s'enquit notre invitée qui ne cachait pas son amusement.

— Tout le temps!

Elle éclata encore de rire. Je pinçai l'arête de mon nez en signe d'agacement, mais relevai aussitôt les yeux alors qu'elle reprenait :

— Caleb, je n'en suis pas entièrement convaincue, mais je crois que vous êtes le policier qui m'a sauvé la vie, il y a deux ans. La banque où j'ai été blessée et…

— Bon sang! l'interrompis-je. Donc j'avais vu juste, c'est bien vous!

Le choc était très grand, mais le soulagement aussi. Une foule de sentiments s'entremêlèrent comme des rubans au fond de mon esprit. Abasourdie, Barbara dévisageait Marylou.

— Vous êtes vivante! constatai-je platement, comme si la chose paraissait inconcevable.

Pourtant j'avais appris qu'elle avait survécu à ses blessures. C'était la première chose dont je m'étais inquiété après avoir émergé du coma. Mais la savoir hors de danger et la voir là, devant moi, n'avaient pas le même sens. Un immense sourire s'étira sur mes lèvres.

— OK, reprit alors Barbara en avalant d'un trait sa téquila. Il me faut un autre verre. Tu veux un autre Perrier, Caleb? Bien sûr qu'il en veut un! Deux même!

Sans quitter Marylou des yeux, j'acquiesçai.

— Je ne vous ai jamais remercié, reprit-elle, honteuse. C'est parce que j'étais certaine que… enfin, pour moi, il était évident que vous étiez… tenta-t-elle d'expliquer, aussi maladroite dans ses mots qu'elle l'avait été sur ses pieds quelques instants plus tôt. Enfin, vous étiez très mal en point, à mon réveil et tous prétendaient que…

— En effet, Marylou, j'étais bel et bien mort. Mais on m'a réanimé. J'aime faire mentir les statistiques, rigolai-je. Sans doute ai-je encore une mission à remplir ici-bas.

— Oui, souffla-t-elle. Sans doute.

Elle sembla soudain très lointaine, le regard perdu dans un espace inatteignable pour les autres.

— Marylou? l'interpelai-je, intrigué.

Elle revint à la réalité et se contenta de dire :

— Merci, Caleb. Sincèrement, merci. C'est un peu tard, et sans doute inapproprié…

— Vous n'avez pas à me remercier, j'ai seulement fait mon boulot.

— Es-tu obligé d'être toujours aussi consciencieux? Caleb, tu as failli y laisser ta peau, commenta ma sœur, attristée.

— C'était ma faute, reprit Marylou, qui avait blêmi. Je n'ai pas réfléchi. Il y avait cette jeune mère et son bébé qui hurlait… On m'a très souvent reproché d'être trop impulsive.

Un rire bref et triste lui échappa. Je ne gardais qu'un vague souvenir des minutes précédant l'instant où l'agresseur avait déchargé son pistolet sur nous.

— Bah, c'est du passé maintenant! L'important c'est que vous alliez bien.

— Bon, tu vas bien, intervint Barbara. Elle va bien, tout le monde va bien, pouvons-nous passer à autre chose maintenant? Cette conversation devient plutôt morbide.

Grâce aux efforts de Barbara, la discussion dévia sur un sujet moins sensible, nous incitant, au rythme des téquilas et des bières, à faire connaissance. La tension de Marylou mit un certain temps à se dissiper, et je m'efforçai de ne pas l'accabler de regards trop insistants.

Il était déjà tard, lorsque nous décidâmes de rentrer. À mon grand désespoir, Barbara avait largement trop bu. Quelle ironie que ce soit à mon tour de la mettre au lit! Marylou m'aida à l'installer dans la voiture, s'amusant de ses remarques poétiques et insignifiantes. Elle essayait d'être discrète, mais son rire étouffé me parvint plusieurs fois tandis que je tentais de boucler la ceinture de sécurité de ma sœur qui s'endormit à poings fermés en moins d'une minute.

— Je ne suis pas certaine que je serai le plus à plaindre demain, remarqua-t-elle timidement.

— Vous n'avez presque rien bu.

— Non. Mais si j'ai des courbatures semblables aux dernières, je ne serai bonne à rien, sauf à faire grimper les ventes de comprimés contre la douleur.

— Ah! Je vois.

Je refermai la portière d'un geste sec et me retournant vers elle, je lui proposai :

— Je vous raccompagne? Il est tard pour rentrer seule. Où habitez-vous?

— Sur le chemin Sainte-Foy, près de l'Université Laval.

— Grimpez. Vous y serez en moins de deux.

Ses mouvements trop lents parlèrent pour elle.

— Je ne veux pas vous mettre mal à l'aise, Marylou. C'est uniquement par souci de sécurité… Appelez cela de la déformation professionnelle, si vous voulez.

— Je sais. C'est que… OK, j'accepte, décida-t-elle finalement.

Elle s'installa à mes côtés. Je mis aussitôt le contact et augmentai le chauffage à son maximum. Le froid avait givré les fenêtres et je la vis dessiner des lettres sur la fine couche de glace avec le bout de son ongle.

— Qui est Tristan? demandai-je en lisant ce qu'elle venait d'écrire.

Elle sursauta, laissant retomber sa main sur sa cuisse.

— Un ange, répondit-elle calmement.

— Oh!

Je n'insistai pas. Elle avait tourné la tête en direction de la fenêtre. La chaleur avait fait fondre le givre et disparaître le prénom. Mon regard, lui, se posa sur la base de sa nuque.

Je roulai tranquillement sur la Grande Allée. Demeurer concentré sur la route et ne pas décocher de fréquents coups d'œil vers ma voisine constituaient un véritable défi. Marylou s'était murée dans un silence énigmatique et, à quelques reprises, je pus sentir sur moi son regard scrutateur. Elle semblait obsédée par mes yeux et… mes mains. Son comportement laissait supposer qu'elle était troublée, peut-être même blessée. Mais je me voyais mal l'interroger sur un sujet aussi personnel, après seulement quelques heures passées avec elle. Naviguer en terrain neutre serait plus sûr.

— Je crois que ma sœur vous aime beaucoup, lançai-je au bout d'un moment pour briser le silence.

— Je l'aime bien, moi aussi. Mais on pourrait peut-être cesser de se vouvoyer, j'ai l'impression d'avoir cent ans…

Je contemplai, amusé, la silhouette dite centenaire.

— Barbara est loyale, continuai-je à sa place. Pour peu qu'on le soit envers elle. Rigolote, d'un optimisme démesuré, avec tendance lunatique par moment.

— Parfaite pour moi, commenta Marylou en regardant la lumière des phares fendre la nuit.

— Et vous… et toi? me repris-je sous son regard réprobateur.

— Banale, ennuyeuse et vaguement perturbée par moment. Non, je corrige. Énormément perturbée un peu tout le temps. Mais ce n'est plus une primeur, n'est-ce pas?

— Exactement le genre d'amie qu'il lui faut, rigolai-je en immobilisant le véhicule à un feu rouge.

Ce petit arrêt me permit de me tourner vers elle. Les ombres dissimulaient son visage, estompant ses expressions, sans toutefois effacer sa pâleur.

— Je pense qu'elle s'ennuiera vite avec moi, supposa Marylou.

— Au contraire. Ça va lui faire du bien, elle a besoin de quelqu'un pour la tempérer. Et comme je ne serai pas toujours là…

Ah! Enfin un peu d'intérêt! Marylou avait légèrement tourné la tête dans ma direction et m'observait sous ses longs cils recourbés. Voyant qu'elle attendait la suite, sans oser m'interroger, je poursuivis :

— Je suppose qu'un homme ne peut pas vivre indéfiniment avec sa sœur. Elle finira par avoir besoin de son intimité.

— Oui, c'est logique.

Elle baissa la tête, sa façon sans doute, de me dissimuler ses pensées mais qui mettait en évidence cette courbe si attirante de sa nuque. Je songeai qu'il était étrange de ne pas être troublé par sa présence, par la chaleur qui émanait de son corps, comme si le fait qu'elle soit assise à côté de moi eut été normal.

Nous arrivâmes à destination.

— Voilà, tu es saine et sauve.

— Merci, chuchota-t-elle en ouvrant la portière.

Une fois sortie, elle releva enfin les yeux, le violet de son regard rivé au mien.

— Merci, chuchota-t-elle à nouveau d'une voix plus douce. Je… j'ai été heureuse de te revoir.

Je lui répondis d'un simple geste de la tête.

La portière claqua et elle disparut, avalée par l'obscurité. Le froid mordant s'était infiltré dans la voiture, s'appropriant l'espace laissé par son départ. Il ne restait rien de sa chaleur. Je restai un long moment immobile, les doigts crispés autour du volant, essayant de découvrir pour quelle raison j'hésitais tant à redémarrer et à m'en retourner chez moi. Pourquoi la savoir seule exacerbait-il mon instinct protecteur?

Des plaintes en provenance du siège arrière me tirèrent de mes réflexions. Je fis demi-tour et c'est alors que les premiers flocons de neige de l'année s'abattirent sur le pare-brise.

Chapitre 12
« Imprévus »

Une seule chose pouvait m'irriter davantage que la sonnerie d'un réveille-matin : le bruit de quelqu'un, ma sœur en l'occurrence, en train de vomir dans la salle de bain après une soirée trop arrosée. Avant de rabattre mon oreiller sur ma tête, je jetai un coup d'œil à ma montre : six heures. Vu le temps couvert, ma chambre ressemblait à un théâtre d'ombres mouvantes. Les branches que le vent bousculait à l'extérieur grinçaient contre la fenêtre et semblaient décidées à ne pas me laisser me rendormir. Je parvins à m'extirper de mon lit en dépit de la température fraîche de la pièce.

Passer la soirée avec Barbara dans un pub alors que j'étais de service tôt le lendemain avait été une bien mauvaise idée.

Je sortis mon uniforme du placard et pris au passage le dessin froissé que j'avais posé sur mon bureau. Dans la cuisine, la cafetière ne tarda pas à répandre un arôme délicieux qui me donna l'eau à la bouche. Je dégustai ma première tasse de la journée en contemplant le portrait-robot de Marylou. Les nervures du bois transparaissaient au travers du papier, donnant une apparence veinée au visage, le rendant encore plus réel. Je ne quittais des yeux les traits fins et réguliers que pour surveiller l'heure.

À l'odeur âcre qui flottait dans la salle de bain où je terminai de me préparer, je compris que ma sœur avait dû y passer une rude nuit. Je fis une toilette rapide, me parfumai de quelques gouttes d'eau de Cologne, et je revins dans ma chambre, toujours obnubilé par le dessin. Je l'insérai dans la poche intérieure de mon veston.

Un gémissement en provenance des « quartiers » de Barbara m'arracha une grimace. Je m'emparai de cachets d'aspirine et armé d'un grand verre d'eau et d'une serviette humide, je me rendis au chevet de la mourante.

— Barbara?

Allongée en travers du lit, un bras recouvrant ses yeux, elle gémit de nouveau.

— Je pense que je vais encore être malade! se lamenta-t-elle, une main sur la bouche.

— Mais non. Tiens, avale ça.

Je plaquai d'autorité deux cachets dans sa main et lui tendis le verre d'eau. Alors que je lui soutenais les épaules, elle put avaler les médicaments, puis se laissa retomber sur le matelas.

— Quelle cuite! Mon crâne va fendre en deux. J'ai l'impression d'être une pastèque trop mûre.

— Hum, appétissant et hypocalorique en plus, la taquinai-je, compatissant.

Il était si rare de voir ma sœur dans un état pareil.

— Courage, ça ira mieux dans un instant. Il faut que j'y aille. Tu vas tenir ici, toute seule, jusqu'à mon retour? J'apporterai des sushis pour le souper, si tu es partante.

Un nouveau gémissement s'échappa de ses lèvres desséchées pendant qu'elle se retournait sur le côté. Ce n'était pas le moment de parler de nourriture…

— Pardon, m'excusai-je très vite.

Ma main écarta une mèche qui pendait au travers de son front moite, ce qui lui fit entrouvrir un œil. Elle ne s'habituerait sans doute jamais à ce que je lui manifeste de la tendresse. Après tout, elle s'en était passée pendant si longtemps!

— Est-ce que…

Je retins la question qui me brûlait les lèvres. Oui, sans doute devais-je ressembler à cela, avant, lorsque je dépensais tout mon salaire en alcool : un être pitoyable et lamentable. Barbara souleva une main comme s'il s'agissait d'une tonne de plomb et tapota faiblement mon avant-bras.

— Je vais survivre. C'était ridicule de boire autant.

— Oui, ça l'était. Mais je suis mal placée pour te faire la morale…

J'hésitai à poursuivre, les mots refusant de suivre ma pensée. Je n'étais pas un fin orateur.

— Je suis désolé, Barbara, m'excusai-je maladroitement.

Sa main tremblante vint se poser sur ma joue qu'elle caressa doucement.

— Je t'aime frérot. Ne t'inquiète pas pour cela. Tu vas être en retard.

Je déposai un baiser sur le sommet de sa tête et sortis de la pièce.

Les quelques nuages du matin avaient finalement été vaincus par le fort vent automnal. Sous le ciel d'un bleu lumineux, les quelques flocons de neige tombés la veille s'étaient transformés en une bouillie grisâtre. L'air embaumait l'hiver. J'aimais ce temps.

Sur la route qui menait au commissariat, je me demandai dans quel état se trouvait Marylou. Je l'appellerais pour m'enquérir de ses courbatures. Je me ravisai aussitôt. Quelle idée stupide!

Les heures filèrent rapidement, ponctuées de rondes de patrouille et de moments passés à remplir de la paperasse. À la fin de la journée, le temps s'était ennuagé, et c'est sous un ciel de plomb que je revins à l'appartement, muni d'un généreux assortiment de sushis. Je savais que Barbara allait mieux pour lui avoir parlé en milieu d'après-midi. Je pénétrai dans le petit vestibule et j'allais annoncer mon arrivée, lorsque la voix de Marylou me fit stopper net. Les deux jeunes femmes s'étaient installées dans le salon, d'où me parvenaient leurs voix. Je ne résistai pas à l'envie de les écouter discrètement, intrigué d'en savoir plus sur cette étrangère dont la présence chez moi était loin de me déplaire.

— Ça va, les courbatures? s'enquit ma sœur, moqueuse.

— Hum... hum… ça va, le mal de tête? rétorqua, Marylou.

— Mieux. Ce matin, j'aurais pu vendre mon âme au diable pour un cachet d'aspirine. Alors, Caleb m'a souhaité le bonjour avec du Tylénol et une serviette d'eau fraîche. Adorable.

Après un bref silence, Marylou reprit la conversation.

— Vous semblez bien vous entendre tous les deux.

— Oui, c'est vrai. Mais ça n'a pas toujours été le cas.

— Ah non?

La tournure de leur échange me déplut et j'eus envie de l'interrompre brusquement, mais je restai plutôt stoïquement sur place, mon plateau de sushis entre les bras, pour entendre la suite.

— Caleb n'a pas eu la vie facile, tu sais.

— C'est-à-dire?

— Il a connu des moments difficiles. Il n'avait que quinze ans lorsqu'il a perdu son meilleur ami. Thomas et lui étaient inséparables. Un matin de septembre, une voiture a heurté Thomas qui circulait en vélo. Il est mort quelques heures après l'accident. Caleb l'a très mal pris. Ensuite, notre mère est décédée. Notre père avait déserté le domicile familial à ma naissance et nous nous sommes retrouvés orphelins alors que nous n'étions pas encore sortis de l'adolescence. Nous avons été recueillis par des parents éloignés, mais ça n'a jamais collé entre Caleb et eux. Les hostilités étaient monnaie courante et de plus en plus violentes. Caleb a eu son lot de raclées. C'était invivable! Jusqu'à ce jour terrible où j'ai retrouvé Caleb dans la baignoire. Il… il s'était ouvert les veines.

Barbara avait baissé le ton. Ma mâchoire se crispa au souvenir de ce qui avait été la pire période de toute ma vie. Une douleur lancinante me broya le cœur alors que je revivais la scène dont Barbara parlait.

— J'ai tellement eu peur! J'étais certaine qu'il allait mourir. Les secours sont arrivés à temps pour le sauver, mais je sentais qu'il recommencerait. Ce qui s'est produit. Deux fois en moins de deux ans. C'est un miracle qu'il soit toujours en vie. Le jour de ses dix-huit ans, il a décidé de lever les voiles en m'expliquant que c'était nécessaire. Non, vital est le terme qu'il a employé. Je l'ai donc laissé partir, la mort dans l'âme. À part moi, personne ne regrettait son départ. Il n'a plus donné de ses nouvelles pendant trois ans. Puis un matin, alors que je sortais de l'université, il était là, à m'attendre, vêtu de son uniforme de policier. Je ne te raconte pas le choc que ça m'a fait. Nous avons emménagé ensemble quelque temps après. Il était dans un piteux état. Il buvait beaucoup, presque tous les soirs. Je ne sais pas combien de fois je l'ai retrouvé saoul, affalé sur le canapé et parfois même couché à même le sol. Nous ne nous parlions pas beaucoup et tout nous séparait : nos convictions, nos idéaux. Mon frère était méconnaissable, et j'ai souhaité à plusieurs reprises qu'il s'en retourne d'où il venait. L'année de ses vingt-quatre ans, un matin de juillet, un changement inoubliable s'est opéré. Il était assis à la table de la cuisine, devant une bouteille de whisky neuve. Lorsque je suis entrée dans la pièce, il m'a regardée un long moment, puis s'est levé et a vidé le contenu de la bouteille dans l'évier. À ma connaissance, il n'a jamais plus retouché un verre d'alcool. Que s'était-il passé? À partir de ce jour-là, notre cohabitation est devenue plus facile malgré nos fréquentes engueulades. Caleb a toujours été un être solitaire et ma présence envahissante l'énervait. Jusqu'au terrible accident que tu connais, le jour du braquage de la banque. Encore une fois, contre toute attente, il s'en est sorti. Je me revois assise à son chevet, comptant ses respirations, certaine qu'il ne passerait pas la prochaine heure. Sa guérison relève presque du miracle. Je l'entends souvent dire qu'il a sans doute encore une mission à accomplir. Je sais qu'il dit cela pour plaisanter, mais ces mots ont sûrement du sens. Depuis, nous nous sommes rapprochés d'une manière inespérée. Il n'est plus le même. Sa philosophie de la vie, sa façon d'envisager les choses, tout est différent. Je crois que cet événement lui a fait comprendre qu'il ne pouvait pas indéfiniment jouer avec sa vie. Tôt ou tard, ça aurait fini par mal tourner.

Les explications de ma sœur, que je trouvais particulièrement volubile, m'étouffaient. Je décidai donc qu'il était temps d'y mettre fin. J'ouvris discrètement la porte et la refermai avec fracas en criant :

— Sushis!

Tout aussi bruyamment, je jetai mes clefs dans un vase qui se trouvait sur la table d'entrée, avant de rejoindre les deux jeunes femmes au salon. Je fis mine d'être surpris en croisant le regard mauve de Marylou. Ses yeux recelaient tant de questions que c'en était presque agressant.

— Oh, de la visite! m'exclamai-je en lui adressant mon sourire en coin le plus charmeur. Bonsoir.

— Bonsoir, bredouilla-t-elle en baissant très vite les yeux.

— Salut, Caleb, s'écria Barbara qui applaudit en voyant l'assortiment de sushis.

— Si j'avais su que nous aurions une invitée, j'en aurais pris davantage.

Barbara roula de gros yeux dans ma direction, mais déjà Marylou se levait.

— Je ne reste pas. Je suis simplement venue voir comment se portait Barbara.

— Hum, attentionnée, commentai-je.

Machinalement, quand elle passa devant moi, je retins Marylou par le poignet et ajoutai :

— Il y en a largement pour nous trois. Reste, nous pourrons faire plus ample connaissance!

Mes doigts, en contact pour la première fois avec sa peau, eurent l'impression de s'être emparés d'un charbon rougeoyant. Lorsqu'elle tourna la tête dans ma direction, un voile était tombé sur ses yeux et ses lèvres tremblaient. Je m'empressai de la libérer. Pour une raison incompréhensible, cette femme non seulement réagissait de manière déconcertante à ma présence, mais elle soulevait chez moi des réactions troublantes.

Barbara, inconsciente du trouble qui s'était installé, s'empara de l'autre main de Marylou et l'entraîna derrière elle jusqu'à la cuisine. Je fermai la marche avec le plateau de nourriture. En un temps record, la table fut mise et cinq minutes plus tard, nous commençâmes à manger. Malgré moi, je ne pouvais détourner mon attention de notre invitée, tout en essayant de rester discret. Je m'étais fixé comme mission de cerner sa personnalité avant la fin de cette soirée. J'espérais mieux comprendre ce qui me déstabilisait à ce point. Une heure plus tard, je n'avais rien appris de particulier si ce n'est que ses yeux étaient magnifiques et son appétit, digne de celui d'un oiseau. Elle avait à peine avalé trois sushis.

— Marylou, je plaisantais tout à l'heure, me sentis-je obligé de spécifier. Il y en a largement pour nous tous.

Un petit sourire joua sur ses lèvres.

— Mon frère n'arrête pas de se plaindre que je ne mange pas assez. Vous n'allez pas vous y mettre tous les deux, n'est-ce pas? D'autant plus que j'ai tendance à prendre du poids ces derniers temps.

Mon regard glissa sur sa silhouette. Ni maigrichonne ni rondelette, mais des plus attirantes. Je pouvais deviner, sous son pull côtelé, une taille fine, des hanches harmonieuses et une poitrine… sur laquelle je m'interdis d'extrapoler.

Barbara se resservit avant de s'exclamer :

— Moi, si je devais avoir un vice, ce serait celui-là! Bien manger est l'un des plus grands plaisirs qui soient. Ça… et faire l'amour, bien sûr. Qu'en penses-tu, Caleb?

— Tout à fait d'accord. Marylou?

Son visage se décolora au point que j'en déposai le plateau de sushis pour presser doucement son épaule.

— Eh, est-ce que ça va?

Mes doigts enregistrèrent le raidissement de ses muscles, puis les tremblements qui secouèrent son corps. Sa réaction n'échappa pas non plus à ma sœur qui plissa le front, étonnée.

— Est-ce que tu vas bien?

Les joues enflammées, Marylou reprit subitement ses esprits et disparut de la pièce en s'excusant.

— Mais qu'est-ce que tu lui as encore fait? s'écria ma sœur. Ça devient une manie!

— Absolument rien! m'exclamai-je, ahuri, en levant les bras. Si tu veux mon avis, ta copine est encore plus paumée que nous deux réunis.

— Il a raison!

Nous sursautâmes en voyant notre invitée dans l'encadrement de la porte, son manteau sur le dos. Barbara se leva vivement, contourna la table et vint se planter devant elle.

— Tu ne vas pas partir maintenant! On vient à peine de commencer le repas!

— Je dois partir, vraiment. Je ne me sens pas très bien. Il vaut mieux que je rentre. Je t'expliquerai tout la prochaine fois. Je te le promets.

— M'expliquer quoi? insista ma sœur, dépitée.

— Pourquoi je suis si bizarre? répondit-elle en la gratifiant d'un pâle sourire.

Elle respira à fond avant de s'étirer le cou pour croiser mon regard par-dessus l'épaule de Barbara. Mais déjà je m'étais levé moi aussi. Je la précédai dans le vestibule.

— Hors de question que je te laisse rentrer à pied. Il pleut des cordes.

Comme pour me donner raison, un coup de tonnerre fit trembler les murs. Dehors, l'orage se déchaînait. J'étouffai ses protestations d'un geste de la main.

— J'insiste.

J'adressai un regard rassurant à ma sœur. Tout comme elle, j'avais remarqué la façon dont Marylou triturait à présent ses doigts et se mordait la lèvre inférieure. Toute cette tension qui irradiait d'elle la rendait plus intrigante encore. Il était évident qu'elle nous cachait quelque chose. Et je n'appréciais pas les secrets. Qu'elle le veuille ou non, elle me dirait pourquoi je la bouleversais à ce point.

Je lui ouvris la porte et m'écartai pour la laisser passer sans qu'elle eût à me frôler. Tout contact physique avec moi la rendait mal à l'aise. Éviter de la provoquer me sembla une sage décision. Avait-elle été agressée? Quelqu'un autour d'elle la violentait-il?

Ma voiture était garée à quelques mètres de l'appartement, suffisamment loin pour que l'averse ait le temps de nous tremper. Les gouttes de pluie se changèrent presque aussitôt en grésil qui cliqueta contre la carrosserie de la voiture. Une fois installés à l'intérieur, je mis le contact, mais tardai à quitter le stationnement. Marylou leva enfin les yeux vers moi, surprise.

— J'ai à te parler, si tu permets, commençai-je sur un ton neutre.

Elle garda le silence, se contentant de m'observer.

— Je voulais simplement te dire que je ne suis pas dupe, Marylou. J'ai parfaitement conscience du malaise qu'il y a entre nous. Pour une raison que j'ignore, tu trembles devant moi, et j'aimerais bien que tu m'en expliques la cause. Est-ce que je te fais peur?

— Peur? chuchota-t-elle, surprise. Non! Bien sûr que non!

— Tes mains tremblent, tu te mords la lèvre sans arrêt, tu te raidis dès que je te frôle; comment expliquerais-tu cela? J'aimerais croire que c'est du désir, mais ce serait un peu prétentieux de ma part.

Ma voix s'était faite légèrement ironique et je m'en voulus, car elle baissa aussitôt les yeux.

— Désolé. C'est simplement que j'essaie de comprendre. Et… ce n'est pas facile.

— Je n'ai pas peur de toi, répéta-t-elle avec plus de fermeté en m'affrontant de nouveau. C'est autre chose.

— Quoi? Serais-je si irrésistible que tu aurais un faible pour moi?

Mes lèvres esquissèrent un semblant de sourire et elle se détendit enfin.

— C'est ça? insistai-je.

— Non! Enfin, pas exactement. Tu me fais penser à quelqu'un. Un homme que j'ai énormément aimé. Et ça me trouble parce que je ne sais pas comment réagir.

— Oh! Je m'attendais à tout, sauf à cela. Comment était-il? Grand, beau, sexy, atrabilaire?

Même dans la noirceur qui nous entourait, je pus voir le sang quitter son visage.

— Qu'ai-je dit encore? m'énervai-je. Il semble qu'avec toi j'accumule les faux pas comme d'autres, les pièces de monnaie.

— Rien. Tu as dit « atrabilaire ».

Je hochai la tête, à cent lieues de comprendre ce qui la perturbait autant.

— C'est un mot plutôt rare, non?

— Mon vocabulaire te choque?

Elle secoua la tête. Je repris donc mon interrogatoire.

— Qui était-il? Un petit ami?

Elle détourna la tête et ajouta :

— L'homme de ma vie.

— OK!

Je me passai distraitement une main dans les cheveux.

— Donc, je lui ressemble.

— C'est peu dire, murmura-t-elle avant de laisser échapper un petit rire sec.

La lueur bleutée de l'averse se reflétait sur son profil. Qui se cachait sous les ombres qui assombrissaient le violet de ses yeux? La cacophonie du grésil sur la voiture allégeait le silence entre nous.

— En quoi est-ce que je lui ressemble? C'est mon visage?

D'un geste brusque, elle me signifia que non.

— C'est plus profond.

Là, je ne saisissais pas. À part le physique, je ne voyais pas ce qui aurait pu la choquer à ce point.

— Désolé Marylou, je dois être lent à comprendre.

— Laisse tomber, Caleb.

— Mais tu as piqué ma curiosité. Explique-toi. Donc, je lui ressemble… intérieurement. C'est plutôt bizarre, non?

— En tous les cas c'est très embarrassant, rit-elle, en frôlant ses joues d'une main.

Venait-elle de rougir? En voyant qu'elle se refermait sur elle-même, je n'insistai pas. Nous fûmes chez elle en quelques minutes.

Elle me remercia et sortit de la voiture avec un empressement qui témoignait de son malaise. Comme je la suivais, elle s'arrêta, sans se retourner vers moi.

— Il est tard, il fait nuit et comme Barbara l'a fait remarquer, je suis extrêmement consciencieux. Je te reconduis jusqu'à ta porte. Ensuite, je partirai.

Elle ne s'opposa pas à ma proposition et me précéda, me montrant le chemin. Je la sentais sur ses gardes, presque hostile. Nous gravîmes, silencieux, l'escalier qui menait à son appartement. Arrivés devant sa porte, je la saluai d'un bref signe de tête avant de tourner les talons. Je n'avais pas descendu les premières marches qu'elle m'appelait.

— Qu'est-ce qu'il y a? m'étonnai-je.

— C'est déjà ouvert…

Mes instincts de policier prirent immédiatement le relais. En moins d'une seconde, je fus près d'elle. Je la repoussai doucement derrière moi. Sans la regarder, ni prêter attention à son hoquet de surprise, je poussai doucement la porte.

— Es-tu certaine d'avoir bien verrouillé avant de partir? chuchotai-je sans détourner les yeux de l'entrée assombrie.

— Certaine, murmura-t-elle de manière à peine audible.

Une odeur forte que je n'identifiai pas immédiatement m'agressa alors.

— Reste ici, ordonnai-je. Je vais voir ce qu'il en est, OK?

Elle acquiesça sans opposer la moindre résistance.

— Où se trouve l'interrupteur? demandai-je, de plus en plus tendu.

— Juste à droite, à la hauteur de ton épaule.

Ma paume trouva immédiatement le bouton et appuya dessus. Tout était calme, silencieux, hormis le bruit d'un téléviseur qui devait provenir de l'appartement du dessus.

— Reste là, réitérai-je, sans lui jeter le moindre coup d'œil.

Je regrettai de ne pas avoir mon arme. Je retins ma respiration et pénétrai lentement dans l'entrée. Après quelques secondes d'écoute attentive, je ne décelai rien de particulier. J'avançai donc prudemment, jusqu'à me retrouver au seuil de la pièce suivante. Je tâtonnai le mur du côté gauche, puis du côté droit pour trouver l'interrupteur. Lorsque la lumière gicla sur les murs, je restai estomaqué devant le tableau que j'avais devant moi.

Un cri étranglé me fit sursauter et je me retournai vivement, furieux.

— Je t'avais dit de ne pas bouger! grondai-je.

De ses yeux violets agrandis par l'horreur, Marylou fixait tour à tour les murs de la pièce!

— Ça va aller. Mais je dois vérifier qu'il n'y a plus personne.

Comme elle ne répondait pas, je la pris par les épaules, plongeant mon regard au fond du sien. Ce choc-là fut plus fort encore que celui de la découverte de la pièce saccagée. Pour la première fois, je la touchais et la confrontais du regard, en même temps.

— Marylou, repris-je en la secouant au bout de trois interminables secondes. Tu comprends ce que je dis? Tu ne bouges pas de là! Sous aucun prétexte!

Ce fut vite fait. Je me glissai furtivement dans chaque pièce. Tous les murs avaient été barbouillés à l'aide d'une peinture en aérosol, d'un rouge vif. Les mots s'alignaient de pièce en pièce, formant une seule phrase, lourde de menaces : « Je n'ai pas oublié, je t'aurai ». Les livres des bibliothèques avaient été éparpillés sur le sol, le lit avait été défait et le matelas, souillé.

Lorsque je revins dans le séjour, Marylou était accroupie sur le parquet, ses bras encerclant ses genoux remontés sous son menton. Elle se balançait d'avant en arrière. À la voir ainsi, quelque chose remua au fond de mon inconscient, réveillant une colère sourde et mon instinct protecteur déjà à vif. Je m'empressai de venir la rejoindre, m'agenouillai près d'elle et posai une main rassurante sur son épaule, prêt à affronter les larmes et les cris. Mais son visage restait impénétrable, ses yeux secs, seules ses lèvres serrées et ses yeux plissés témoignaient du tumulte qui l'habitait.

— Est-ce que ça va?

Un gémissement s'étouffa contre l'une de ses paumes. Je l'aurais volontiers attirée entre mes bras. Mais comme je connaissais l'intensité de ses réactions chaque fois que je l'approchais, je m'en abstins. Je sortis mon téléphone portable et composai le numéro que je connaissais par cœur. On me répondit à la deuxième sonnerie.

— Sergent Caleb Trudeau, annonçai-je rapidement. J'appelle pour signaler une entrée par infraction au…

Comme j'hésitais, Marylou murmura l'adresse que je répétai soigneusement, sans la quitter des yeux. Son visage avait tourné au gris et j'en vins à craindre qu'elle ne s'évanouisse. Pour la faire réagir, j'accentuai légèrement la pression de mes doigts sur son épaule. Ses yeux plongèrent dans les miens, insistants. Sans réfléchir, je fis glisser doucement ma main le long de son bras, jusqu'à pouvoir attraper son poignet. Je l'attirai contre moi et refermai mes bras autour d'elle. Contre toute attente, elle se laissa faire.

— Il est hors de question que tu restes ici ce soir, décidai-je.

Le visage enfoui contre mon torse, elle ne manifesta aucun refus. Sa respiration lente et profonde me donna l'impression qu'elle s'imprégnait de l'odeur de ma peau. Mes doigts s'écartèrent pour couvrir le maximum de la surface de son corps qu'il m'était permis de toucher, désireux de la rassurer et de lui communiquer un peu de ma force.

Nous restâmes ainsi jusqu'à ce que les sirènes hurlantes se rapprochent.

— Ils vont sans doute vouloir te poser des questions, commençai-je.

Ses yeux s'agrandirent et affichèrent une véritable panique.

— Non… Ils ne pourront pas comprendre…

Je penchai ma tête vers la sienne pour mieux saisir ce qu'elle marmonnait.

— Marylou, qu'est-ce qu'ils ne pourront pas comprendre? Ne crains rien. Je serai là. Je resterai avec toi. OK?

Elle secoua la tête et répéta :

— Ils ne comprendront pas.

Quelques minutes plus tard, deux agents et un photographe entraient dans l'appartement. Comme je le pressentais, ils interrogèrent Marylou, la mitraillant de questions. Non, elle ne savait pas qui avait pu faire cela, non, à sa connaissance, elle n'avait pas d'ennemi, non, elle n'avait jamais eu de menaces.

Légèrement à l'écart, je ne cessais de l'observer, de plus en plus troublé par cette façon de répondre. Elle mentait. Elle ficelait chaque mensonge l'un à l'autre, comme les éléments d'un collage. Je commençais à m'habituer à ses réactions déroutantes et à la manière dont elle pâlissait en ma présence. Mais être confronté à ces réponses mensongères me déstabilisait. Tout comme le faisait ce sentiment protecteur que j'éprouvais envers elle. La conversation que nous avions eue dans la voiture me revint soudain en mémoire, et une vague d'adrénaline déferla en moi, comme si mon inconscient réagissait à un événement que je ne connaissais pas encore.

L'interrogatoire terminé, les empreintes relevées, les photographies prises, tous quittèrent les lieux.

— Prends ce dont tu as besoin pour la nuit, je te ramène à la maison.

Comme je devinai qu'elle s'apprêtait à protester, j'ajoutai :

— Barbara sera ravie, vous pourrez papoter toute la nuit, et moi je ne serai pas inquiet. C'est cela ou c'est moi qui m'installe ici.

Elle céda. Chez nous, elle n'échangea qu'une phrase ou deux avec Barbara. Je me chargeai donc de tout expliquer à ma sœur qui réagit avec exubérance. Je proposai à Marylou d'occuper ma chambre, ce qu'elle refusa net. Et cette fois, aucun argument n'en vint à bout. Mais lorsque je la quittai, à minuit sonnant, seule sur le canapé du salon, j'eus l'impression qu'une force inconnue me retenait à elle.

Je me réveillai en sursaut, à peine quelques minutes après m'être assoupi, les cinq sens à l'affût. Autour de moi, tout était à sa place, rien ne clochait. Je me redressai sur un coude, percevant une faible plainte.

Je repoussai vivement mes couvertures et sans prendre la peine d'enfiler un t-shirt, je sortis de ma chambre, avançant au pas de course jusqu'au salon.

Recroquevillée dans un coin du canapé, Marylou tentait d'étouffer ses sanglots. Ma première idée fut d'aller réveiller Barbara et de la lui confier, mais, comme poussé par une main invisible, je m'approchai d'elle. Avant qu'elle ne perçoive ma présence, j'eus le temps d'entendre quelques-uns des mots qui entrecoupaient ses pleurs : « Tristan, pourquoi m'as-tu fait cela… »

— Marylou? chuchotai-je en m'installant près d'elle.

Elle releva la tête, essuyant ses yeux du revers de la main.

— Je suis… désolée, s'excusa-t-elle entre deux sanglots. C'est plus fort que moi…

Un petit rire m'échappa alors que j'avançais doucement les doigts vers sa longue chevelure, que je voyais dénouée pour la première fois.

— Je m'étonne que tu n'aies pas craqué avant.

— Ça va aller, voulut-elle me rassurer avant d'enfouir à nouveau son visage entre ses bras.

— Chut, murmurai-je contre ses cheveux en l'attirant vers moi. C'est fini. Ça va s'arranger.

Elle secoua la tête avec vigueur.

— N'aie pas peur, tu n'as rien à craindre ici. Je suis là. Je te protègerai. Personne ne te fera de mal.

— Je suis désolée, répéta-t-elle en respirant à grands coups, tentant de reprendre le contrôle d'elle-même.

Lorsqu'elle parvint à se calmer, elle releva la tête et prit conscience de ma proximité. Mes bras passés autour d'elle ressentaient la fébrilité qui envahissait son corps. Mes yeux notèrent l'expression qui se peignait sur son visage. Ses mains moites échouèrent sur mon torse nu, à la hauteur du cœur et un son étouffé lui échappa.

Ni l'un ni l'autre, nous ne parvenions à détourner les yeux.

— Je suis là, répétai-je. Aie confiance en moi, Lou.

Alors, comme si je venais de prononcer une incantation magique, je me retrouvai pris au piège de sa bouche. Ses doigts timides glissèrent sur ma peau, jusqu'à trouver mes cheveux, et attirèrent ma tête vers la sienne. En réponse, mes bras la plaquèrent contre mon torse avec force. Ma langue découvrait la saveur de sa bouche, à laquelle se mêlait le goût de ses larmes. Loin de se calmer, mon cœur redoubla de vigueur et se mit à ruer comme un fou furieux.

J'étais pleinement conscient de la poitrine de Marylou pressée contre mon torse nu, alors que mes mains découvraient avec ravissement la courbe de ses reins au travers du tissu fin de sa tenue de nuit. Partageant la même envie, nous nous rapprochâmes l'un de l'autre.

Puis un gémissement lui échappa. Elle se recula d'un geste vif, me repoussant de ses deux mains pressées contre mes épaules. Essoufflés, embarrassés, fascinés, nous nous exclamâmes simultanément :

— Qu'est-ce qu'on vient de faire?

Ses tremblements cessèrent aussi subitement qu'ils étaient apparus. Bien que ses bras, sa tête et le haut de son corps soient devenus rigides, je n'étais attentif qu'aux détails qui prouvaient qu'elle était encore vivante : ses doigts crispés contre ma peau et le mouvement saccadé de sa poitrine. Elle peinait à respirer. Plus troublant encore fut ce grésillement que je perçus au bout de ses doigts et qui s'intensifiait de seconde en seconde. Cette sensation titilla un moment ma peau et en franchit la barrière jusqu'à se déverser dans la totalité de mon corps.

J'aurais pu paniquer, la repousser et m'éloigner d'elle. Mais ses yeux, liés aux miens, exprimaient le même étonnement. Tout comme moi, elle resta sans bouger, laissant simplement cette sensation brûlante se déverser d'elle à moi.

— Qu'est-ce que c'est? réussis-je à demander, la bouche asséchée.

— Je n'en suis pas certaine. De l'énergie… je pense.

Elle retira sa main, fermant ses doigts en un poing serré. Les miens se saisirent de son poignet pour la retenir. Je ne voulais pas qu'elle s'éloigne.

Je dus lutter pour empêcher mes bras de se tendre à nouveau vers elle. J'étais complètement sous le choc. Ma main retomba mollement sur le canapé, comme un parachutiste s'échoue sur le sol. Sa voix tremblait, mais son ton était plein d'assurance.

— Ça va aller, Caleb. Je suis calme maintenant. Tu peux retourner te coucher.

Jolie manière de me congédier, songeai-je, perturbé. Sans un mot de plus, incapable de gérer ce qui venait de se produire, je me levai, lui jetai un dernier regard et retournai dans ma chambre.

Il s'écoula un long moment avant que mon cœur ne retrouve un rythme régulier, et mon esprit, une certaine tranquillité. Tout mon être était tendu vers cette femme fraichement débarquée dans ma vie et qui, cependant, me laissait l'impression d'être une vieille connaissance…

Chapitre 13
« Perturbations »

À mon réveil, les murs de ma chambre étaient jaunes de soleil. Je m'assis sur le bord de mon lit et les événements de la veille me revinrent en mémoire. Je sortis en vitesse de ma chambre et tombai sur Barbara, en train de préparer une recette aux effluves sucrés.

— Où est-elle? m'enquis-je sans préambule.

— Bonjour, répondit ma sœur, sans lever les yeux de la pâte qu'elle brassait.

— Où est-elle? redemandai-je en regardant tout autour de la pièce.

— Si tu parles de Marylou, elle est partie tôt ce matin.

— Pardon?

Mon exclamation un peu trop appuyée eut l'effet d'attirer son attention. Elle me dévisagea, étonnée.

— Marylou est partie il y a environ quatre heures, répéta-t-elle lentement.

— Comment ça, elle est partie! m'écriai-je, abasourdi. Et peut-on savoir où elle est allée?

Le froncement de sourcils de Barbara s'accentua alors qu'elle répondait d'un ton à peine agacé :

— Mais qu'est-ce que j'en sais, moi! Je ne suis pas sa mère! Et qu'est-ce qui te prend? Tu t'es levé du pied gauche?

Je passai une main dans ma chevelure en désordre alors qu'elle reprenait :

— Et c'est une bonne chose qu'elle ne soit plus ici, tu l'aurais sûrement traumatisée à te balader à moitié à poil! Cette fille a l'air si prude…

De sa cuillère dégoulinante de pâte, elle pointa mon caleçon moulant et mon torse nu.

— Barbara, comment as-tu pu la laisser partir! Tu n'as pas vu son appartement! Elle ne peut pas retourner là-bas!

D'un geste sec, ma sœur jeta la cuillère en bois au fond du bol.

— OK, répliqua-t-elle en dénouant son tablier. Assieds-toi, on va causer un peu.

— Pas le temps, maugréai-je en cherchant l'unique tasse digne de contenir mon premier café du matin.

— Elle est sur le comptoir à côté de la cafetière, entendis-je dans mon dos.

Je m'en emparai machinalement, la remplis du café froid qui reposait depuis quelques heures dans la cafetière en verre et le fit réchauffer. Il serait infect. Peu importe. Il y avait pire.

— Tu aurais dû la retenir, répétai-je, les yeux fixés sur la tasse qui tournait à l'intérieur du four à micro-ondes.

La minuterie termina son décompte. Je goutai le liquide fumant et ne pus retenir une grimace. C'était pire qu'escompté.

— Caleb, sois sérieux. Marylou est majeure et vaccinée. Nous avons déjeuné toutes les deux, puis elle m'a informée qu'elle irait passer quelques jours chez son frère, le temps que son appartement retrouve une allure présentable. Au fait, qu'est-ce qu'elle a voulu dire par là?

— Son frère? m'exclamai-je, surpris. Elle a un frère?

Ma sœur se contenta de soulever les épaules, vaguement agacée. J'hésitai, avant de poursuivre sur ma lancée.

— Elle… elle n'a rien dit de particulier?

L'incompréhension de Barbara s'intensifiait.

— Non. Mais peut-être que toi, tu devrais le faire?

Je me raidis.

— Caleb, qu'est-ce qui se passe?

Barbara se leva et entreprit de faire un café digne de ce nom. Je décidai de jouer franc-jeu.

— Je pense que j'ai fait une connerie, Barbara.

— Du genre?

— Du genre : grosse connerie.

Elle acheva de remplir le filtre et mit l'appareil en marche. Elle se retourna vers moi.

— Ce ne serait pas la première fois.

— Ouais, avouai-je mal à l'aise en me laissant choir sur une chaise de bois.

— Je trouvais qu'elle avait un air distant, ce matin. Vas-y, crache le morceau.

Je pris une grande respiration, comme si je m'apprêtais à confesser le crime du siècle.

— Je l'ai embrassée.

Sidérée, ma sœur sembla méditer mon aveu.

— Tu as toujours eu des idées géniales pour lutter contre la monotonie, finit-elle par me lancer.

Elle s'empara alors d'un torchon qui traînait sur la poignée du four et l'abattit avec violence sur mon épaule en criant :

— Mais qu'est-ce qui t'a pris, abruti! Elle était terrorisée, sous le choc! Est-ce que tu crois qu'elle avait besoin de ça? Franchement, je te croyais au-dessus de ça!

J'eus envie de répondre que oui, que c'était exactement ce dont elle semblait avoir besoin, et que d'après mes souvenirs, elle n'avait pas cherché à esquiver mon étreinte. Au lieu de cela, je soulevai simplement les épaules.

— Je suis flic, je marche à l'instinct.

— La belle affaire! Pourquoi as-tu fait cela! Comment est-ce arrivé? Que devient Suzanne? Oh, bon sang, Caleb!

— Écoute, tentai-je en levant les mains. Ça venait d'elle.

Mais avant que je n'aie pu finir ma phrase, Barbara me gratifiait d'un nouveau coup de torchon. Énervé, je le lui pris des mains, avant de le jeter sur le comptoir.

— Tu as fini de jouer à la mégère! Si tu veux des explications, assieds-toi et tente de contenir tes ardeurs!

Sans obtempérer, Barbara retourna près de la cafetière. Une douce odeur se répandit dans la pièce et m'apaisa.

— Je me suis levé, cette nuit, réveillé par ses pleurs.

— Elle pleurait?

— Sangloter serait le mot juste.

— Merci pour la précision.

Je ne relevai pas.

— Le contrecoup, sans doute, supposa-t-elle aussitôt.

— C'est ce que j'ai pensé. Mais alors que je tentais de la réconforter, j'ai perçu autre chose. C'était étrange…

Barbara fronça les sourcils.

— Elle était terrorisée, impossible de le nier. Mais il n'y avait pas que cela. Je suis certain qu'elle mentait lorsque les policiers l'ont interrogée hier soir. Elle cache quelque chose.

— Pourquoi aurait-elle fait cela?

— Je n'en sais rien. Mais elle est sacrément perturbée. Je pense que c'est peut-être à cause d'un homme, un certain Tristan.

— Elle t'en a parlé? s'exclama ma sœur, intéressée.

— Vaguement. Et à toi, que t'a-t-elle dit sur lui? lui demandai-je en tentant de dissimuler mon propre intérêt.

— Rien du tout. Depuis notre première rencontre, je me doutais qu'elle avait dû vivre quelque chose de difficile. On ne se braque pas sans arrêt comme elle le fait sans raison. Tristan, dis-tu?

— D'après ce que je sais. Un homme, qu'elle a aimé profondément, expliquai-je. Et elle prétend que... je le lui rappelle.

Barbara se caressa lentement le menton, ce qu'elle faisait toujours lorsqu'elle réfléchissait.

— Ce qui expliquerait ses réactions bizarres chaque fois que tu fais irruption dans le décor. Je ne suis pas certaine de trouver la chose très saine.

Je ne répondis rien, assailli par les sensations étranges que j'avais ressenties à la tenir dans mes bras.

— Et malgré cela, toi, tu l'embrasses! s'enflamma-t-elle en s'emparant de la cafetière pleine.

— Eh! Attention avec ça! la sermonnai-je, inquiet.

J'attendis qu'elle ait rempli nos tasses et qu'elle se soit rassise en face de moi pour poursuivre.

— Je ne sais pas ce qui s'est passé. C'est elle qui s'est jetée sur moi. Que voulais-tu que je fasse?

— Bon sang, Caleb, elle doit peser à peine cinquante kilos, tu aurais pu la repousser!

— Incapable. C'était plus fort que moi, plus fort que nous, repris-je aussitôt. Et elle n'est pas partie en hurlant, non plus!

— Et toi, tu n'es pas libre!

— Je sais! m'énervai-je, soudain abattu. Mais c'est... c'est comme si... elle m'appelait. Quant à Suzanne, elle est partie depuis un bout de temps et c'est tout juste si je pense à elle une fois par semaine. Tu trouves ça normal? Oh! et puis laisse tomber. Pour le moment, la seule chose que je puisse dire, c'est que je suis fou d'inquiétude pour Marylou. Tu n'as pas idée de l'état dans lequel est son appartement, c'est la première fois en plusieurs années de service que je vois quelque chose d'aussi... menaçant.

Je m'employai à lui décrire le moindre centimètre carré de la scène. Barbara en pâlit.

— Je ne pensais pas que c'était aussi grave. Hier, j'avais cru comprendre qu'il s'agissait d'un cambriolage, pas d'un acte aussi pervers. Je saisis mieux ton inquiétude maintenant. Mais bon, elle n'a pas été lâchée seule dans la nature, elle est partie chez son frère.

— S'il existe!

Occupé à faire tourner ma tasse entre mes doigts, je venais d'oublier ma sœur. Mais Barbara ne se laissa pas démonter par mon air distant et contre-attaqua.

— Que vas-tu dire à Suzanne?

— Je ne vois pas pourquoi je lui dirais quoi que ce soit, décidai-je. Pour l'instant, il n'y a rien à dire.

— Embrasser une femme terrorisée en pleine nuit, qui te confond avec son ex-amoureux, tu trouves que c'est rien?

— Elle ne me confond pas avec lui. Je le lui rappelle. Nuance.

Je vidai ma tasse d'un trait et me dirigeai vers ma chambre.

— Si jamais elle se manifeste, tâche de plaider ma cause, OK?

— Et je plaide quoi? La folie passagère?

— Pas sûr que ce soit une bonne idée, pensai-je tout haut. Tout compte fait, laisse tomber. Je m'en occuperai moi-même.

Je quittai la pièce, mais la désapprobation de Barbara pesait lourd sur mes épaules.

Les jours qui suivirent changèrent ma perception du temps. Je m'organisais pour patrouiller dans le secteur où se situait l'appartement de Marylou, espérant chaque fois l'apercevoir. Or, les jours s'écoulaient et l'impression d'être investi d'une mission la concernant m'épuisait, presque autant que les longues heures passées à essayer d'en trouver la cause.

Barbara avait retrouvé Marylou la veille, au cours de danse. Elle lui avait paru fatiguée. Elle avait momentanément emménagé chez un ami. Barbara n'avait pas osé pousser l'indiscrétion jusqu'à lui demander le nom de cet ami. Elle avait seulement réitéré l'offre de l'héberger, offre aussitôt déclinée. Comme j'étais de service ce soir-là, je n'avais pu aller chercher Barbara à la sortie de son cours. Je devais donc me contenter des maigres détails récoltés par ma sœur.

Quelques jours plus tard au commissariat, Étienne, l'un des stagiaires, m'interpella en agitant un papier entre ses doigts.

— Sergent?

— Hum?

— Une femme a téléphoné. Elle souhaitait vous parler. Elle s'appelle Marylou je ne sais plus qui.

Je m'emparai sèchement du papier sur lequel étaient griffonnés d'une écriture à peine lisible, un nom et un numéro de téléphone.

— Quand a-t-elle appelé?

— Il y a deux heures.

— Pourquoi ne me l'as-tu pas dit avant? m'énervai-je.

Le stagiaire se tassa sur lui-même, déconfit.

— Euh, ben, peut-être parce que vous n'étiez pas encore arrivé?

Agacé, je fis demi-tour.

— Eh, Caleb, où vas-tu? m'interpella Ted, mon collègue.

— Patrouiller avec toi!

— OK. Je m'occupe de nos cafés.

* * *

On était entre chien et loup et une épaisse brume serpentait au travers des rues. Tout était silencieux, on aurait pu se croire dans un mauvais film d'horreur. Alors que nous passions en voiture devant l'immeuble où résidait Marylou, j'eus la surprise de trouver toutes les fenêtres de son appartement illuminées. Enfin!

— Je connais la fille qui habite ici.

— Ce n'est pas l'appartement qui a été vandalisé...?

— Oui, c'est celui-là, le coupai-je un peu trop brusquement. Je monte cinq minutes vérifier que tout est OK. Attends-moi.

Ted étira son bras pour ouvrir la radio et se cala confortablement dans son siège.

— Fais ce que t'as à faire, le jeune.

Je grinçai des dents comme chaque fois que l'on me rappelait mon jeune âge. Avec mes vingt-sept ans, j'étais en quelque sorte le bébé des officiers et quelquefois c'était vraiment lourd à porter. Voilà peut-être pourquoi je me défoulais de cette manière sur le pauvre stagiaire.

Je grimpai les marches en courant et frappai à la porte. Un vacarme rassurant me parvint de l'autre côté du battant. Ce ne fut pas Marylou qui ouvrit, mais un grand gaillard, basané, aux cheveux en bataille, vêtu d'un t-shirt taché de peinture. Lorsqu'il reconnut mon uniforme, ses yeux s'arrondirent.

— Oh, oh! Marylou, je crois que c'est pour toi.

Le rire cristallin de la jeune femme me parvint de la pièce adjacente. Elle surgit, les yeux brillants, le rose de ses joues contrastant avec la blancheur de sa peau que révélaient le large décolleté de son t-shirt et son jean, déchiré à la hauteur de la cuisse. J'eus du mal à me concentrer sur son visage.

Comme je m'y attendais, elle blêmit en me voyant, et son sourire flancha. Mais elle se reprit en moins de deux, essuyant ses mains sur son jean.

— Bonsoir, chuchotai-je en la scrutant.

— Caleb, sourit-elle en m'invitant à entrer d'un geste de la main. Pousse-toi, Nel.

Le colosse faisait barrage entre elle et moi, les bras croisés sur le torse à la manière d'un videur de bar. Il finit par faire un pas de côté et je pénétrai dans l'appartement.

— Les travaux ont commencé? avançai-je en montrant du doigt la peinture qui lui recouvrait le bras.

Elle rejeta d'un geste distrait sa queue de cheval derrière son épaule nue.

— Oui. Et puis tant qu'à tout repeindre, autant mettre un peu de couleur!

Je précisai, en suivant chacune des taches qui marbraient sa peau :

— Taupe?

— Pour ma chambre. Taupe, blanc et des tonnes de dentelles. Ce sera très féminin.

— Vert?

— Salle à manger et vestibule.

— Beige?

— Vanille, rectifia-t-elle en se moquant. C'est pour la cuisine. Suis-moi, tu pourras constater par toi-même et me dire ce que tu en penses. Nous n'en sommes qu'à la première couche, mais ça a déjà fière allure.

Elle me précéda dans la plus grande des pièces, le séjour, où des draps avaient été déposés sur les meubles. Les inscriptions rouge vif paraissaient encore. Il faudrait au moins deux autres couches pour les masquer complètement. Le plancher, par contre, était déjà impeccable.

— Très joli, commentai-je devant la première couche de vert toute récente.

— Moi, je m'occupe de la peinture taupe; Nel, du vert et Joël, de la couleur vanille.

— Nel? interrogeai-je en jetant un rapide coup d'œil à l'homme qui se tenait derrière moi, les bras toujours croisés.

Marylou s'excusa. Elle s'approcha de moi et d'une voix hésitante fit les présentations.

— Caleb, voici Nataniel, un ami. Nel, voici Caleb…

— Le policier, ouais, je sais, l'interrompit Nel, les yeux à demi fermés.

Il finit par me tendre une main que je saisis avec assurance. Je reportai mon regard vers Marylou, et la trouvai encore plus pâle. De Nel et moi, elle sembla attendre une réaction qui ne vint pas. Avait-elle saisi l'animosité qui nous avait instantanément envahis? Un autre homme, un peu plus âgé, sortit de la cuisine en s'essuyant les mains avec un torchon. Combien d'hommes cachait-elle dans son appartement?

— Joe, voici… Caleb. Caleb, voici Joël, mon frère, reprit-elle un peu trop rapidement.

Ah! Le frère, pensai-je, soulagé qu'il existe réellement et qu'il démontre un peu d'empathie à mon égard. Je serrai la main qu'il me tendit en souriant. Il me sembla bien que son regard profond s'éternisât sur mon visage.

— Heureux de vous rencontrer, Caleb. D'après ce que m'a raconté ma sœur, je vous dois beaucoup.

Je me contentai de hocher la tête. Pieds nus, Marylou semblait minuscule à mes côtés. Qui n'aurait pas envie de la protéger? Comme le silence allait s'installer entre nous, je crus bon d'expliquer :

— Je patrouillais dans le secteur lorsque j'ai vu de la lumière ici. Donc, je suis venu vérifier que tout allait bien.

— Merci, répondit-elle. J'ai appelé cet après-midi pour te parler. Je voulais savoir si je pouvais ou non regagner mon appartement.

Puis jetant un coup d'œil en coin au colosse, elle reprit :

— J'adore Nel, mais son canapé est très inconfortable. Je m'ennuyais de mon lit.

J'entendis son ami grogner dans mon dos.

— Bon, eh bien, je vais y aller. Tu sembles entre bonnes mains. Je ne m'inquiéterai plus.

Un ricanement échappa à l'homme qui se tenait derrière mois, tandis que Joël s'empressa de me tendre à nouveau la main. Je fus surpris de voir qu'il la recouvrait de son autre main tout en exerçant une pression légèrement supérieure à ce qui était de mise. Marylou me reconduisit à la porte.

— Je ne peux pas dire que j'ai apprécié la façon dont tu as filé l'autre jour, lui chuchotai-je.

Elle gardait ses yeux loin des miens.

— J'ai jugé que c'était plus… approprié.

— Mauvaise déduction, commentai-je en cherchant son regard. Je me suis inquiété.

— Il n'y avait pas de raison, souffla-t-elle.

— Tu manques un peu de courage, non? poursuivis-je, narquois.

Ses yeux violets me vrillèrent.

— Tu te trompes. Et tu ne sais pas à quel point.

— Pas assez en tout cas pour accepter de discuter avec moi de ce qui…

— Chut! m'intima-t-elle en posant très vite un doigt sur mes lèvres.

Comme elle le constata en jetant un coup d'œil inquiet derrière elle, nous étions seuls. Avec un soupir de soulagement, elle retira vivement sa main restée contre ma bouche.

— Pas ici, ordonna-t-elle en chuchotant. Pas maintenant.

— Où et quand, alors? Ton départ fortuit a déjà pas mal usé ma patience.

— Je… je ne sais pas. Je ne suis pas sûre que… qu'il y ait vraiment quelque chose que je puisse dire.

— Moi, au contraire, je trouve qu'il y en aurait beaucoup.

Nel, en bon chien de garde qu'il était, fit alors irruption.

— Je n'ai pas dit qu'il n'y avait rien à dire, simplement qu'il n'y avait rien que je puisse dire.

— Y a-t-il un problème? s'enquit Nataniel.

— Non, non, répondit-elle en me tendant la main. Merci encore, Caleb.

J'ignorai sa main tendue et déposai un léger baiser sur le sommet de sa tête. Ses poings se serrèrent et je la sentis se raidir.

— Bonne fin de soirée, terminai-je avant de gratifier Nel d'un petit signe de tête et de prendre congé.

J'allais descendre les escaliers lorsque la voix indignée de Nataniel se fit entendre de l'autre côté de la porte.

— Marylou, tu peux me dire à quoi ça rime, tout cela? Tu crois que je n'ai rien remarqué?

L'intervention rapide et apaisante de Joël m'incita à ne pas retourner dans l'appartement.

— Laisse-la, Nel. Ça n'est pas de tes affaires.

Après un bref silence, il reprit :

— N'empêche, Mary, c'est vrai que c'est étrange. Tu ne m'avais pas dit qu'il lui ressemblait à ce point. Un instant j'ai cru voir Tristan.

— Tu l'as dégotté où ton flic? reprit Nel, hargneux. Il ne sera jamais à sa hauteur!

— Je ne l'ai pas dégotté quelque part, s'écria Marylou. Et je ne vois pas en quoi il devrait être la hauteur de qui que ce soit.

— Tu parles, il te couve des yeux et toi, tu n'es pas mieux.

— Laisse-la, Nel, répéta Joël. Tu ne peux sans doute pas comprendre ce qui se passe.

— Très bien, Marylou! Si tu recommences à t'ouvrir à ce genre de possibilités…

— Je ne m'ouvre à rien du tout! s'exclama-t-elle, furibonde. Caleb est le frère d'une amie et je lui dois la vie. C'est tout. Je pense qu'il est normal que je me montre sympa…

— Sympa? se moqua Nel. Ma foi, si toutes les femmes se montraient aussi sympathiques avec les hommes, la planète verrait sa population quadrupler en un an.

Une exclamation étouffée me parvint et j'en déduisis que le colosse devait s'être pris un coup. Le fait que Marylou soit à même de se défendre me rassura quelque peu, mais je n'étais pas certain d'apprécier les remarques qui continuaient de fuser.

— Nel, ma sœur est une adulte. Alors pourrais-tu, s'il te plaît, pour une fois, te mêler de tes oignons?

— C'est justement ce que je fais.

— Fous-moi la paix, Nel. Tristan est mort et personne ne pourra jamais le remplacer. Ce qui ne veut pas dire que je sois obligée de fuir les chromosomes Y. Et je vous rappellerai simplement un fait : Caleb s'est trouvé au bon endroit, au bon moment, deux fois plutôt qu'une, ce qui m'autorise à lui être éternellement reconnaissante.

— À ce point là! se gaussa Nel.

Une nouvelle plainte étouffée me parvint.

— Je déclare le sujet clos, riposta Marylou.

— Pourtant, j'aimerais bien que nous en parlions encore un peu, proposa Joël d'un ton plus conciliant.

— Si tu veux, mais pas aujourd'hui. Nous poursuivrons cette discussion lorsque mes murs auront été complètement repeints, mes serrures changées et les barreaux posés à mes fenêtres. D'ici là, je vous suggère de me laisser respirer et de vous défouler sur vos pinceaux.

Le ton baissa et la suite de la conversation devint inaudible. Je m'appliquai à partir le plus silencieusement possible. À mon retour dans la voiture-patrouille, Ted s'enquit :

— Alors, tout est OK?

— Je ne dirais pas cela. Mais on peut y aller. Je crois que j'ai trouvé à quoi m'occuper.

— À quoi donc?

— À une petite recherche. Rien d'officiel.

La fin de mon quart de travail fut extrêmement longue et lorsque je rentrai chez moi, résonnaient encore dans ma tête les derniers échanges que j'avais surpris. La situation commençait à prendre une tournure qui ne me plaisait pas et je me jurai d'avoir rapidement, une petite conversation avec Marylou et Barbara.

Chapitre 14
« Les morts et les vivants »

Il était près de dix heures lorsque je me garai devant l'appartement de Marylou. Barbara sortit en trombe de la voiture, me laissant porter le sac qui reposait sur le siège arrière. De gros nuages s'amoncelaient au-dessus de nos têtes, laissant présager une journée neigeuse.

— Tu es certain que c'est une bonne idée? s'enquit-elle alors que nous gravissions l'escalier côte à côte.

— Absolument. La surface à peindre est grande et deux couches supplémentaires seront nécessaires. Puis, ça lui fera du bien de te voir.

— Peut-être, mais nous n'avons pas été invités!

— Elle est timide. Je suis certain qu'elle n'a pas osé le faire.

— J'espère que tu as raison, soupira-t-elle.

Je frappai deux coups vigoureux contre le bois de la porte. Marylou apparut presque immédiatement. Les yeux cernés, mais l'air serein, elle portait les mêmes vêtements que la veille.

— Salut, ma grande! s'exclama Barbara en guise de bonjour. Les renforts sont arrivés.

Elle passa devant Marylou sans prêter attention à son air éberlué.

— Nous avons apporté des croissants! reprit-elle en tendant un sac de papier à la jeune femme qui ne réagissait toujours pas.

— Et du café, complétai-je en lui adressant l'un de mes sourires en coin. Je me suis dit que tu ne refuserais pas un peu d'aide.

Son visage était en train de retrouver ses couleurs et elle m'adressa un sourire gêné.

— Je… ne sais pas quoi dire…

— « Merci » suffira amplement! répliqua Barbara, en retirant son manteau. Tu nous inviteras à dîner plus tard. Où est-ce que je pose ça?

— Euh, sur la chaise, juste là.

Elle nous regarda extraire du sac que j'avais apporté, de vieux t-shirts et quelques CD de musique entraînante. Elle se mit alors à rire, comme si elle émergeait enfin de sa surprise.

— Ça alors! Merci beaucoup.

— Pas de quoi, souris-je en m'emparant d'un pot de peinture et d'un pinceau. Je commence par où?

— La cuisine?

Sans discuter, je me dirigeai vers la pièce du fond, décidé à lui obéir au doigt et à l'œil. J'avais soigneusement peaufiné mon plan. Barbara saurait s'éclipser le moment venu. Après avoir déposé mon attirail de peinture sur le plancher, je cherchai un coin pour y jeter ma chemise que j'avais enlevée pour me changer, Je croisai alors le regard violet de Marylou braqué sur mon torse nu. Les lèvres entrouvertes, elle semblait figée. Seuls ses yeux suivaient le moindre de mes mouvements. Le temps que j'enfile mon t-shirt, ses joues s'étaient colorées d'une belle couleur écarlate.

— Est-ce qu'il te manque quelque chose? bredouilla-t-elle en se détournant, confuse.

Je choisis d'avoir l'air décontracté. Inutile d'accroître son embarras.

— Non. D'ici ce soir, tu auras retrouvé une cuisine convenable, parole de flic.

— Euh… oui… c'est…

Sans terminer sa phrase, elle se sauva vers le séjour reprendre sa tâche. Barbara se joignit à elle, et je les entendis entamer une discussion.

Au cours des heures qui suivirent, je terminai les deux dernières couches, comme je l'avais prévu, le mouvement répétitif de mon rouleau apaisant mes sens en ébullition. Plusieurs fois, le rire de Marylou éclata, mais je m'obligeai à rester concentré sur ma tâche. Cela m'évitait de penser à des choses interdites, comme à son jean déchiré à la hauteur de sa cuisse ou encore à la rondeur tentante de son épaule.

L'horloge sonnait treize heures lorsque Marylou s'écria :

— Pause repas! Pizzas! Premiers arrivés, premiers servis!

Affamé, je me joignis à elles. À même le sol, elles continuaient à papoter de tout et de rien. Barbara, allongée de tout son long, les yeux fermés, soupirait d'aise en mordant dans une part de pizza bien grasse, alors que Marylou, assise en indien, s'occupait de la distribution.

— Beau boulot, les filles! complimentai-je en balayant le séjour du regard.

— Demain soir, je pourrai sans doute réintégrer mes quartiers, s'enthousiasma-t-elle.

— Tu n'auras pas peur? l'interrogea Barbara en ouvrant un œil. Moi, à ta place, je n'oserais plus y vivre.

Marylou souleva les épaules, l'air peu affecté. Mais elle ne me trompa pas.

— Nel a changé mes serrures hier soir, et Joe posera des barreaux aux fenêtres demain matin.

— Ah oui, Nel, commentai-je, narquois. Charmant comme pigeon.

Marylou étouffa un fou rire.

— Oui, c'est un drôle d'oiseau. Mais il m'est très cher. Nous avons partagé pas mal de choses tous les deux.

Je comptais sur Barbara pour obtenir plus de renseignements, et cette dernière ne me déçut pas.

— Qui est Nel?

— Nataniel, rectifia Marylou en étirant ses longues jambes. C'était le meilleur ami de… Tristan.

Sa voix avait faibli en prononçant le prénom, mais Barbara, toute à sa curiosité, ne prêta pas attention au malaise qui s'installait.

— Et qui est Tristan?

Je tournai les yeux vers notre hôte. Ce qui me surprit fut l'assurance avec laquelle elle plongea son regard au fond du mien. Sa voix était basse et remplie d'émotion lorsqu'elle chuchota :

— Tristan était l'homme de ma vie, il fut un temps. Et… il a aussi beaucoup compté dans la vie de Nel.

À la façon dont elle me scrutait, il était clair qu'elle guettait ma réaction. Comme je ne bronchais pas, elle reporta son attention sur Barbara, qui poursuivit :

— Nel est homosexuel?

— Oui. Un authentique gai. Je l'adore!

— Oh… Et Tristan, que lui est-il arrivé? Qui a largué qui?

Cette fois, Marylou frémit. Elle ferma les yeux, avala péniblement sa salive avant de secouer la tête et de répondre d'une voix blanche :

— Il est mort.

Les yeux de Barbara s'arrondirent comme des billes. Elle se redressa sur ses avant-bras, quêtant mon aide.

— Je suis désolée, s'excusa-t-elle alors que je demeurais silencieux. De quoi est-il mort?

— Un accident. Il n'a pas eu de chance.

Sa voix était pleine de désespoir. Mes poings se fermèrent et toute la gravité et la complexité de la situation devinrent claires comme de l'eau de roche.

— Navré, Lou, dis-je à mon tour.

Je savais que l'emploi de son diminutif lui déplaisait, mais il m'avait échappé. Encore une fois, elle redressa vivement la tête.

— Il ne faut pas. Il y a… déjà longtemps. Le temps passe et les choses changent. C'est comme ça.

Soudainement consciente de la tension qui régnait dans la pièce, Barbara sauta sur ses pieds et déclara :

— Y a-t-il une boulangerie digne de ce nom dans les parages où je pourrais nous dénicher quelques sucreries en guise de dessert et de réconfort?

Sans me quitter des yeux, Marylou répondit :

— Une épicerie, au coin de la rue. C'est tout.

Ma sœur soupira à fendre l'âme en s'emparant de son sac.

— Je m'en contenterai. Je reviens tout de suite. Ne vous gênez pas pour recommencer à peindre sans moi! ironisa-t-elle.

Avant de nous quitter, elle me décocha un long regard, mais je n'y pris pas garde, trop occupé à cerner les yeux d'un violet profond qui s'éclipsèrent à l'instant précis où la porte se referma. Marylou voulut se lever, mais je l'en empêchai.

— Reste, quémandai-je doucement.

Elle hésita, puis finit par se rasseoir en face de moi, les mains sagement croisées sur les genoux.

— Pas très patient, hum? commenta-t-elle en souriant. C'était bien joué, le coup de la peinture. Dommage pour Barbara que tu l'aies impliquée dans cette histoire. C'est le moment que tu as choisi pour notre discussion?

— J'avais peur qu'en te laissant le choix, cet entretien n'arrive jamais. Quant à Barbara, ne t'inquiète pas. Ça ne lui pose aucun problème. Je pense qu'il est légitime que je me pose des questions, Lou. Par exemple, j'aimerais bien savoir pourquoi tu te braques chaque fois que j'emploie ce diminutif. C'en est un comme un autre, non?

— Non. C'était le sien.

— Ah!

La gorge asséchée, je bus une gorgée de mon Coke, m'appliquant à faire tourner ma cannette très lentement entre mes doigts.

— Tristan, c'est ça?

Elle acquiesça.

— Tu as avoué, il y a quelques jours, que je te faisais penser à lui. Exact?

Nouveau hochement de tête.

— Donc, l'autre soir…

— L'autre soir, j'étais sous le choc, j'avais peur et… il me manquait cruellement. Tu étais là…

Sa dernière réplique me fit l'effet d'une gifle. « Ne pas me démonter, me récitai-je mentalement, ne pas m'énerver, et surtout, ne pas oublier que c'était moi qu'elle avait embrassé et pas lui. »

— Désolée, s'excusa-t-elle. Et je le suis encore plus lorsque je songe que j'ai dû te mettre dans une sale situation vis-à-vis de Suzanne. Oui, Barbara m'a dit que… enfin, tu vois.

Ses doigts trituraient le couvercle d'une boîte en carton

— Tu n'auras qu'à lui dire que je t'ai attaqué, que j'étais complètement paumée, que je t'ai forcé, enfin ce que tu voudras.

— Comme si la chose était possible, me moquai-je. Écoute, Marylou, j'essaie de comprendre, mais les éléments sont de plus en plus difficiles à assembler. Accepterais-tu de me renseigner sur quelques points?

Elle accepta. Mais avant que je ne puisse commencer mon interrogatoire, elle reprenait d'une voix très douce :

— Tristan et moi avons entamé notre relation alors que nous étudiions tous les deux à l'Université Laval. À l'époque, j'étais… différente et lui aussi. Nous avions chacun un passé bizarre et l'idée de commencer une histoire d'amour nous rebutait. Surtout une histoire ensemble.

— Pourquoi? la coupai-je, intéressé.

Elle balaya ma question d'un geste de la main.

— Nos débuts ont été chaotiques. Mais ce qui nous poussait l'un vers l'autre était plus fort que tout; une attraction mystérieuse, impossible à décrire. Tout t'expliquer dans le détail serait beaucoup trop long et trop éprouvant. Et puis je suis convaincue que tout ne doit pas être dit… Je ne voudrais pas que mes révélations éloignent Barbara. Je suis déjà très attachée à elle.

Mes poings se crispèrent et je vis les iris mauves s'y poser.

— Pourquoi ai-je l'impression que tu es attentive à la moindre de mes réactions?

— Parce que c'est la vérité, souffla-t-elle en s'empourprant. Tu lui ressembles beaucoup trop.

Je me penchai légèrement vers elle.

— Et?

— Parce que je crois que tu me plais.

Elle s'interrompit, serra très fort les lèvres avant de reprendre :

— Tu es le premier homme à soulever chez moi des émotions semblables à ce que j'éprouvais avec lui.

— Oui, mais je ne suis pas Tristan, Lou, répliquai-je abruptement, à mi-chemin entre la colère et la frustration.

— Des tas de choses chez toi me le rappellent, avoua-t-elle. Tes expressions, cette manière que tu as de plisser le front, tes poings serrés, et ce sourire en coin dont tu sais faire un parfait usage… Tes manières de me regarder, tout est beaucoup trop semblable pour que je puisse en faire abstraction. Tout est lui.

— Je ne suis pas Tristan, répétai-je entre mes dents.

— Lorsque nous nous sommes embrassés, l'autre nuit, j'ai obéi égoïstement à une impulsion. Je voulais vérifier si ce serait comme l'embrasser, lui.

— Verdict? m'enquis-je, d'une voix glaciale.

— Tu ne veux pas savoir, chuchota-t-elle, concentrée sur ses doigts qui déchiquetaient toujours la boîte en carton.

Ma main s'empara de son menton, le releva jusqu'à ce que je puisse à nouveau croiser son regard.

— Verdict? répétai-je, tendu.

— Identique. J'ai embrassé d'autres hommes depuis sa mort. Parce qu'il m'a abandonnée et que je lui en voulais. Et ça n'a jamais été aussi intense. Avec toi, je l'ai retrouvé.

— Mais je… ne… suis… pas… Tristan, martelai-je. Marylou, je ne suis pas l'homme que tu as perdu. Que je te le rappelle, soit, je peux comprendre, mais je n'accepterai jamais qu'on me prenne pour quelqu'un d'autre.

— Je t'avais prévenu que tu ne voulais pas savoir, insista-t-elle presque méchamment.

— Tristan fait partie des morts, et moi, Caleb, des vivants. Je vais être franc avec toi, Marylou. Depuis notre rencontre, je me sens attiré par toi.

T'embrasser a été comme une révélation, mais il est hors de question que je joue le rôle de substitut. Je suis Caleb, je ne suis pas Tristan.

Son regard ne broncha pas mais elle déglutit péniblement. Désireux de la confronter, j'ajoutai en me penchant vers elle :

— Celui que tu as embrassé, l'autre nuit, c'était moi. Pas lui! Tu as tremblé dans mes bras, et ta main s'est posée sur ma peau. Pas sur lui!

Mes paroles étaient dures. Elle recula. Mon bras l'attrapa par la taille avant qu'elle ne soit hors de portée et je l'attirai contre moi. Elle chercha à me repousser, juste avant que mon regard ne capture le sien et que le souffle nous manque à tous deux. Comme la première fois, elle entrouvrit les lèvres, mais cette fois, ce fut moi qui me ruai sur elle. Avant même d'en avoir conscience, je l'avais allongée sur le sol, écartant de la main les morceaux de carton. J'entendais l'appel muet de son corps auquel répondait le mien. Je l'embrassai très lentement, goûtant ses lèvres, me gavant de son énergie. Ma bouche quitta la sienne, contourna sa mâchoire et glissa le long de sa gorge qu'elle m'offrit en gémissant. Ma main droite trouva sa taille et remonta sous son pull. J'étais stupéfait par la douceur de sa peau.

— Lou, murmurai-je d'une voix rauque.

Rapidement, mes doigts se glissèrent sous son soutien-gorge. Mon pouce frôla le bout frais et tendre de son sein que j'imaginai aussi rose que l'étaient ses lèvres. Un faible râle lui échappa, son cœur tambourinant contre ma paume. J'allais lui faire l'amour, là, sur le sol.

— Tristan, chuchota-t-elle, éperdue de désir.

Ma bouche s'immobilisa et tous mes muscles se raidirent. Nous ouvrîmes les yeux au même moment. Je la relâchai brutalement et je me relevai, le visage fermé. Des pas retentirent dans l'escalier : Barbara était de retour. Elle entra dans la pièce, tout sourire, mais je l'apostrophai avant même qu'elle n'ait eu le temps de prononcer le moindre mot.

— On s'en va!

— Mais…

— On s'en va. Nel et Joël s'en viennent, ça ne sert à rien que nous restions ici.

Marylou gardait le visage détourné. Impossible de savoir ce qu'elle pensait. Face à son indifférence, Barbara tenta de s'opposer une dernière fois.

— Mais…

— Prends tes affaires, la coupai-je. Je t'attends dans la voiture.

Je ramassai mes vêtements et sortis à grandes enjambées. Barbara finit par obtempérer, lançant avant de quitter l'appartement un : « Je t'appelle plus tard ». Marylou ne dit rien, ne bougea pas.

Nous dévalâmes l'escalier à toute vitesse. Une fois dans la voiture, ma sœur laissa exploser sa colère :

— Peux-tu me dire ce qui te prend?

— Non.

Je fis marche arrière, faisant rugir le moteur et crisser les pneus sur le gravier avant de filer à toute allure sur le chemin Sainte-Foy.

— Cette fois, ça suffit, Caleb! J'en ai assez! Tu ne peux pas m'inclure dans tes projets et m'en rejeter lorsque les choses se compliquent. Qu'est-ce que tu as encore fait?

— Rien. Ce n'est pas moi.

— Qui alors? Marylou? Elle est furieuse contre toi?

— Non.

— Quoi alors? s'énerva-t-elle en abattant ses poings sur le tableau de bord.

Je grognai de colère avant de garer la voiture sur le bas-côté de la route. Je me tournai vers ma sœur et plein de rancœur envers Marylou, j'expliquai :

— Tu avais raison, Barbara. Une relation avec Marylou constitue le summum de ce qui est malsain.

— J'ai dit cela, moi?

Je lui racontai notre discussion, notre nouvel épisode passionné et enfin, la façon dont tout s'était terminé.

— Tu l'as embrassée... Encore! Mais qu'est-ce qui te prend, Caleb? Et Suzanne?

— Fous-moi la paix avec Suzanne. Ma relation avec Suzanne est une erreur, je m'en rends compte aujourd'hui.

— Et avec Marylou? Ça n'en est pas une?

— La pire de toutes.

Mon énervement était à son comble et je me mis à marteler le volant.

— Pourquoi fallait-il que tu t'entiches d'elle?

— Si seulement j'avais décidé quoi que ce soit!

Barbara soupira et son visage se recouvrit de cette tendresse indéfectible qu'elle ressentait pour moi.

— Rentrons à la maison, Caleb. On va en discuter et trouver une solution.

— Inutile. Je ne la reverrai plus. Pourquoi m'attacherais-je à une femme dépendante d'un mort? Tu pourras le lui dire?

Elle acquiesça, mal à l'aise.

Je redémarrai la voiture.

Partie 3
« Marylou »

Chapitre 15
« L'aveu »

En me levant ce matin-là, je savais que cette journée serait différente des autres. J'avais l'estomac noué et j'eus du mal à avaler mon petit déjeuner. Je n'avais pas revu Caleb depuis des jours. Il me manquait.

Alors que la cafetière diffusait l'arôme riche de mon café préféré, je me pris à songer au bonheur. Il y a quelques années, c'était auprès de Tristan, et de lui seul que je le trouvais. Mais Tristan n'était plus. Qu'en était-il aujourd'hui? Peut-être que savourer un café au lait, assise au milieu de sa cuisine, même si on devait le boire seule, c'était aussi du bonheur.

Contrairement à ses habitudes, Joël se pointa sans s'annoncer. Soit il était doté d'un sixième sens et avait senti que j'avais besoin de lui parler, soit il voulait aborder un sujet que je n'apprécierais pas.

Nous nous installâmes confortablement autour de la table et j'attendis qu'il parle.

— Tu as mauvaise mine, s'inquiéta-t-il.

Je soulevai un sourcil, les lèvres pressées contre ma tasse.

— Et tu n'as pas donné de nouvelles depuis plus d'une semaine.

J'eus un petit sourire las.

— Et tu en as déduit que j'allais mal. Très perspicace.

Il souleva ses épaules moulées dans une chemise blanche, avant de rapprocher sa chaise de la mienne.

— Je suis toujours à l'écoute de tes états d'âme, Mary. Ce qui n'est pas toujours aisé, vu tes humeurs très changeantes.

Un pâle rayon de soleil pénétra par la fenêtre. Novembre tirait à sa fin, emportant avec lui quelques heures de clarté. Je songeai qu'il me faudrait bientôt faire un sapin, décorer la maison, écouter des chants de Noël, acheter des cadeaux… pourquoi me sentais-je si épuisée? Pourquoi le poids de ma vie m'écrasait-il à ce point?

— Je vais bien, Joe.

— Redis-le en me regardant en face, s'il te plaît, et tente d'être plus convaincante.

Je lui tendis l'une de mes mains qui disparut entre les siennes.

— Dis-moi ce qu'il y a, Marylou. Tu semblais plutôt bien ces derniers temps. Je croyais que Caleb…

Ses mains se retrouvèrent vides comme les deux coquilles d'une noix.

— Je ne suis pas certaine que discuter de Caleb soit indiqué pour améliorer mon humeur, Joe.

— OK. Je vois. De quoi parlerons-nous, alors? De ta nouvelle passion pour la vie après la mort?

Mon sang ne fit qu'un tour. De quoi parlait-il?

— J'ai lu cet article, hier matin.

Il pointa du doigt le journal qu'il avait apporté. Je n'eus pas besoin de lire le titre de l'article qui occupait plus de la moitié d'une page pour comprendre de quoi il s'agissait.

— Tu devines mon étonnement lorsqu'en ouvrant le journal, je suis tombé sur la photographie de ma sœur, relatant les possibilités d'existence de l'âme après la mort. Enfin, Mary, pourquoi?

— C'est la vérité, non?

— Là n'est pas le problème. Qu'est-ce qui a bien pu te pousser à écrire cela?

Un instant, je songeai à mentir. Je savais ce que me vaudrait la franchise. Je tournai la tête vers lui et d'un petit geste de la main, il m'encouragea à parler.

— J'ai pensé que ça aiderait des gens.

— Mary…

— L'autre jour, j'ai vu cette enseignante assise seule, effondrée, dans un coin de sa classe. Je me suis arrêtée, désireuse de la réconforter. Elle m'a expliqué que sa sœur jumelle venait de décéder. Elles étaient très proches toutes les deux. Je lui ai dit tout ce qu'on dit dans ces cas-là, qu'elle devait avoir la foi, que sa sœur existait toujours, même si elle ne la voyait plus. Et, comme tous ceux qui ont eu droit à ce genre de discours, elle a hoché la tête, peu convaincue. Ça ne l'a aidée en rien! Il lui fallait des faits.

Mon frère plongea son regard sérieux au fond du mien et ajouta :

— Mary, tu oublies un élément essentiel : la foi! La foi ne s'appuie pas sur des faits!

Ma voix s'enflamma.

— Joe, tu connais mes croyances. Mais ma foi, où était-elle lorsque Tristan est mort?

— Tu as traversé les étapes du deuil comme tous ceux qui perdent un être cher. Tu n'avais pas perdu la foi, Marylou, tu t'es simplement laissé submerger par ta douleur et ton chagrin. Mais ça n'a pas duré.

— Non, ça n'a pas duré. Pourquoi? À cause des faits, Joe. Pas à cause de ma foi. Navrée de te l'annoncer.

Mon frère secoua la tête, nageant en pleine incompréhension.

— De quels faits parles-tu?

Je repoussai ma tasse loin de moi. Mes mains s'étaient mises à trembler et, en quelques secondes, l'émotion traversa tout mon corps. Je pris une ample respiration et lâchai :

— Tristan ne m'a pas quittée de toute une année.

Joël souleva les épaules, croisant ses longs doigts sur la table.

— Oui, beaucoup de gens ont l'impression de percevoir la présence de leurs proches disparus, plusieurs mois après leur mort. Ça n'a rien d'exceptionnel.

Saisissant son visage entre mes mains, plongeant mes yeux agrandis au fond des siens, j'expliquai :

— Non, Joe. Je ne te parle pas d'une impression, mais d'un fait. Tristan est resté avec moi, toute une année.

Tout lui raconter ne fut pas aussi difficile que je l'avais imaginé. Son incrédulité première se transforma rapidement en fascination. Lorsque j'eus terminé, il ne m'adressa pas le discours moralisateur auquel je m'attendais, mais s'absorba dans un profond silence.

— Comment as-tu pu me cacher une chose pareille? C'est… comment dire, c'est… Non, je ne sais pas.

— Ce sera bien la première fois, le taquinai-je gentiment.

Joël se leva, les mains croisées dans le dos. Il se mit à marcher de long en large dans la pièce, alors qu'il réfléchissait à voix haute.

— Et moi, je n'ai rien compris! Si j'avais su… Je devinais pourtant que quelque chose ne tournait pas rond. Cette façon de retrouver goût à la vie après son décès, c'était trop brusque, trop subit. Et ensuite… Choc traumatique? Tu parles! On ne recommence pas à pleurer un mort un an après son décès comme tu l'as fait, sans raison! Je savais, moi, que ce ne pouvait pas être uniquement à cause de ton agression à la banque! Et pourtant, jamais je n'aurais pu imaginer…

— Pour quelqu'un qui a su démasquer un cas de possession, je ne t'ai pas trouvé clairvoyant. Mais c'était mieux comme cela.

Il s'immobilisa devant moi.

— Et depuis… est-ce qu'il…

Je hochai négativement la tête.

— À certains moments, j'ai vraiment l'impression qu'il est encore là. Je serais prête à jurer que je ne suis pas seule. Alors je me surprends à l'appeler, même à le supplier. Mais ça ne donne rien. Pas le moindre signe.

— Seigneur…

— Tu comprendras maintenant quelle voie j'ai choisie pour redonner espoir à cette femme. Contrairement à tout le baratin sur la foi, ma propre histoire l'a touchée. J'ai vu la tourmente au fond de ses yeux s'apaiser, juste assez pour lui permettre de reprendre son souffle. Nous avons discuté deux longues heures, toutes les deux assises par terre dans cette classe. Et avant de nous quitter, elle m'a demandé si j'accepterais d'écrire tout cela. Pour elle, pour l'aider. J'ai accepté, pensant que ça me servirait aussi, que ce serait une sorte de thérapie. Mais son mari a mis la main sur mes textes et m'a proposé d'en faire une chronique pour son journal. Je ne pensais pas qu'il l'avait déjà publiée.

— Et… Caleb? Que sait-il de tout cela?

— Que je reste accrochée à un mort. Voilà ce qu'il sait.

— Pourtant, je croyais que tu envisageais peut-être…

— Je l'ai fait… Quelque chose en lui a su faire frémir cette partie de moi qui était inanimée. Seulement, il croit que je ne l'apprécie pas pour lui, mais pour ce qu'il me rappelle. Et je crois qu'il a raison. C'est plus fort que moi! À certains moments il lui ressemble tellement! L'autre soir chez lui, j'ai goûté à ce sentiment de sécurité que Tristan éveillait en moi. Et c'était un tel bonheur! Ne plus avoir à combattre seule! Pouvoir me reposer sur quelqu'un d'autre!

Une larme roula sur ma joue, puis une autre. Je tentai de les réfréner. En vain. Toutes les émotions emprisonnées depuis toutes ces années reprenaient de la vigueur et m'assaillaient avec force, transformant mes pleurs silencieux en sanglots hystériques. Je me levai brusquement, ma chaise basculant vers l'arrière. Et je me mis à crier ma colère.

— Il m'a fait promettre de lui faire confiance! Et il a disparu! Il m'a quittée! Je ne le lui pardonnerai jamais! Il est devenu le poison de ma vie! Je suis pleine de haine! Oui, je le hais! Je le déteste! Il n'avait pas le droit de m'abandonner! Il m'étouffe! Son souvenir m'étouffe! Et son emprise ne faiblit pas! Au contraire, elle se resserre comme une corde autour de mon cou! Seigneur! Ayez pitié, je n'en peux plus!

Joël s'approcha de moi et prit dans ses mains mes poings blancs, serrés. J'étais dévastée. Pour la première fois, je laissais exploser ma fureur. Je la laissais me submerger et j'acceptais enfin la douleur qui m'habitait. Je m'accrochai aux épaules de mon frère, mes larmes me nettoyaient de ma rancœur et de tout ce qui m'avait maintenue attachée à un passé dont je ne voulais plus. Elles me purifiaient, faisant de moi un être neuf.

— Ma pauvre petite sœur. Tu as tant subi… Mais ça ne peut pas être pour rien.

— Les voix du Seigneur sont impénétrables, c'est cela?

Il m'éloigna de lui, juste assez pour permettre à sa main de signer mon front alors que ses lèvres murmuraient une bénédiction. Il avait déjà agi ainsi plusieurs fois auparavant, sans que cela ne cause chez moi la moindre réaction. Or, aujourd'hui, c'était différent.

C'est à ce moment précis que l'on frappa à la porte…

Chapitre 16
« Message d'outre-tombe »

Lorsque j'ouvris la porte, je me retrouvai nez à nez avec une femme aux longs cheveux roux et bouclés. Elle pouvait avoir une quarantaine d'années, mais ses rides me laissèrent supposer qu'elle était plus âgée. Ses yeux d'un brun chocolat se posèrent sur moi. Elle parla la première, d'un ton enjoué qui trahissait son soulagement.

— Bonjour! Je suis heureuse de vous avoir enfin trouvée! Je vous cherchais depuis un bon bout de temps!

En souriant, elle me dévisagea.

— Vous ressemblez trait pour trait à l'idée que je me faisais de vous.

— Vous me cherchiez? Vraiment? Pourquoi donc?

— Puis-je entrer? demanda mon étrange visiteuse sans répondre à ma question. J'ai à vous parler. Et un cadre de porte ne convient pas pour ce genre d'entretien!

Je m'écartai pour la laisser passer. Je la précédai jusqu'à la cuisine où Joël sirotait son café refroidi. La présence de mon frère parut intimider l'inconnue qui m'attrapa par le coude et murmura près de mon oreille :

— Ce que j'ai à vous dire est… personnel.

— Je n'ai rien à cacher à mon frère. Asseyez-vous.

Je lui proposai une tasse de café qu'elle refusa. Elle attendit que nous soyons tous les trois installés avant de commencer :

— Ce que j'ai à vous apprendre semblera sûrement étrange! Incroyable, même. Pourtant c'est la stricte vérité. Alors, je vous demanderai de m'écouter très attentivement en gardant à l'esprit que je ne suis pas folle, que je ne consomme pas de drogue et que je bois très peu d'alcool. Et surtout, que je ne suis pas un escroc.

Pareille entrée en matière m'intrigua. Joël fronça les sourcils mais n'intervint pas.

— J'ai déjà un lourd bagage concernant les choses incroyables, répliquai-je en la scrutant par-dessus ma tasse. Pourrais-je au moins connaître votre nom?

Mon interlocutrice se mit à caresser la table en de longs gestes circulaires. S'apprêtait-elle à lire dans les rainures du bois?

— Je m'appelle Annabelle.

Elle me tendit une main dont je m'emparai avec réticence.

— Heureuse de vous rencontrer, répondis-je. Enfin, je crois!

— Si, si. Vous pouvez l'être. Je pense vous apporter une bonne nouvelle.

Un instant, j'eus l'impression de me retrouver assise sur un banc d'église. Avec quel étrange prophète étais-je en train de converser?

— Bref, reprit Annabelle, je suis une femme tout ce qu'il y a de plus ordinaire. Je travaille comme infirmière dans un centre hospitalier, je fais beaucoup de bénévolat et je crois intimement que mon don m'a été donné pour me permettre d'aider les autres.

Certains mots avaient sur moi un réel pouvoir attractif. Le mot « don » en faisait partie.

— Un don? Vous possédez un don?

— Oui. Comme vous, j'ai quelques facultés particulières.

— Quel don? Et comment savez-vous que je…

— Je sais parfaitement qui vous êtes, Marylou. Je sais que vous pratiquez les voyages astraux depuis des années et aussi que vous avez vécu des choses très pénibles.

Ma curiosité se mua en méfiance.

— Comment connaissez-vous mon prénom?

— Tout simplement parce qu'il me l'a dit. Mais je vous en prie, laissez-moi aller au bout de mes explications, ensuite vous pourrez me poser toutes les questions que vous voudrez. J'y répondrai avec sincérité et transparence. Je le lui ai promis.

— Vous le lui avez promis? Il vous l'a dit? Mais qui donc?

Annabelle jeta un bref regard du côté de mon frère avant d'articuler d'une voix très douce, comme si sa délicatesse pouvait amoindrir l'impact de ses paroles :

— Tristan.

Un bloc de béton projeté d'un dixième étage à mes pieds ne m'aurait pas fait sursauter autant. Tristan. En aucun cas il ne pouvait s'agir de mon Tristan. Les lettres de son prénom s'étaient mises à tanguer devant mes yeux, comme tous les objets de la pièce. Je m'accrochai au bois de la table. Ma respiration, courte et bruyante, m'étourdissait et mes yeux n'arrivaient plus à se fixer sur un point précis. Joël fut près de moi en moins d'une seconde et m'incita à respirer.

— Ce ne peut pas être Tristan, chuchotai-je en fermant les yeux. Tristan est...

— Mort. Oui, ça aussi, je le sais.

Mon frère jeta un regard meurtrier à Annabelle.

— Que voulez-vous? grogna-t-il en caressant ma joue de ses doigts frais.

L'une des mains d'Annabelle, aussi douce que l'était sa voix, vint recouvrir la mienne.

— Laissez-moi m'expliquer et vous comprendrez tout.

J'avalai ma salive avec difficulté.

— Très bien. Allez-y.

— Détendez-vous, Marylou. Je vous l'assure, il s'agit d'une bonne nouvelle.

Annabelle dévisageait Joël, mais devant son air rebelle elle s'adressa à nouveau à moi.

— Peut-il aller se rasseoir? Je serai concise.

Mécontent, Joël obtempéra. Je ne l'avais jamais vu aussi réticent à s'éloigner.

— Je vais devoir parler un peu de moi pour vous convaincre de l'authenticité de mon récit.

Je l'y encourageai.

— Comme je vous l'ai dit, je suis infirmière et je travaille dans un service de chirurgie. La vie et la mort s'y côtoient d'une façon cruelle et je peux vous dire que j'ai eu mon lot de colère. Tant de vies que nous voulons sauver et qui s'acharnent à déserter, c'est très frustrant. Seulement, au fil du temps, je me suis aperçue que j'étais beaucoup plus sensible que mes collègues à la mort d'un patient. Lorsqu'un décès survenait, j'avais l'impression de partager l'espace avec l'âme du défunt, comme si le corps mort avait libéré une énergie que j'étais en mesure de capter.

— Vous êtes capable de voir les morts?

— Non, rectifia-t-elle très vite. Les morts sont enterrés dans les cimetières. Moi, je sens leur âme. C'est beaucoup mieux, croyez-moi. Par exemple, je pourrais dire s'il y a une entité présente avec nous.

Je me redressai d'un bond, le visage livide.

— C'est… c'est-à-dire?

— Vous savez sans doute que chaque personne possède un guide spirituel qui chemine à ses côtés. Tout le monde est au courant de ces choses-là, qu'on soit croyant ou non.

— Oui… Je n'y ai jamais vraiment réfléchi. Sauf que…

— Lorsque Tristan était encore près de vous, il partageait l'espace avec votre guide.

— Il y a donc trois autres personnes ici, avec nous?

— Non. Je dirais quatre, voire cinq. Oui, je perçois clairement quatre entités, mais la cinquième semble… masquée. C'est étrange.

Mon regard s'illumina d'espoir.

— Tristan?

Le nom avait jailli d'entre mes lèvres avec une telle ferveur qu'Annabelle sursauta.

— Non. Tristan ne fait plus partie de cette dimension depuis longtemps.

Je me levai brusquement, les yeux noircis par la colère. Je sentais mon cœur se déchirer en deux.

— Pourquoi alors êtes-vous venue? m'indignai-je.

— Calmez-vous, Marylou. Tristan ne vous a pas abandonnée, il est sans doute plus près que vous ne le croyez! Mais pour l'amour de Dieu, laissez-moi continuer!

Sa voix s'était faite autoritaire.

— Tristan m'a contactée, il y a déjà deux ans… ou un peu plus.

— Il vous a contacté? m'écriai-je. Mais comment?

— Ah! ce que vous êtes pénible, à la fin! s'énerva-t-elle en levant les bras au ciel. Vous ne pouvez pas vous asseoir et me laisser parler comme j'aimerais pouvoir le faire? Il m'avait prévenue que ce serait ardu, mais à ce point, ça frise le ridicule!

Plus aucune trace de douceur ne subsistait dans sa voix.

— Comme la méthode douce ne fonctionne pas, je vais devoir essayer autre chose. Asseyez-vous et bouclez-la!

Stupéfaite par ce revirement de situation, j'obtempérai d'un geste lent. Même Joël, atterré par ce qu'il venait d'entendre, resta muet.

— Bien. Je disais donc que Tristan m'a contactée. Et il l'a fait par transcommunication instrumentale. Il s'agit là d'un procédé encore mal connu, mais très sérieux, même si des sceptiques ne manquent pas de le dénigrer. Un bon nombre d'ouvrages traitent de ce sujet et, chaque année, partout dans le monde, on donne des dizaines de conférences au cours desquelles des messages de l'au-delà sont enregistrés en direct, devant témoins, sans duperie.

— Mais qu'est-ce que c'est?

— Cette transcommunication a été découverte par pur hasard il y a environ soixante-cinq ans par quatre personnes, de nationalités, de professions et de pays différents. Et qui ne se connaissaient pas avant. L'une d'entre elles était le père Agostino Gemelli, un physicien et médecin de renom. À l'époque, il présidait l'Académie pontificale des sciences au Vatican[1].

Surprise, je ne pus retenir une exclamation.

— Oui, ma chère. Au Vatican. Cela vous prouve clairement que la transcommunication n'appartient pas à la science-fiction, mais bien à la réalité.

— D'accord, mais qu'est-ce que c'est?

— Eh bien, c'est une technique qui rend possible un dialogue entre les vivants et les morts par le biais d'appareils audio ou vidéo. Dans mon cas, il s'agit d'un magnétophone. Le procédé est simple. On insère dans un appareil une cassette vierge et on déclenche l'enregistrement. Il est préférable de faire jouer des fonds sonores musicaux en langues étrangères ou tout simplement de faire couler de l'eau pour créer un fond énergétique. Pendant que la musique joue ou que l'eau coule, on pose des questions au défunt en laissant des silences entre chacune d'elles. C'est lors de l'écoute de l'enregistrement en mode ralenti que les réponses deviennent audibles. Dans le cas de Tristan, les choses se sont passées un peu différemment puisque c'est lui qui a cherché à me joindre sans que je l'interpelle. Il s'est immiscé dans une séance pendant que je m'entretenais avec un autre défunt. Vous imaginez mon trouble. Il a su se montrer persuasif et j'ai fini par céder. Je lui ai promis de le recontacter le lendemain, à la condition qu'il me laisse terminer avec Samuel, le défunt dont il était question ce jour-là. Pauvre Sam!

Elle rit.

---

1 Les renseignements sur la transcommunication instrumentale sont tirés du livre de Jean Riotte : « Ces voix venues de l'au-delà », Éd. Albin Michel, mai 2001.

— Mais il a refusé. Il prétendait que demain serait trop tard. Lorsque l'on entretient ce genre de relation avec l'au-delà, on apprend à fixer ses limites. C'est primordial pour garder un certain équilibre. Ce serait donc le lendemain, ou rien. J'aurais dû me douter qu'un esprit aussi déterminé que lui avait d'autres tours dans son sac. Le soir même, je venais à peine de m'endormir lorsque j'ai été réveillée par une drôle de sensation dans mon bras droit. Je n'avais jamais rien ressenti de tel. Je me suis levée et me suis rendue à la table de la cuisine munie de papier et d'un crayon. C'était incontrôlable. On me guidait. Je me suis mise à écrire. Mais ce n'était pas mon écriture et je ne décidais pas de ce qui s'inscrivait sur la feuille. Ma main n'était qu'un objet qu'il utilisait pour faire passer son message.

— Tristan?

— Oui. Cette nuit-là, il m'a fait écrire une vingtaine de pages. Le tout a duré près d'une heure. La première partie de la lettre m'était adressée. Il s'agissait d'instructions. Voici la seconde.

Annabelle sortit de son sac une enveloppe toute cornée. Apparemment, il y avait un bon moment qu'elle la trimbalait avec elle.

— Je devais vous remettre cette lettre le mois suivant. Tristan m'avait expliqué que vous étiez dans un état critique à l'hôpital et ce délai devait vous laisser le temps de reprendre des forces et de guérir. Malheureusement, lorsque je me suis présentée à l'adresse qu'il m'avait indiquée, vous n'y habitiez plus et ce teigneux de propriétaire a refusé de me dire où je pourrais vous trouver.

— Oui, c'est vrai. À ma sortie de l'hôpital, je ne suis retournée à mon ancien appartement que pour faire les cartons de déménagement.

— Nous nous sommes manquées de peu...

Je me mordis la lèvre et tendis la main vers l'enveloppe. Annabelle me la remit tout en poursuivant son récit :

— Je vous ai retrouvée grâce à l'article paru dans le journal d'hier. Comme il était mentionné que vous étiez enseignante à l'Université Laval, je m'y suis rendue et je suis parvenue à soutirer le renseignement que je voulais. Et me voilà.

— Vous auriez pu me la faire parvenir par la poste au lieu d'attendre tout ce temps. J'avais payé pour qu'on fasse suivre mon courrier à ma nouvelle adresse.

— Ma chérie, ce que cette enveloppe contient ne s'expédie pas par la poste. Les consignes étaient claires, je devais vous la remettre en mains propres. Et c'est chose faite.

L'enveloppe était épaisse et pesait lourd dans ma main. Mais lorsque mes yeux virent le nom qui y était inscrit, je ne cachai pas ma surprise. Caleb.

— Ce... ce n'est pas pour moi?

— Non. Vous devez la remettre à son destinataire.

— Je ne comprends pas, pourquoi ne pas la lui remettre vous-même?

— Tristan a été très clair. C'est à vous de le faire. Je présume, sachant ce qu'elle contient, qu'il aura besoin d'un coup de main de votre part pour lui faire avaler son contenu.

L'enveloppe était cachetée. Alors, sans réfléchir, mon doigt se glissa sous la languette pour la déchirer. Mais Annabelle réagit dans la seconde et me retira l'enveloppe en me réprimandant d'une voix sévère :

— Vous ne devez pas l'ouvrir! Elle vous concerne, mais ne vous est pas adressée. Trouvez Caleb et remettez-la-lui. Ensuite, préparez-vous à devoir être plus persuasive que vous ne l'avez jamais été.

— Mais...

— Il a été très strict. Vous... ne... de... vez... pas... l'ou... vrir! martela-t-elle, son doigt tapotant la table.

— Quand? Quand a-t-il écrit cette lettre? m'enquérai-je, frustrée.

— La date est inscrite dans le coin supérieur gauche.

Mes yeux s'y posèrent et le sang se retira de mes joues. C'était la veille du jour terrible où il m'avait quittée sur mon lit d'hôpital.

— Ma mission touche à sa fin. Je ne peux rien ajouter de plus. Mais ayez confiance comme il vous l'a demandé, et tout ira bien. Tristan avait un plan vous concernant et les éléments sont en train de se mettre en place.

— Un plan? Quel plan? Je vous en prie, dites-m'en plus!

Annabelle, qui marchait d'un pas décidé vers la sortie, s'immobilisa. Elle se retourna et m'adressa un sourire très maternel avant d'ajouter à voix basse :

— Il vous aime! Tellement! J'ai pleuré le lendemain en lisant ce qu'il m'avait fait écrire. Il m'a touchée. Sincèrement. Il mérite que vous résistiez à votre curiosité et que vous agissiez comme il l'attend de vous.

Trouvez Caleb. Faites-lui confiance. Un jour ou l'autre, il croisera votre route.

— Je… je sais déjà où le trouver. Ce n'est pas cela le problème.

Cette fois, ce fut Annabelle qui réagit fortement.

— Alors remettez-lui la lettre et montrez-vous convaincante.

Elle allait s'en aller, mais ma main la retint par le coude.

— Comment me montrer persuasive alors que je ne sais pas ce que cette lettre contient?

Le sourire d'Annabelle changea. Sa main glissa sur ma joue.

— Si, vous le savez. Je le sens. Votre aura n'aurait pas cette couleur. Peut-être que vous n'en avez pas conscience, mais vous le savez.

— Pourquoi avez-vous fait cela pour lui? Je veux dire, cette démarche? Après tout vous ne le connaissiez pas, il n'était rien pour vous!

— Vous devriez cesser de parler de lui au passé, Marylou. Et pour répondre à votre question, il est très dur en affaires. Il m'a promis quelque chose et j'ai bon espoir qu'il tienne parole. Je dois partir, maintenant. Soyez gentille et ne cédez pas à la curiosité. S'il a souhaité que les choses se déroulent ainsi, c'est parce qu'il a une bonne raison.

Sans un mot de plus, elle sortit. Mais avant qu'elle ne disparaisse dans l'escalier, je l'entendis prononcer distinctement : « Ça alors, c'est extraordinaire! »

Chapitre 17
« Analyse »

— Je vais devenir folle!

— En effet!

Joël me regardait depuis plus d'une heure ranger mes armoires de cuisine, ma bibliothèque, l'armoire à pharmacie et pour finir, la penderie de ma chambre. Il me suivait de pièce en pièce, son calme absorbant une partie de ma nervosité. Il finit par s'asseoir sur le canapé alors que je m'agenouillais dans le placard de l'entrée.

— Mary, viens à côté de moi. On va discuter.

— Discuter? Mais de quoi donc? D'Annabelle ou de cette maudite lettre?

Mon regard tomba, accusateur, sur l'enveloppe toujours posée sur la table. Chaussures et bottes volèrent par-dessus mon épaule et je passai mon énervement sur la saleté du plancher.

— Mary, tu t'épuises et ça ne sert à rien. Viens t'asseoir. À nous deux, peut-être que nous réussirons à faire la lumière sur cette histoire.

Comme je n'obtempérais pas, Joël se leva, m'extirpa de ma cachette et m'attira sur les coussins à ses côtés.

— Tu n'arriveras à rien de cette manière. Calme-toi et essayons d'être logiques. Il faut reprendre les éléments un par un.

— C'est inutile. J'ai déjà tout compris. Je sais quel est le plan de Tristan. Je le sais et je ne l'accepte pas!

Le front de mon frère se plissa.

— Explique-moi, alors.

— Caleb. C'est ça, son plan. Il a trouvé l'homme idéal, quelqu'un qui lui ressemble, avec les mêmes expressions, les mêmes traits, pour que j'en tombe amoureuse. Pour qu'il prenne sa place. Voilà son foutu plan!

J'étais hors de moi. Depuis qu'Annabelle était partie, j'avais retourné chaque élément dans ma tête, je les avais assemblés les uns aux autres et essayé toutes les combinaisons possibles. La seule conclusion que j'avais trouvée était celle-ci.

— Ça pourrait se tenir, si ce n'est d'un élément, reprit Joël en se frottant le menton.

— Lequel?

— Tu l'as dit toi-même par le passé, vous êtes unis d'une manière indéfectible. Il n'a jamais accepté l'idée que tu sortes avec un autre homme. Souviens-toi d'Alan. Pourquoi aurait-il changé d'avis?

— Il prétendait aussi qu'il serait toujours près de moi et pourtant, il m'a abandonnée, tu entends bien, abandonnée, au moment où j'avais besoin de lui! Voilà la preuve que rien n'est coulé dans le béton!

Joël se racla la gorge.

— C'est ce qu'il t'a dit? À l'hôpital? Il t'a dit adieu? Il a dit : « Je t'abandonne »?

Je me relevai, incapable de rester immobile, et me mis à tourner autour de la table, les yeux toujours rivés sur l'enveloppe.

— Alors? insista mon frère. C'est ce qu'il t'a dit?

Je hochai la tête.

— Pas dans ces mots.

— Ah non? Lesquels a-t-il utilisés? Je te quitte? Je te laisse? Je disparais de ta vie? Nous deux, c'est fini?

À nouveau, je secouai la tête.

— Qu'a-t-il dit alors?

Je vins prendre appui sur la table, et les deux mains bien à plat, la tête entrée entre les épaules, j'avouai :

— De lui faire confiance, qu'il ne me quittait pas et qu'il m'aimerait toujours, récitai-je.

— Ah! C'est curieux, ça ne m'évoque pas du tout un abandon. Je ne crois pas que ta théorie soit la bonne, Marylou. Alors trouves-en une autre. Tu as créé ta propre vérité, tu la ressasses depuis des années, mais je crois qu'il est temps de faire face à la réalité.

— C'est horrible ce que tu viens de dire, murmurai-je, le regard vague.

— Pourquoi?

— C'était plus facile pour moi, tu comprends? Je ne sentais plus Tristan! Je ne le voyais plus! Du jour au lendemain, il était devenu un souvenir! Un simple souvenir. En croyant qu'il m'avait quittée, je m'autorisais à espérer autre chose, à croire que je pourrais rencontrer quelqu'un d'autre. À présent, envisager qu'il est toujours là, c'est me retrouver des années en arrière. J'aurai cheminé toute seule. Pour rien. Et le pire, c'est que j'aurai passé tout ce temps à douter de lui, alors qu'il m'avait fait promettre le contraire.

Mon regard se fixa à nouveau sur la lettre.

— C'est trop compliqué pour que je puisse comprendre, Joe.

— Et si tu te fiais tout simplement à tes impressions? Oublie ta conscience, ta logique et écoute ce que te disent tes sens.

Je soulevai les épaules, incertaine de vouloir jouer à ce jeu. Je finis par saisir l'enveloppe, la retournai plusieurs fois entre mes doigts, comme si le seul fait de la toucher pouvait me livrer tous ses secrets.

Je tournai la tête vers mon frère.

— Caleb ressemble beaucoup à Tristan, je l'ai déjà dit. Et c'est en partie à cause de cela qu'il me plaît. Dès notre première rencontre, il a utilisé un langage qui aurait pu être celui de Tristan. Il m'a appelée Lou, exactement comme lui. Ça m'a choquée au tout début mais après, c'était plaisant à entendre. Sa peau... je l'ai touchée. Un peu... enfin, nous n'avons pas... mais...

— Et?

— Son corps est plus massif que celui de Tristan, mais une connexion particulière s'est créée entre lui et moi. Un peu comme si nous échangions de l'énergie. Mes doigts, directement posés sur sa peau, servaient de pont. C'était troublant. Il... Il l'a remarqué et je crois que ça l'a déstabilisé.

— Intéressant... Autre chose? L'as-tu embrassé?

— Je ne répondrai pas à cela, Joe.

— C'est inutile, en effet. Et ton âme, Marylou? Que te dit ton âme?

Instantanément, je me revis au cours de l'unique projection astrale que j'avais eue, alors que je me retrouvais dans cette chambre que je ne connaissais pas. L'arme à côté du lit s'imposa à mon esprit. Un instant, mon souffle se suspendit. Une arme, un policier, l'un n'allait pas sans l'autre. Pourquoi n'y avais-je pas songé? J'étais bien venue à deux reprises dans l'appartement que Caleb partageait avec sa sœur, mais je n'étais pas entrée dans sa chambre. Pourtant, j'aurais pu la décrire. Et si c'était près de lui que je m'étais retrouvée en état de projection astrale? Si j'étais sensible à sa présence et attirée par lui, s'il utilisait son langage et ses mimiques pour une seule et unique raison?

— Mon Dieu, soufflai-je estomaquée. Joe, c'est lui! Caleb est Tristan!

Joël sourit, plus amusé qu'étonné.

— Allons, Marylou, sois sérieuse!

— Mais je le suis! Je ne tremblerais pas autant si je ne l'étais pas! Je ne sais pas comment, mais Caleb est Tristan. C'est ça la vérité!

Des questions sans réponse surgirent par dizaines. Seule ma vérité était là, lumineuse : Caleb et Tristan étaient la même personne.

— Oui, c'est cela! Ça ne peut être que cela! Tout concorde!

Joël se leva et vint se poster devant moi.

— Mais enfin, Marylou, réfléchis! Comment l'expliquerais-tu?

Nous nous regardâmes une seconde, puis supposâmes ensemble :

— Réincarnation.

— Non. C'est impossible! décréta mon frère.

— Tu vois une autre explication?

— Marylou, les âmes ne se réincarnent pas dans des vivants! Elles ne peuvent pas… disposer d'un corps de cette façon! Surtout le corps d'un adulte! Ça ne se peut pas!

— Il y en a pourtant une qui s'est incrusté dans le corps de Tristan pendant des années. Pourquoi Tristan ne pourrait-il pas en faire autant?

— Il est trop intègre pour posséder un homme. Je ne marche pas là-dedans! s'écria Joël.

— Pourtant il y a forcément une explication! Joe, tu l'as déjà dit toi-même à plusieurs reprises, tu crois à la réincarnation. Tes convictions auraient-elles changé?

Mon frère me dévisageait intensément. Il finit par se mettre en quête d'une feuille et d'un stylo.

— Marylou, regarde ceci.

Il dessina un schéma qu'il me tendit.

— Voilà l'homme, tel que certains le conçoivent. Cette silhouette, ici en bas, représente le corps de chair de l'homme. Au-dessus, cette autre silhouette : l'esprit. Le trait qui relie les deux s'appelle le cordon d'argent. Tu sais ce que c'est?

— Oui, bien sûr! Je le vois chaque fois que je me retrouve en état de projection astrale. On l'appelle ainsi à cause de sa couleur.

— Eh bien, ce fil permet le transfert du flux vital de l'esprit vers le corps. La rupture de ce cordon cause la mort du corps. Il aurait donc fallu une synchronisation parfaite entre la coupure du cordon initial et l'implantation du cordon de Tristan, afin de ne pas provoquer la mort du corps. Et c'est impossible!

Mon cœur se mit à battre comme un fou.

— Impossible ne devrait pas faire partie de ton vocabulaire, Joe. Ce n'est pas toi qui m'apprenais à croire au miracle? Imagine que le corps ait pu être maintenu en vie artificiellement et réanimé par la suite? Que se passerait-il? Oh mon Dieu, oui, c'est cela!

Les mains de Joël encadrèrent mon visage.

— Marylou, je t'en prie. Ne t'engage pas sur cette voie. Ce n'est pas la bonne!

— Tristan savait que Caleb allait mourir. Il me l'a dit! Joe, il m'a quittée au moment précis où Caleb faisait un arrêt cardiaque. Les médecins se sont acharnés des minutes entières pour le réanimer! C'était suffisant pour permettre l'implantation du nouveau cordon! Celui de Tristan! On déclare un homme cliniquement mort uniquement à l'arrêt des manœuvres de réanimation, n'est-ce pas?

La stupeur de mon frère était manifeste. Apparemment, en dépit de son scepticisme, mon raisonnement faisait son chemin.

— Si ta théorie était la bonne, Marylou, ce serait une première mondiale. Crois-moi, j'en ai lu des histoires qui traitent de réincarnation. Ce phénomène est présent dans l'imagination collective depuis l'aube des temps. Mais je n'ai jamais rien lu qui se rapporte à tes suppositions.

— Du temps où il vivait, Tristan n'a jamais été comme les autres. Pourquoi changerait-il, une fois mort? C'est lui, Joe. Peut-être que mon explication n'est pas la bonne, mais je suis convaincue que c'est lui.

— Et comment comptes-tu faire avaler un truc pareil à Caleb?

— Exactement comme Annabelle l'a suggéré. Je serai très persuasive!

Chapitre 18
« Hantise »

Allongé sur mon lit, les mains croisées sous la tête, je tentais d'oublier les trois enfants morts la veille dans un incendie, l'accidenté de la route décédé quatre heures plus tôt et le regard désespéré de sa femme. Mais plus que tout, je luttais pour chasser l'image parfaite de Marylou. Je ne voulais plus penser à ses yeux mauves, ni me souvenir des sensations engendrées par les mouvements sensuels de nos corps en symbiose.

Je soupirai d'énervement. C'était peine perdue. Mon regard tomba alors sur la feuille posée sur ma table de chevet. Je me redressai sur un coude, m'en emparai et en relus le contenu.

Quelques jours après l'incident survenu chez Marylou, j'avais cédé à l'envie d'en savoir plus sur mon rival. Le peu de renseignements se trouvait là, soigneusement imprimé. Je me levai et m'approchai du miroir. Je contemplai un long moment la photographie qui ornait le coin droit du document et la plaçai près de mon visage, scrutant l'un et l'autre. Je devais admettre qu'il était beau gosse. Mais ce qui choquait à ce point Marylou m'échappait.

D'un geste impatient, je laissai tomber la feuille à terre, et me dirigeai vers la fenêtre. La lumière grisonnait et quelques flocons voltigeaient ici et là. J'aurais préféré passer ma nuit à travailler plutôt que rester dans cet appartement à me morfondre. Avec un peu de chance, Barbara rentrerait tôt et je pourrais lui proposer un film ou deux devant un bol de maïs soufflé outrageusement recouvert de beurre. Quel piètre programme, alors que j'aurais pu… alors que j'aurais voulu… Marylou. Toujours Marylou. Comme si mes pensées pouvaient la matérialiser, le bruit de la sonnette retentit. Machinalement, je passai une main dans mes cheveux en désordre. Il était vraiment temps que j'aille chez le coiffeur.

En ouvrant la porte, il me fut impossible de dissimuler mon irritation. L'objet de mes tourments se tenait sur le pas de la porte, droite, très calme, un magnifique sourire accroché à sa jolie bouche. Marylou. Prétendre que je n'étais pas heureux de la voir était inutile. Mon cœur marquait son émotion avec violence. Pourtant, pas question d'oublier mes résolutions ou les griefs que j'avais contre elle.

— Que fais-tu là? lui demandai-je, d'une voix agressive. Je croyais que Barbara t'avait dit…

— Que tu ne voulais plus me voir? Oui, elle l'a fait. Malheureusement, je ne suis pas d'accord, donc…

— Je ne crois pas que tu aies ton mot à dire, repris-je hargneusement.

— Au contraire.

Mon énervement s'accentua. Elle me désarçonnait. La femme troublée était devenue une femme troublante, sûre d'elle.

— Barbara n'a pas dû se montrer suffisamment explicite. Je ne veux plus te voir, Marylou. Alors s'il te plaît…

— Une seconde, me coupa-t-elle en faisant un pas vers moi. Avant que tu me demandes de m'en aller, j'ai deux ou trois petites explications à te donner.

J'aurais dû refuser, mais au lieu de cela, je m'écartai pour la laisser passer. Elle m'avait manqué. Trop. Et je ne résistai pas à l'envie de profiter de sa présence encore quelques minutes. Elle m'effleura à peine et se dirigea droit vers ma chambre. S'était-elle parfumée volontairement, histoire d'affaiblir mes défenses?

Sans même quêter mon accord, elle pénétra dans la pièce et prit le temps de tout regarder. Elle passa même un doigt léger sur les illustrations de New York et des autres grandes villes qui décoraient le mur, à la tête de mon lit. Je l'entendis prononcer avec émotion un : « je le savais » avant qu'elle ne se tourne vers moi, étrangement satisfaite.

— Que veux-tu? m'enquis-je, radouci.

— Te parler. En réalité, je suis venue pour te donner ceci.

Elle me tendit une enveloppe brune.

— Qu'est-ce que c'est?

— Je ne sais pas. Annabelle m'a simplement dit que je devais te la remettre.

— Annabelle? Qui est-ce?

— Pour l'instant, ce n'est pas le plus important. En revanche, l'histoire que je vais te raconter l'est. J'espère que tu as du temps devant toi, et que tu es ouvert d'esprit, car tu auras besoin de l'un comme de l'autre.

Elle enleva son manteau, le déposa sur le bureau. Son regard fut immédiatement attiré par la feuille qui se trouvait à terre. Elle s'en empara et se tourna vers moi, pâle, en la braquant dans ma direction :

— Qu'est-ce que c'est?

— Après notre dernière rencontre, j'ai voulu savoir contre qui je devais me battre. Alors, j'ai pris quelques renseignements sur Tristan.

— Ce n'est pas ton rival, Caleb.

Un rire sarcastique m'échappa.

— Qui t'a donné cela? interrogea-t-elle de nouveau.

— Je suis policier, Marylou.

Je m'avançai d'un pas vers elle, alors qu'elle parcourait du regard les renseignements qui noircissaient la feuille. Avec jalousie, je la vis caresser l'image du bout des doigts, ses lèvres simulant un sourire si tendre qu'il me donna l'envie de réduire la feuille en bouillie. Elle finit néanmoins par la poser sur le bureau et croisa sagement les mains devant elle.

— Es-tu prêt à entendre tout ce que j'ai à te dire?

J'acquiesçai. Je la suivis des yeux alors qu'elle s'installait sur mon lit. Elle me tendit la main, m'invitant à me joindre à elle, mais je reculai, pour maintenir une certaine distance entre nous.

— Je t'écoute.

Elle m'observa un long moment et me fit promettre de ne pas l'interrompre, quoi qu'elle dise. Je ne m'attendais guère à apprendre l'ahurissante histoire de sa relation chaotique avec Tristan. Et encore moins à entendre l'autre histoire, celle qui me concernait.

Son récit dura une trentaine de minutes. Une demi-heure à serrer les dents et à m'esclaffer silencieusement lorsque ses propos devenaient grotesques, et tombaient dans le ridicule. Ses révélations me firent l'effet de coups assénés sur ma tête. Et Marylou frappait aussi facilement qu'elle l'aurait fait sur une balle de tennis. Sa chute en bas d'un pavillon de l'Université de Sherbrooke, son aptitude à réaliser des voyages astraux, cette incroyable attraction qui les liait, elle et Tristan, l'épisode au cours duquel son âme à lui fut possédée, le décès de cet homme et, finalement, leur interaction au-delà de la mort.

À maintes reprises, je voulus l'interrompre. Mais elle poursuivait comme si je n'existais pas. Vint le braquage de la banque, mon intervention qui lui avait sauvé la vie, et finalement son séjour à l'hôpital qui lui avait laissé croire que j'allais mourir. Elle enchaîna, sûre d'elle, avec sa petite incartade dans ma chambre d'hôpital, alors que j'allais rendre l'âme et la promesse que Tristan lui avait arrachée.

Mais ce qui m'asséna le coup final fut cette conversation qu'elle avait eue avec une dénommée Annabelle quelques heures plus tôt.

N'en pouvant plus, le cerveau complètement saturé, je l'interrompis, les deux mains en l'air.

— Maintenant, ça suffit. Tu espères que je sois la réincarnation de Tristan? bredouillai-je, trop stupéfait pour hausser le ton.

— Non. Je sais que tu l'es. Tout concorde : tes manies, ton vocabulaire, tes expressions et… et aussi cette attirance qui nous pousse l'un vers l'autre. Il n'y a qu'avec Tristan que ça peut fonctionner.

— Ridicule. C'est ridicule. Sors d'ici.

Ma voix n'était plus qu'un grondement sourd.

— Mais je n'ai pas terminé…

— J'ai dit « Ça suffit! ». Tu es complètement folle! D'où sors-tu? De quel asile t'es-tu échappée?

Elle devint blafarde. Je la saisis brutalement par les épaules et la forçai à se lever.

— Je t'en prie, calme-toi, supplia-t-elle alors que je la bousculais pour l'entraîner hors de ma chambre. Je sais que ça semble gros…

— Gros? Tout à fait grotesque, oui. Sors d'ici! réitérai-je d'une voix si dure, presque méconnaissable. Dehors!

Je parvins à la pousser de force, mais elle se rebella, m'arrachant son bras marqué de l'empreinte de mes doigts.

— Non, je ne partirai pas, décida-t-elle. Que tu le veuilles ou non, tu m'écouteras jusqu'à la fin. Tu me dois bien ça.

— Je ne te dois absolument rien! Et je n'écouterai pas un mensonge de plus.

— Oh si, tu m'écouteras.

— Pour entendre quoi? Que je suis la réincarnation de Tristan? Je ne crois pas à la réincarnation, Marylou.

— Eh bien, tu ferais mieux de réviser tes positions, car c'est bien ce que tu es.

— Bon sang, mais comment peux-tu être aussi… Dehors!

— Non! Il m'a promis de ne jamais m'abandonner. Aucune âme n'a jamais été capable d'attirer la mienne, sauf la sienne. Et c'est cette attirance qui m'a conduite, malgré moi, dans ta chambre! Tu as le même regard, les mêmes expressions, les mêmes gestes, et surtout, je t'aime exactement comme je l'ai aimé!

— Ah, c'est donc ça! Tu cherches un moyen pour te déculpabiliser d'être attirée par un autre homme. C'est pitoyable!

Menaçant, je revins sur mes pas, et la toisai du regard. Je la saisis à nouveau par les épaules et la secouai. Elle en grimaça de douleur.

— Arrête! Je ne suis pas Tristan! m'époumonai-je, à deux doigts de perdre la raison.

— Laisse-moi te prouver le contraire! supplia-t-elle en posant les paumes de ses mains contre mes joues.

Je la repoussai, incapable de supporter son contact.

— Dehors!

— Non!

Malgré ma colère qui avait dépassé toute limite, je ne pus m'empêcher de remarquer à quel point elle était sublime ainsi, debout devant moi, courageuse et déterminée.

— Pour la dernière fois, je ne suis pas Tristan! Tristan est mort! Et si tu n'arrives pas à l'accepter, va consulter un psy!

La gifle surgit. Je croyais qu'elle aurait peur et chercherait à fuir. Mais non, elle redressa les épaules et m'affronta, les yeux, soudain brillants de larmes. La voir pleurer me surprit tant que je me calmai aussitôt.

— Tu pourras me chasser de ton appartement, de tes pensées, de ta vie, mais tu ne me chasseras jamais de ton cœur. Quoi que tu fasses, quoi que tu tentes. Lis la lettre et tu reviendras vers moi.

Trop épuisé pour continuer à me battre contre elle, je ne pus que répéter :

— Va-t'en, Marylou. Tout de suite.

Je la regardai longer prudemment le mur jusqu'à atteindre la porte. Avant de sortir, elle me lança :

— Tu as le droit d'être sceptique, de douter. Mais tu ne pourras pas nier.

Elle hésita, puis son regard s'alluma d'une étrange lueur.

— Loutamé, Tristan.

Ses mots m'atteignirent au cœur. Pour une raison qui m'échappa tout d'abord, l'étrange lueur se mua en pur bonheur. Elle n'ajouta rien, mais elle sut qu'elle venait de remporter une bataille importante.

— Va-t-en, répétai-je d'une voix calmée. Va-t-en et ne reviens jamais.

Elle franchit enfin le seuil, après avoir chuchoté une dernière chose :

— Il y a une erreur sur ta fiche de renseignements. Tristan n'avait pas de frère, mais quatre sœurs. Quant à toi, tu reviendras vers moi. Ce n'est qu'une question de temps.

Elle referma la porte derrière elle et je ravalai le hurlement qui m'étouffait…

Chapitre 19
« Soupçons »

Après le départ de Marylou, je mis deux bonnes minutes à reprendre mes esprits. En dépit de toute l'absurdité de son discours, je sentais le doute poindre au milieu de mes certitudes.

Son récit invraisemblable m'obsédait. Les mots voyages astraux, possession, mort, réincarnation tournaient dans ma tête, et lorsque j'essayais d'imaginer ce qu'ils évoquaient, une sensation étrange m'enserrait la poitrine.

Dans la cuisine, j'ouvris avec une certaine nervosité la porte du réfrigérateur, mais je n'y vis rien qui fasse mon affaire. Je me ruai au dépanneur le plus proche où j'achetai une caisse de bières. De retour chez moi, je pris une bouteille et frémis au contact du verre froid. Mes mains tremblaient. Sans prendre le temps de chercher un décapsuleur, j'ouvris la bouteille avec mes dents.

Très lentement, j'approchai la bouteille de mes lèvres. Les yeux fermés, je m'imprégnai de l'odeur âcre de la bière. Le goulot dur et lisse me fit frissonner d'un plaisir anticipé. J'allais me mettre à boire quand un reste de détermination ébranla mon désir. Je réussis à reposer la bière sur la table, mais il me fallait encore trouver au fond de moi l'énergie et la volonté pour me lever et aller vider cette bouteille dans l'évier.

C'est alors que Barbara entra dans la cuisine. Elle s'immobilisa en me voyant ainsi et ravala les paroles amusantes qu'elle s'apprêtait à lancer. Elle s'approcha doucement de moi, et d'un geste plus maternel que fraternel, elle caressa mes cheveux d'une main légère.

— Caleb? Mais qu'est-ce que tu fais?

Devant mon silence et mon regard vide, elle reprit :

— Hum. On dirait que ta journée n'a pas été meilleure que la mienne.

Elle tendit son autre main pour se saisir de la bouteille, mais d'un geste vif, je contrai son mouvement. Elle sursauta. Mes ongles s'incrustèrent dans la chair de son poignet.

— Caleb, laisse-moi faire. Je m'occupe de tout.

Elle s'empara très vite de la bouteille qu'elle vida dans l'évier, avant de faire couler abondamment l'eau. Je devais avoir retenu ma respiration tout ce temps, car j'expirai bruyamment pendant de longues secondes.

— Seigneur, je suis foutu.

Barbara vint s'asseoir devant moi, le visage marqué par l'inquiétude.

— Caleb, qu'est-ce qui t'a mis dans cet état?

Je relevai la tête, les yeux assombris par la colère.

— Marylou, lâchai-je.

— Marylou? Encore?

J'entrepris de lui raconter ce qui avait meublé mes deux dernières heures. Barbara ne s'esclaffa pas, ni ne fit de remarques désobligeantes. Elle se contenta de poser sur moi un regard pénétrant, caressant le dessus de ma main gauche.

— Tu ne commentes pas? Étrange, remarquai-je, inquiet.

— Eh bien, je pense que...

— Quoi? Vas-y, dis ce que tu penses.

— Je comprends mieux maintenant pourquoi tu es si perturbé. J'avoue qu'elle est étonnante.

Je fixais à nouveau la caisse de bières qui se trouvait à mes pieds. Barbara comprit et la déplaça discrètement sous la table.

— Mais qu'est-ce qui peut bien pousser Marylou à penser une chose pareille?

— Elle est cinglée. Terriblement attirante, fragile, mais totalement cinglée.

— Tu peux ajouter courageuse à ta liste. Car il faut l'être énormément pour se pointer ici et t'affronter avec de tels arguments. A-t-elle des preuves?

D'un geste du menton, je lui indiquai l'enveloppe brune restée sur le comptoir.

— Qu'est-ce que c'est?

— Aucune idée. Je ne l'ai pas encore ouverte. Elle m'a dit de la lire et que ça me convaincrait. Je devrais la jeter.

— Sans l'ouvrir? Ton manque de curiosité est indigne de cette famille. Donne-la-moi.

J'hésitai, puis refusai.

— Non. Je vais la lire. Plus tard. Et toi, quelle est ton opinion?

— Eh bien… Je n'en ai pas la moindre idée! Je ne connais rien à la réincarnation. Cependant, bon nombre de gens semblent croire que la chose soit possible.

— Mais…

Ma sœur leva une main pour m'interrompre.

— Caleb, la seule raison qui me pousse à réfléchir à ce qu'elle a dit est la suivante : le frère que je connaissais avant ton accident n'a rien à voir avec celui qui a repris connaissance à l'hôpital. Ça, c'est un fait incontestable à mes yeux. Tu es trop différent et je m'en suis fait maintes fois la réflexion.

Atterré, je lui retirai ma main.

— Tu ne vas pas me dire que tu cautionnes un récit pareil! Pas toi! Pas ma sœur!

— Je dis simplement que ça justifierait une expertise plus approfondie. Malheureusement, je ne vois pas de quelle manière nous pourrons réfuter ou accepter sa thèse.

— Je sais qui je suis! Et si j'étais un autre, je ne me sentirais pas aussi totalement moi. Ça n'a pas de sens. Depuis quand les morts se réincarnent-ils dans des vivants?

La main de Barbara reprit son va-et-vient dans ma chevelure.

— Et si tu es bien celui qu'elle prétend? Ça n'affecterait en rien cette sensation de te sentir toi-même, puisque tu l'es! Seule ton identité changerait.

Je relevai la tête, attentif à ses paroles.

— Écoute-moi, Caleb. Tu sais que je t'aime. Tu es mon frère. Après ton accident, tu as changé en mieux. Le frère que j'avais avant n'était pas attentif à moi, il me préférait des alcools forts et de faux paradis! Mais toi, tu as pris soin de moi, tu t'es inquiété pour moi. Nous avons créé de véritables liens fraternels, qui dépassent de loin ce qu'aurait permis le Caleb d'avant. J'ai remarqué très souvent qu'il te manquait une grande partie de tes souvenirs. Tu ne te souvenais même plus de ton meilleur ami avant que je ne t'explique qui il était. Mais au fond, peu importe qui tu étais, qui tu es, le nom que tu te donnes ou celui qu'elle te donne. L'important c'est qu'elle reconnaisse en toi celui qu'elle aime. Le résultat est le même.

— Tu as tort. Je n'admettrai jamais qu'elle continue de l'aimer à travers moi, par procuration. Je me respecte trop pour cela.

— Et si elle avait raison?

— Elle a tort!

Barbara souleva les épaules avec nonchalance.

— Je ne crois pas que tu aies beaucoup de choix, Caleb. Tu la crois sur parole ou tu réfutes ses affirmations. Ce genre de chose ne se vérifie pas avec un logiciel de la police ou des registres administratifs. Ce sera ses certitudes à elle contre les tiennes. En tous cas, moi, je ne peux rien y faire.

— Si. Tu peux faire quelque chose, ajoutai-je l'estomac secoué de spasmes. Chercherais-tu la signification d'un mot pour moi?

— Lequel?

J'hésitai avant de prononcer d'une voix étranglée :

— Loutamé.

— Qu'est-ce qu'il devrait signifier?

— Je n'en suis pas certain. Cherche-le. Dans le dico, sur internet, où tu veux. Mais apporte-moi la preuve que ce mot existe et que j'ai pu le lire quelque part.

— Et si je ne le trouve pas?

— Je serais forcé d'admettre qu'il y a peut-être quelque chose qui m'échappe et d'envisager d'autres… éventualités.

J'espérais, sans trop y croire, que Barbara reviendrait au bout d'une heure, brandissant un bout de papier sur lequel seraient inscrits le mot et sa définition. Je pourrais alors conclure que j'avais pu, à un moment donné, en faire la lecture. Et l'histoire s'arrêterait là. Mais serait-ce aussi simple? Je finis par lire le contenu de la lettre que Marylou m'avait remise et j'en frissonnai d'horreur.

Un jour entier passa. J'effectuai mon service, l'esprit lourd et morose. Plus le temps passait, plus le doute me rongeait. Puis Barbara m'apporta sa réponse.

— Je suis désolée, Caleb, ce mot n'existe pas. Du moins, dans les dictionnaires et sur internet. Dans aucun domaine, qu'il soit scientifique, médical ou religieux, on ne l'utilise. J'ai vraiment fouillé partout.

J'étais allongé sur mon lit lorsque Barbara était entrée dans ma chambre.

— Pas grave, grommelai-je, déçu. Je m'y attendais.

Elle s'installa à mes côtés.

— Alors, qu'est-ce que ça veut dire?

J'inspirai profondément, déjà anéanti par ce que j'allais dire.

— « Je t'aime ». Voilà ce que ça veut dire. Mais ça signifie surtout que je serai obligé de pousser plus loin mes investigations. Ça ne me plaît pas.

— Comment comptes-tu t'y prendre? C'est plutôt atypique comme recherche!

Je me redressai sur un coude, pointant du menton une petite carte posée sur la table près de mon lit.

— Tu vas consulter un hypnotiseur? Comment as-tu eu cette carte?

— Elle était dans l'enveloppe.

— Tu l'as lue? La lettre?

J'acquiesçai.

— Le croirais-tu si je te disais qu'elle a été écrite pour moi, par Tristan? Elle corrobore les dires de Marylou. Je me trompais en pensant que plus rien ne m'étonnerait. Ce qui est écrit là-dedans est… Je ne peux pas gérer un truc pareil.

— Et c'est ce qui t'a décidé à consulter un hypnotiseur!

— Apparemment, la meilleure façon de renouer avec ses vies antérieures, c'est d'avoir recours à l'hypnose.

— Tu admets donc qu'on peut avoir des vies antérieures.

— Disons qu'on m'y force. Dans le meilleur des cas, je remonterai jusqu'au jour de ma naissance et ça m'aura coûté cent cinquante dollars pour me faire dire que je suis bien celui que je prétends être…

— Et dans l'autre?

Je me laissai retomber sur le dos sans répondre. Barbara s'allongea près de moi et je passai un bras fraternel autour de ses épaules.

— Tu veux que je vienne avec toi? m'offrit-elle.

— Non. Je crois que je dois le faire seul.

Elle garda le silence un long moment, puis avoua :

— Elle me manque, tu sais? Je l'aimais bien.

Je soupirai à mon tour.

— Je sais, oui. À moi aussi, elle me manque et c'est là tout le problème.

Il n'y avait plus rien à dire, mais tout à penser.

Chapitre 20
« Anticipation »

J'arpentais la pièce de long en large et, à chaque pas, mon arme heurtait ma cuisse. Impossible d'évacuer la tension qui raidissait tout mon corps. Pour la énième fois, je m'immobilisai devant mon bureau afin de relire la feuille qui s'y trouvait, bien en évidence. Quelques secondes après, les mains croisées derrière le dos, je m'agitais de nouveau.

— Tu es certain qu'il n'y a pas d'erreur?

Ted, mon collègue, assis face à moi, les pieds posés nonchalamment sur un coin du meuble, ne me quittait pas des yeux. Franchement amusé par mon comportement, il jouait avec un petit yoyo lumineux qui suivait le rythme de mes pas.

— Sûr et certain. J'ai tout vérifié. Deux fois. Il n'y a pas d'erreur, Amanda St-Georges a bel et bien eu deux fils avant ses quatre filles. L'un est né en 1983 et s'appelle Philippe Sénéchal et l'autre, né en 1986, Tristan Sénéchal.

— Quelle année, dis-tu? lui fis-je répéter.

— 1986.

— Non, l'autre!

— 1983. Le 11 novembre 1983. Pourquoi donc?

Mon cerveau s'emballa alors que je poursuivais mon marathon.

— Excuse-moi, insista Ted, mais c'était écrit sur le premier rapport que je t'ai remis. Qu'est-ce qui t'a fait croire qu'il y avait une erreur?

Le mouvement du yoyo se suspendit.

— Je… je connais une personne qui a côtoyé de près Tristan. Elle soutient qu'il n'a jamais eu de frère.

— Hum… étrange. Pourtant, un acte de naissance a été rédigé à son nom le 11 novembre 1983.

Je me massai le front, les yeux froncés.

— Si Tristan avait un frère et qu'elle n'était pas au courant, c'est qu'on l'a délibérément maintenue dans l'ignorance.

Je reportai mon attention sur Ted, qui commençait vraiment à me taper sur les nerfs.

— Pourrais-tu faire une dernière chose pour moi, s'il te plaît?

— Tu veux que je retrouve Philippe Sénéchal? devina mon collègue, excité par le mystère qui planait sur cette affaire.

— Je me doute de l'endroit où il peut être. Je veux tout simplement que tu me confirmes quelque chose.

Il acquiesçait quand je notai que j'allais être en retard. Je m'emparai de mon blouson et l'enfilai.

— Tu vas quelque part? s'enquit Ted qui avait recommencé à jouer avec son yoyo.

— Oui, j'ai un rendez-vous. J'ai pris mon après-midi. À plus, vieux.

Le temps filait et l'heure du rendez-vous que j'appréhendais approchait. Depuis la visite de Marylou, je ne savais plus de quelle manière évoquer celui que j'étais. Quand elle avait quitté mon appartement, elle n'avait pas seulement anéanti mes espoirs de développer une relation amoureuse avec elle, mais surtout elle avait détruit toutes mes certitudes sur l'homme que j'étais.

Et à cause de cela, je la haïssais. J'avais mis bon nombre d'années à me forger une personnalité équilibrée et saine, je n'allais pas laisser cette femme venir tout ébranler.

Je jouissais d'un statut respectable, j'exerçais une profession tout à fait honorable. Ma vie n'avait peut-être rien d'extraordinaire, mais c'était la mienne. Toute la nuit, j'avais tenté d'établir les limites que je serais prêt à franchir pour elle. Et je savais que m'effacer pour faire place à un autre homme, sous prétexte que c'était lui qu'elle voulait, me serait impossible à accepter.

Cependant, je m'obstinais à me rendre à ce foutu rendez-vous, question de fermer la porte sur l'épisode Marylou.

Ou au contraire, de l'ouvrir encore plus grande…

Chapitre 21
« Celui qui est... »

Le bureau de l'homme qui devait procéder à ma séance d'hypnose était semblable à ce que j'avais imaginé : chaleureux, deux immenses fauteuils invitants en cuir brun chocolat, des accessoires en bambou et en rotin, quelques bougies dispersées ici et là, bref une ambiance qui incitait à la détente et à la confession.

Léo Caddington, mon thérapeute, m'accueillit d'une poignée de main engageante. Grand et élancé, il portait des vêtements de marque, d'un goût indiscutable. Sa chevelure fournie, aux tempes grisonnantes, lui donnait un air paternel qui me mit immédiatement en confiance.

— Bonjour, Caleb. Enchanté de vous rencontrer.

Un léger accent trahissait ses origines anglophones.

— J'aimerais pouvoir en dire autant.

Il sourit, nullement offensé par ma remarque. D'un geste de la main, il m'invita à m'asseoir et s'affaira à placer, sur la petite table qui séparait les deux fauteuils, un ordinateur, un micro discret, un verre d'eau et une boîte de mouchoirs. Il dut surprendre mon froncement de sourcils, car il m'expliqua en souriant :

— J'ai pour habitude d'enregistrer chacune de mes séances. Je vous remettrai l'intégralité des enregistrements à votre départ. Vous pourrez ainsi les réécouter à volonté.

Je sentis mes paumes devenir moites.

— C'est votre première fois? me questionna-t-il en croisant les jambes, les deux bras reposant sur les accoudoirs de son fauteuil, à croire qu'il s'apprêtait à regarder un match de football à la télévision.

— Oui, la première et j'ose l'espérer... la dernière.

Léo hocha la tête, d'un air entendu.

— Pourquoi souhaitez-vous cette rencontre? Quelles sont vos attentes?

Embarrassé, je lui exposai les grandes lignes de mon histoire, en évitant les détails trop précis, qui auraient pu le conduire sur une piste quelconque. Il ne parut pas amusé, surpris, réfractaire ou éberlué par le sujet abordé. En revanche, il perçut mes réticences, car il ajouta presque aussitôt :

— Vous n'avez pas à vous sentir honteux d'entreprendre ce genre de démarche, Caleb. Vous n'êtes pas le seul à vous interroger sur vos vies antérieures. Cependant, avant de débuter, j'aimerais vous poser un certain nombre de questions. Commencer une quête comme celle-là peut provoquer d'énormes bouleversements dans une vie parfaitement équilibrée. C'est pourquoi nous devons délimiter vos attentes.

J'approuvai d'un petit signe de tête.

— D'après ce que vous m'avez dit, vous souhaitez connaître votre plus récente vie antérieure. Toutefois, l'hypnose peut vous ramener bien au-delà. Cela m'amène à vous demander : voulez-vous tout savoir?

— Je veux m'en tenir au strict minimum. En fait, j'espère me lever d'ici, dans une heure, après vous avoir entendu dire : désolé monsieur, je n'ai rien trouvé de spécial. Vous vous appelez bien Caleb, ce fut très agréable, mais vous vous êtes déplacé pour rien.

— Pourquoi en doutez-vous?

Je serrai les poings, contrarié d'avoir laissé échapper cette information.

— Procédons, voulez-vous? Je me sens à deux doigts de me tirer d'ici.

Léo décroisa les jambes, en laissant échapper un franc éclat de rire.

— Hum... oui. Très bien. Donc, nous nous en tiendrons à votre plus récente réincarnation. Si réincarnation il y a, bien sûr.

Je me raclai bruyamment la gorge, de plus en plus nerveux, et me penchai en avant, les avant-bras appuyés sur les genoux, les deux mains croisées.

— Très bien. Alors, je crois que nous sommes prêts, reprit Léo.

Je m'étais préparé à devoir fixer un pendule, mais Léo s'empara d'un chandelier qu'il plaça devant moi et qu'il me demanda de fixer tout en me concentrant sur sa voix, jusqu'à ce que mes paupières s'alourdissent. Il me fit alors imaginer un très long couloir, aux murs lisses et blancs. Je le longeai pendant de longues minutes, jusqu'à ce que ce lieu devienne la seule chose dont je garde conscience. Il semblait ne jamais vouloir finir. Tout au bout, j'aperçus une porte. Je me sentais détendu, prêt à affronter ce qu'il y aurait de l'autre côté. Mon cœur battait à un rythme régulier. Curieusement, j'étais conscient de chaque partie de mon corps, de mes réactions et de mes pensées. Rien de comparable à l'impression d'être prisonnier que j'avais appréhendée.

La voix de Léo, très douce et rassurante, me parvint à nouveau.

— Caleb, lorsque vous vous sentirez prêt à franchir la porte, je veux que vous tourniez la poignée et l'ouvriez. Ne précipitez rien, respectez votre rythme. C'est primordial. N'oubliez pas que vous êtes maître de ce qui se passe et en sécurité. Vous me comprenez?

— Oui. Je comprends.

— Vous pourrez mettre fin à cette expérience dès que vous le jugerez bon. Lorsque vous ouvrirez la porte, vous vous retrouverez projeté dans votre ancienne vie, celle qui a précédé votre vie présente. Comprenez-vous ce que je viens de dire?

— Oui.

— Êtes-vous prêt à tourner la poignée et à ouvrir la porte?

— Je le suis.

Guidé par sa voix très calme, je visualisai la porte, dont les charnières demeurèrent parfaitement silencieuses lorsqu'elles coulissèrent. J'en franchis le pas sans la moindre hésitation, aussi confiant et serein que si je m'apprêtais à sortir faire des courses.

— Ça y est, m'entendis-je dire. Je suis passé de l'autre côté.

— Très bien m'encouragea Léo. Comment vous sentez-vous?

— Parfaitement bien.

— Je veux que vous demeuriez en retrait de tout ce qui se passera à partir de ce moment. Vous comprenez, Caleb? Vous n'êtes qu'un simple spectateur. Rien d'autre.

— Oui, je comprends.

— Bien. Pouvez-vous me décrire l'endroit où vous vous trouvez?

Je tournai la tête à droite, puis à gauche. Je reconnaissais parfaitement l'endroit.

— Je suis dans une chambre d'hôpital.

— Êtes-vous seul dans la pièce?

— Non. Il y a beaucoup de monde.

— Racontez-moi. Qui est là?

— Un homme.

— Que fait-il? Il veille quelqu'un? C'est un médecin?

— Non. Il est allongé sur un lit. C'est lui que l'on veille. Il semble mal en point.

— Quel est son nom?

— Caleb.

— Caleb? Hum… En quelle année se déroule cette scène?

— Il y a presque trois ans.

— Trois ans? En êtes-vous certain?

— Oui. Absolument.

— Bon. Donc il y a trois ans. Nous verrons où ça nous mènera. D'accord. Très bien. J'aimerais que vous me parliez des autres personnes présentes dans la pièce.

J'obtempérai, toujours très détendu.

— Il y a Barbara, sa sœur. Elle est assise près de son lit.

— Que fait-elle?

La réponse surgit, douloureuse.

— Elle caresse sa main et elle pleure. Elle est inconsolable.

— C'est tout? Une infirmière peut-être?

— Non. Ni infirmière, ni médecin. Mais il y a des anges. Je ne les vois pas, mais je les entends chanter.

— Des anges? Pour qui chantent-ils?

— Pour Caleb. Il est en train de mourir.

— Et quand se déroule cette scène, réitéra Léo?

— Il y a trois ans de cela. Caleb est en train de mourir dans une chambre d'hôpital, il y a trois ans, récitai-je avec conviction. Il est dans le coma.

Cette fois, Léo marqua une très longue pause, comme s'il n'avait pas su comment poursuivre son interrogatoire.

— Y a-t-il quelqu'un d'autre?

— Oui. Une autre femme…

Cette fois, mon cœur se mit à paniquer si brusquement, que j'en portai une main à ma poitrine, expirant avec force. Mais la voix rassurante et encourageante de Léo poursuivit son interrogatoire.

— Rappelez-vous, Caleb, vous n'êtes qu'un simple spectateur. Maintenant, dites-moi, de quelle femme s'agit-il? Vous connaissez son nom?

Le visage ravissant de Marylou se tourna vers moi au moment même où je braquais mon propre regard vers elle. J'en cessai de respirer.

— Lou, chuchotai-je. Retourne dans ta chambre!

— Est-ce Caleb qui lui parle?

— Non. C'est Tristan. Il se trouve aussi dans la chambre.

— Qui est Tristan?

— Un mort. Il harcèle Caleb depuis des jours.

— Mort? Vous dites que... Caleb, qui est inconscient, discute avec... un mort?

— Oui.

Léo mit quelques secondes à reprendre contenance.

— Bon... OK... Que se disent-ils?

— Tristan essaie sans relâche de convaincre Caleb de se battre. Il refuse de le laisser mourir en paix. Il insiste et répète qu'il ne doit pas mourir, que Barbara a besoin de lui. Qu'il doit s'accrocher et lutter pour elle! Que son père veillera sur lui. Il dit qu'il l'aime. Qu'il n'a pas le droit d'abandonner!

— Il a parlé de votre père?

— Du père de Caleb.

— Oui, bien sûr. Qu'est-ce que Tristan a dit d'autre?

Je me mis alors à débiter une série de mots très rapidement.

— Il répète toujours la même chose : que la vie vaut la peine d'être vécue. C'est fou ce qu'il est obstiné.

— Pourquoi s'obstine-t-il de cette façon?

— Parce que Caleb ne l'écoute pas. Il a cherché la mort pendant des années. Son corps est jeune, mais son cœur et son esprit sont vieux. Si vieux... usés par trop d'épreuves. Ils n'en peuvent plus. Mais Tristan, lui, est mort, alors qu'il aurait voulu vivre.

Puis soudain, mon débit se suspendit et je lâchai à nouveau dans un souffle :

— Marylou!

Je me sentais à présent détaché de mon corps, obnubilé par les yeux violets rivés aux miens. Ma poitrine se gonfla, alors que je reprenais mon souffle.

— Oui? interrogea à nouveau Léo.

— C'est à cause d'elle qu'il insiste à ce point. Il l'aime. Il a peur pour elle. Il aurait voulu vivre pour elle. Mais Caleb n'est attaché à personne! Pas même à sa sœur, même s'il l'aime. Barbara n'a jamais compris qui il est, ni à quel point les démons l'habitent. Il s'est persuadé qu'elle n'a pas besoin de lui. Il souffre du mal qu'il lui a fait et qu'elle lui rappelle en permanence. Marylou!

Le prénom s'était à nouveau échappé sous la forme d'un long râle, similaire à celui d'un mourant.

— Caleb et Tristan ont énormément discuté. Tristan lui a raconté l'histoire qui le lie à Marylou, ce qu'ils ont traversé ensemble, la manière dont tout s'est terminé… C'est pour cela que Caleb a eu cette idée.

— Quelle idée?

— L'échange.

— L'échange? Quel échange?

La voix de Léo s'était faite moins douce, gagnée par l'excitation de toucher au but.

— Son corps contre sa mort. Le corps de Caleb pour la mort de Tristan.

— Pardon?

— Oui. C'est l'échange proposé par Caleb. Tout a été soigneusement orchestré. Chaque millième de seconde a son importance. Ils ont tout planifié.

— Quand a eu lieu cet échange?

— Quelques instants plus tard.

— Comment?

— Caleb a fait un arrêt cardiaque.

Il me sembla alors que quelque chose m'étranglait. Je sentis un poids sur ma poitrine. La sensation était douloureuse et angoissante. Mes mains agrippèrent les accoudoirs du fauteuil avec violence alors que tout mon corps se tendait vers l'arrière à la recherche d'oxygène. Puis soudain, le poids disparut. Essoufflé, j'ouvris grand la bouche et avalai bruyamment une goulée d'air. J'entendis alors distinctement la voix de Léo me rassurer.

— Calmez-vous, tout va bien. Respirez lentement, profondément.

Je m'exécutai, heureux de retrouver la sensation de l'air qui circule librement. Léo m'encouragea dans mes efforts pour retrouver mon calme et lorsque je cessai tout à fait de m'agiter, il reprit :

— Bon, je pense avoir ce que nous voulions. Souhaitez-vous poursuivre l'expérience ou y mettre un terme?

— C'est assez.

— Très bien. Donc, je vais compter jusqu'à trois et vous quitterez votre état d'hypnose tout en conservant le moindre souvenir de ce que nous venons d'évoquer. Mais avant, j'aimerais vous poser une dernière question : pouvez-vous décliner votre identité?

— Oui, bien sûr!
Un petit rire s'échappa de ma gorge face à l'absurdité de cette demande.
Ma voix pleine d'assurance résonna dans le silence de la pièce :
— Je m'appelle Tristan Sénéchal.

Chapitre 22
« Conscience »

Il y avait bien une vingtaine de minutes que j'avais quitté mon état d'hypnose. Prostré, me balançant d'avant en arrière, j'essayais de réfréner les images qui éclataient dans ma tête. Une myriade de souvenirs, de sensations, de couleurs. Mais, ce qui primait, c'était ce manque épouvantable qui brûlait ma poitrine et surtout le gonflement de mon cœur à l'unique évocation de Marylou.

— Lou, chuchotai-je pour la énième fois.

Jamais je ne me lasserai de prononcer ce prénom, qui me faisait l'effet d'un miel onctueux roulant autour de ma langue. La sensation était extraordinaire.

— Ne résistez pas, m'encouragea Léo. Laissez venir. Ces souvenirs sont vôtres. Laissez-les reprendre leur place dans votre mémoire.

Les bras serrés autour de mon torse, je visionnai en accéléré chaque seconde de ma vie, chacune d'elle étouffant ce qui restait de celle de Caleb. Chaque souvenir s'imbriquait à un autre, jusqu'à dessiner le croquis de ma propre existence.

— Lou, murmurai-je à nouveau comme une prière.

La voir, la serrer contre moi, l'embrasser, lui faire l'amour. Attendre, encore. Je n'en pouvais plus. Où était-elle? Que faisait-elle? Lou!

D'autres visages tournoyèrent devant mes yeux, celui de Nel, de Joël, celui de ma mère… ma mère! Ma mère, ses mensonges et ses omissions. Tout me revenait. Ma vie passée, ma mort, ma nouvelle vie. Mes sœurs, Caleb! Et toujours et encore Lou, ses lèvres, sa voix, son corps… Lou! Je manquais d'air.

— Est-ce que ça va?

La voix légèrement inquiète de Léo me fit émerger de mon délire. Je posai sur lui un regard épuisé, mais clair. Mes paupières frémissaient sous l'impact des images qui continuaient de surgir.

— Prenez encore quelques minutes, suggéra Léo.

Le processus se poursuivait. Les images se clarifièrent et je retrouvai enfin mon souffle.

— Ça va, je crois. Ça ralentit…

Tout se remettait en place au fond de ma mémoire. Léo me laissa encore quelques minutes avant de me proposer un verre d'eau que j'avalai d'un trait. Cependant, la brûlure au fond de ma poitrine ne s'atténua pas. Tout mon être se tendait vers une seule et unique personne.

— Bon, je pense qu'on peut dire que c'est une réussite, commenta Léo très satisfait.

— Hum… ouais, je pense qu'on peut dire cela.

— Puis-je me permettre de vous demander encore une fois votre nom? se risqua Léo, en souriant.

— Tristan. Tristan Sénéchal.

Je tendis mes deux mains devant moi, écartant les doigts. Ces mains qui avaient été celles de Caleb. Caleb qui avait accepté l'échange et à qui je devais tout.

— C'est étrange, repris-je troublé. Je me souviens de chaque seconde écoulée depuis mon réveil à l'hôpital, comme si elles étaient miennes.

— Ce sont les vôtres. Vous ignoriez qui vous étiez, mais vous l'étiez tout de même.

— Ce corps… ce n'est pas le mien.

— Maintenant, si. D'ailleurs, lorsque vous serez remis de vos émotions, je vous offre une autre séance, gratuite celle-là, afin que vous me racontiez en détail comment vous avez procédé. Une réincarnation en milieu de vie… je n'avais jamais entendu dire que ce fût possible.

Je ne répondis pas, occupé à scruter la moindre partie de mon corps. Mes jambes aux muscles longs et forts, mes bras dont les biceps étaient plus imposants que ceux de mon ancienne vie, mon torse et mon cou plus massifs. Je me levai, cherchant un miroir.

— Derrière la porte, m'indiqua Léo, fasciné.

Mon regard s'accrocha aux prunelles argentées qui me contemplaient. Elles étaient identiques. La ride sur mon front était là aussi, ainsi que mes expressions. Je testai mon sourire en coin, me demandant avec angoisse comment Marylou réagirait.

— Il faut que je la voie.

— Ça semble vital, en effet, vous n'arrêtez pas de prononcer son nom depuis plus d'une heure.

Léo se leva, et passa un bras autour de mes épaules comme aurait pu le faire un père. Il me tendit ma veste, puis une clé USB. Je l'enfouis dans l'une de mes poches avant de lui tendre le montant de ses honoraires.

— Merci, ajoutai-je, le souffle court, tant j'étais encore fébrile. Je ne croyais pas partir d'ici en disant cela. Pourtant, c'est le cas.

— Tout le plaisir fut pour moi. Et n'hésitez pas à revenir me voir. Je vous l'ai dit, ce sera gratuit.

Je m'enfuis dans l'escalier.

Une fois à l'extérieur, il me sembla que le ciel était beaucoup plus haut. Il neigeait. Décembre. Quel mois idéal pour renaître! Un immense éclat de rire me fit bomber le torse. La joie avait un goût exquis! Je cherchai du regard mon véhicule de patrouille. Une fois à l'intérieur, je demeurai un long moment, les mains crispées sur le volant, à me dévisager dans le rétroviseur. Ce que j'y voyais ne me plaisait pas : une barbe de deux jours mangeait le bas de mon visage, mes cheveux trop longs tombaient mollement sur mon front et des cernes bleutés soulignaient mes yeux. Je jetai un coup d'œil réprobateur à mon uniforme qui faisait maintenant partie de ma vie. Voulais-je que Marylou me retrouve ainsi? Non. Combien d'heures tiendrais-je avec ce manque d'elle si persistant? Patience, Tristan. Patience.

« Lou », chuchotai-je à nouveau pour moi-même. Que lui dire? Comment expliquer l'inexplicable? L'incroyable? Comment lui faire comprendre que ses efforts n'avaient pas été vains, qu'elle était parvenue à me ramener à elle? Serait-elle en colère pour la façon odieuse dont je l'avais traitée lors de notre dernière rencontre? Me pardonnerait-elle?

Mon cœur s'affola et mon pied enfonça l'accélérateur. La voir. Oui, mais pas dans cet état.

Je passai les heures suivantes à rendre à ce nouveau moi le plus d'éléments qui caractérisaient mon ancien moi. J'obtins un rendez-vous chez le coiffeur afin de redonner à ma chevelure sa coupe d'autrefois, plus stylée.

J'entrai ensuite dans des dizaines de boutiques, à la recherche de vêtements qui me correspondaient davantage. Pas question de me présenter devant elle, vêtu de mon uniforme. J'optai pour un pantalon de toile chamois et un pull noir dont je relevai les manches sur mes avant-bras, exactement comme je le faisais avant. Je parvins même à dénicher un blouson de cuir ressemblant à celui qui ne me quittait jamais. Avant…

Au travers du maelstrom de mes émotions, il m'apparut qu'il serait difficile de déterminer la limite entre l'avant et l'après. Il me faudrait y réfléchir plus tard. Une fois que j'aurais retrouvé Marylou!

Je passai ensuite chez un concessionnaire pour y louer une voiture. Mon cœur flancha pour un modèle hybride; une superbe Prius gris hivernal métallisé. Semblable à l'éclat sombre de mes prunelles.

La retrouver… il n'y avait plus que cela qui comptait.

Je retournai à mon appartement pour me doucher et mettre un peu de ce parfum qu'elle reconnaîtrait certainement. Je me rasai et revêtis mes nouveaux vêtements. Lorsque j'enfilai mon blouson et que je contemplai mon nouveau reflet, un sourire satisfait effleura mes lèvres. Tristan était de retour.

Partie 4
« Tristan et Marylou »

Chapitre 23
« Réminiscence »

Je l'attendais depuis peu lorsqu'elle sortit du pavillon où elle enseignait. Elle fouillait dans son sac, tout en marchant d'un pas rapide au milieu de la cohue, mais quand elle m'aperçut, elle s'immobilisa si brusquement que deux étudiants butèrent contre elle. Ni cette bousculade ni les remarques désagréables qui s'ensuivirent ne lui firent d'effet tant son attention était tendue vers moi. Avait-elle remarqué la manière dont j'étais vêtu, coiffé et mon attitude désinvolte, le bras posé nonchalamment sur le capot, pourtant gelé, de ma nouvelle voiture? Sûrement, car l'effarement marqua son visage. Je devais aussi la regarder avec beaucoup trop d'insistance, car elle resta figée au milieu de la rue, aussi blanche que peut l'être une statue dans un musée.

J'aurais voulu courir vers elle, la serrer dans mes bras et l'embrasser fougueusement pour qu'elle comprenne enfin. Mais j'avais les pieds vissés au sol, les ongles crispés contre la tôle de la carrosserie. Je dus me contenter d'attendre d'interminables secondes qu'elle reprenne ses esprits et me rejoigne. Ses paupières frémirent, mais mon regard refusa de lâcher le sien et je m'en servis comme d'une corde pour l'attirer à moi. D'un pas lent et hésitant, elle se remit enfin à marcher. En était-elle venue à me craindre?

Non. Au fond de ses yeux brûlait un feu identique au mien, même si ses doigts malmenaient nerveusement la ganse de son sac et que son visage n'avait toujours pas retrouvé ses couleurs. Comme chacun de ses traits m'avait manqué! Son absence m'avait en quelque sorte glacé et la seule idée de savoir que j'allais enfin pouvoir la toucher me fit fondre intérieurement. Encore un pas, Marylou, un seul, je t'en prie!

À un mètre de moi, elle s'immobilisa de nouveau, mais d'un geste lent je lui tendis la main. Pourquoi se presser? Le temps n'avait plus aucune importance. Qui aurait pu croire une histoire comme la nôtre?

Pourtant, j'étais bien là, elle l'était aussi, malgré la mort. Elle éleva à son tour sa main droite et nos doigts s'effleurèrent; d'une poigne ferme, je dus pourtant contrer son mouvement de recul instinctif. Je sentis ses tremblements contre ma paume, une seconde avant de l'entendre chuchoter le mot qui prouvait qu'elle avait compris et que chaque chose était désormais à sa place : « Tristan ».

Elle se serait écroulée devant moi si je ne l'avais attirée entre mes bras, d'un mouvement sans doute trop vif. Il neigeait à gros flocons et elle frissonnait. Son parfum donna l'assaut, menaçant de me faire fléchir. Je lui ouvris la portière sans prononcer le moindre mot.

Je me glissai derrière le volant, mis le contact et montai le chauffage au maximum. Un souffle chaud envahit l'espace, répandant les effluves de sa chevelure avec plus d'intensité. La tension était à son comble. Comment arriverais-je à mater cette envie qui s'était jetée sur moi à l'instant précis où nos deux corps s'étaient touchés? Je regardai droit devant moi, certain de ce que je voulais, mais sans savoir comment l'obtenir. Comment avouait-on à une femme qu'on était revenu d'entre les morts juste pour elle? Marylou aussi gardait le silence. Finalement, nos regards se croisèrent. Nous étions en quête de la même chose et elle hocha la tête en réponse à ma question muette. Alors, j'effectuai une marche arrière rapide et le moteur de ma voiture neuve se mit à rugir mon impatience.

Marylou

Nous roulions en silence depuis un bon moment. Il était là, assis près de moi, aussi tendu que je l'étais moi-même. Je n'essayais plus de maîtriser mes tremblements causés à la fois par son apparition, par mes vêtements trempés et l'appréhension de ce qui se passerait bientôt. Résister était au-dessus de mes forces. Lâcher prise. C'était la seule chose à faire. Et si j'observais le silence rigoureux qu'il avait instauré à l'instant même où nos doigts avaient recréé le pont qui nous unissait, c'était uniquement par peur de ne pouvoir retenir les sanglots qui rageaient en moi. Et si je m'étais trompée? Si j'avais tout imaginé ou mal interprété? Pouvait-il vraiment m'être rendu? Un nouveau coup d'œil dans sa direction fit paniquer mon cœur malmené. Une seule envie, pourtant, me dévorait : le toucher continuellement pour m'assurer qu'il était bien réel. Mais je n'osais pas. Il avait soigneusement érigé une barrière entre nous, invisible, mais très efficace. Pour se protéger de quoi? Je l'ignorais. Attendre. Être patiente.

Nous roulâmes ainsi pendant près d'une vingtaine de minutes jusqu'au moment où nous quittâmes l'autoroute pour emprunter une voie de sortie qui s'enfonçait entre les sapins. Le fauve, enfermé dans ma poitrine, rua bruyamment contre ma cage thoracique. Chacun de mes muscles se tétanisa. Ressentait-il la même fièvre? Un nouveau regard vers lui me convainquit que oui; sa respiration s'était accélérée et ses yeux se plissaient davantage. Je retrouvais cette tension qui lui était propre et dont témoignait cette ride omniprésente entre ses yeux, celle que j'avais si souvent effacée d'une caresse de la main.

Il gara la voiture devant un petit bâtiment à peine plus grand qu'une remise, coupa le contact et, sans tourner la tête, me dit dans un souffle :
— On y va? Je… je ne tiendrai plus très longtemps…

J'acquiesçai évidemment. Une fois à l'extérieur du véhicule, il me prit par le bras pour m'aider à sortir. Ma peau hurla sous la pression de ses doigts tant elle désirait en avoir plus. Mais il me relâcha, comme si mon contact menaçait de saper ce qui lui restait de maîtrise de soi. Il déverrouilla la porte et d'une main plaquée entre mes omoplates m'incita à entrer dans l'unique pièce.

L'air y était froid et humide. Une puissante odeur de bois flottait tout autour de nous et les ombres démesurées des grands arbres qui bordaient le camp avaient pris possession des lieux. La nuit tombait. Je me mis à claquer des dents. Tristan était déjà à l'ouvrage. Agenouillé devant l'âtre, il s'affairait à allumer un feu. Une fois les flammes bien hautes, il resta de longues minutes à les contempler, comme s'il était parvenu à oublier ma présence. Il était inatteignable. La pièce étant petite, l'air se réchauffait et pourtant je ne cessais de trembler. J'étais au bord de la panique lorsque sa voix douce brisa enfin le silence.
— Il est venu ici tellement de fois…
— Qui ça? demandai-je, près de la porte d'où je n'avais pas bougé.
— Caleb.

Mon cœur se serra. Caleb. Je ne pus m'empêcher de regarder tout autour de moi, comme si j'espérais découvrir une partie de son âme dans l'un des recoins poussiéreux. Tellement de choses m'échappaient… J'avais pour seule certitude que l'homme agenouillé à quelques mètres de moi et qui me tournait le dos n'était pas Caleb. Il finit par se relever.

Lentement. Il respirait difficilement. Il se retourna vers moi, la tête légèrement penchée sur le côté. Ses yeux hésitèrent, puis cherchèrent les miens, et leur lueur changea. Des yeux gris si semblables à ceux de sa première vie, avec néanmoins un éclat mordoré autour de la pupille qui en augmentait la profondeur.

La mâchoire serrée, le front plissé, sans cesser de me fixer d'un regard brûlant que je soutins, il s'avança tranquillement vers moi. Lorsqu'il s'arrêta, je tremblais d'une fébrilité qui m'était inconnue. Mes yeux s'embuèrent. D'un geste ferme, Tristan posa sa main droite sur ma taille, puis la fit glisser le long de mon dos pour m'attirer à lui. Ses doigts se gravaient dans chaque millimètre de ma peau comme pour marquer son territoire. Bientôt, je ne serais plus qu'un amas de matière en fusion, me consumant pour lui. J'allais sûrement mourir, là, maintenant, tant mon cœur avait été malmené au cours de la dernière heure.

— Tristan, murmurai-je, torturée. Mais le gémissement du vent engloutit ma voix.

Le désir embrasa l'ombre qui dansait au fond de ses prunelles. En posant mes mains sur ses bras, je sentis qu'il avait la chair de poule et cette fraîcheur atténua un peu le feu qui me ravageait.

— J'ai tellement envie de toi, chuchota-t-il à son tour, mais un peu comme si c'était la première fois. Alors, je ne sais pas trop comment m'y prendre. Et puis il y a trop de choses à dire! Oh, Dieu…

De sa main gauche, il se couvrit les yeux, avant de poursuivre :

— Je t'ai fait l'amour tant de fois! De chacun de ces moments, je me souviens. Ils ont été ma torture, mais aussi mon bonheur. Seulement, c'était avec un autre corps, avec d'autres mains. Et toi aussi, tu étais différente. C'était il y a si longtemps… Je ne sais pas ce que je peux espérer ou te donner.

Je l'écoutais, suspendu au son de sa voix de plus en plus rauque. Je me sentais telle une funambule qui hésiterait entre rester sur son fil ou se laisser tomber dans le vide. La chute était si facile alors que garder l'équilibre exigeait tant de force. Il posa sa main sur ma joue, suivant le tracé anguleux de ma mâchoire, jusqu'à venir encercler mon cou où battait frénétiquement mon sang.

— Je suis nerveux, conclut-il brusquement, de nouveau sombre. Ce fut une très longue et très éprouvante journée. Une très longue et très éprouvante année, un très long et très éprouvant retour à la vie…

J'enregistrais la moindre de ses paroles pour tenter de comprendre. Par quel prodigieux miracle me trouvais-je là, entre ses bras? Pourquoi acceptait-il aujourd'hui ce qu'il n'avait pas voulu entendre hier?

— Nerveuse, je le suis aussi. Qui ne le serait pas, dis-moi?

J'hésitai à poursuivre et me mordis les lèvres. Mais je poursuivis :

— Nous ne sommes peut-être pas obligés…

Il secoua la tête et l'excitation qui se dégageait de son corps me happa.

— Si, nous le sommes. Comment pourrais-je t'attendre encore, Lou? En serais-tu capable, toi? Il ne s'agit même plus de désir, mais d'un besoin qui me dépasse entièrement, plus intense encore que tout ce que j'ai connu. Je te retrouve enfin malgré tout ce qui nous a séparés. Depuis ce matin, depuis que je me souviens, je suis totalement obsédé par toi. Voilà l'effet que tu me fais. Que tu me faisais aussi avant, mais je crois que c'est pire aujourd'hui… Ta perte a tout décuplé. Tout.

— C'est moi qui t'ai perdu, Tristan.

Il secoua violemment la tête, les lèvres crispées.

— Je t'ai perdue des milliers de fois, Lou.

Et je le crus. Alors, sans plus réfléchir, je me tendis vers lui. Sa bouche attrapa la mienne. Contenir notre passion devint alors impossible.

Je sentis ses doigts suivre la courbe de ma nuque, s'agripper à ma tête afin de la maintenir près de la sienne. Cette trop longue attente avait été un martyre. Je me pris à penser que les lèvres posées sur les miennes étaient celles de Caleb, mais la teneur du baiser était propre à Tristan. Son goût, le mouvement de sa bouche, la séduction de sa langue, tout était lui. Ce ne fut pas un baiser silencieux, tendre et doucereux et son intensité en devint presque douloureuse. Lui seul pouvait exprimer ce qui ne pouvait être dit autrement. À peine Tristan prit-il le temps de s'interrompre pour jeter sur moi un regard fiévreux, presque aveugle. Très vite, il reprit d'assaut ma bouche, étouffant son prénom que mes lèvres prononçaient. Ce prénom riche de toutes les saveurs; celles de l'amour de jeunesse, de la douleur provoquée par sa mort, du monde paranormal et à présent, la meilleure de toutes, la saveur du miracle.

Sans cesser de m'embrasser, il me fit reculer jusqu'au vieux canapé contre lequel mes mollets butèrent. Comme je perdais l'équilibre, il amortit ma chute de son bras droit. Mon bassin alors plaqué contre le sien, il me fut impossible d'ignorer son désir. Était-ce ma respiration ou la sienne qui réanimait à ce point mon cœur mort? Je repoussai une mèche derrière son oreille.

— C'est vraiment toi? Je ne m'étais pas trompée. Tristan… Oh Seigneur!

Une larme s'échappa, puis une rivière entière sembla sortir de son lit. Je souriais. Béatement. Émerveillée.

Son pouce caressa ma lèvre alors qu'il pressait un peu plus son corps contre le mien. Mon sourire disparut. Il se pencha près de mon oreille et murmura :

— Loutamé, Lou.

Cette fois, de violents sanglots firent tressaillir ma poitrine. Insensible à mes larmes qui coulaient sur ses cheveux il ne s'interrompit pas. Sa bouche avait trouvé la base de mon cou.

Nos vêtements furent enlevés et jetés pêle-mêle sur le sol. Il plaqua mes poignets au-dessus de ma tête, faisant se soulever mes seins vers lui. Un gémissement lui échappa au moment où sa langue s'en délectait. Ses gestes, tout d'abord timides, devinrent de plus en plus audacieux, se modelèrent sur chacune de mes courbes, comblant le moindre de mes creux. Mes seins, mon ventre, mes cuisses, il me redécouvrit avec la précision d'un cartographe. Mes doigts prenaient le même plaisir à caresser les muscles fermes de son torse, et mes paumes s'attardèrent sans la moindre honte sur ses fesses parfaites.

Et lorsqu'enfin il me souda à lui, son corps s'imbriquant parfaitement au mien, nous demeurâmes immobiles, le souffle court. Je sentais contre ma peau les battements déchaînés de son cœur, mais je n'aurais su dire si le mien suivait sa cadence. Ce dont j'étais certaine par contre, c'est que son visage paraissait identique à celui que j'avais connu avant. Lorsque beaucoup plus tard il s'écroula sur moi en remerciant le ciel, je compris que ma chute s'arrêtait enfin. Tristan avait toujours constitué mon centre de gravité, lui seul me rattachait à cette terre. Ainsi nichée dans le creux de ses bras, je savais que je ne risquais plus rien.

Tristan

Le canapé était trop étroit pour s'y allonger à deux sans risquer de tomber. Les coussins que nous avions jetés à terre nous fournissaient une couche à peine acceptable. Mais quelle importance? J'aurais pu dormir à même le sol pourvu que ce soit avec elle. J'avais réactivé le feu et déniché une vieille couverture de laine. Être ainsi collé à Marylou me donnait la certitude d'avoir atteint le nirvana. Les flammes orangées projetaient des ombres chinoises sur la peau veloutée de son dos, créant un spectacle en clair-obscur tout à fait fascinant. Elle frissonna lorsque du bout de mon nez glacé, je suivis le tracé de sa colonne vertébrale en soufflant doucement sur sa peau. Mes lèvres suivirent le contour de son épaule et je l'entendis soupirer. Avais-je déjà été aussi heureux?

— Ça va? chuchotai-je en enfouissant mon visage dans sa chevelure dont le parfum très excitant me faisait vaciller dans un monde de souvenirs.

— Hum, hum, répondit-elle en se complaisant dans une immobilité parfaite.

— Est-ce que je dois prendre ça pour un oui?

— Hum, hum.

Tout en riant, je la fis pivoter sur le dos et j'écartai du bout des doigts la mèche qui barrait son front. Elle me dévisagea de ses yeux toujours si clairs. Elle était parvenue à se calmer, mais les pleurs qu'elle avait versés pendant la dernière heure avaient légèrement gonflé ses paupières.

— Il y a tant de choses à dire... commençai-je, sans cesser de contempler ce visage dont je ne me rassasiais pas. Ses traits s'imprimaient un à un au fond de ma mémoire, non qu'ils me fussent étrangers, mais simplement parce que je les voyais à nouveau avec mes propres yeux.

— Oui. Et pas des plus banales. Quelle personne normalement constituée pourrait concevoir une histoire comme celle-là?

— Rien dans notre histoire n'a jamais été banal, Lou.

Un joli sourire fit frémir sa bouche alors qu'elle reprenait :

— Oui, c'est vrai. Seulement, j'aspirerais bien à un peu de banalité pour les quarante ou cinquante prochaines années.

— Ne rêve pas trop, chuchotai-je. Tu l'as déjà dit toi-même, nous ne sommes pas des gens ordinaires. Tu en connais beaucoup, toi, des hommes prêts à revenir d'entre les morts pour rejoindre la femme qu'ils aiment?

Sa main joua avec les cheveux qui recouvraient ma nuque et ses yeux se remplirent à nouveau de larmes.

— Chut, c'est fini, murmurai-je.

Elle se remit à caresser les poils qui recouvraient mon torse.

— Ils sont trop longs, réussis-je à marmonner, alors que la sentir nue sous moi me rendait fou de désir. Je m'en débarrasserai. Plus tard.

— Si tu veux, mais ils me plaisent assez.

Je glissai mes doigts dans sa chevelure, m'émerveillai une fois de plus de sa douceur. Ses boucles étaient plus courtes qu'à l'époque où nous nous étions rencontrés, mais suffisamment longues pour dissimuler ses seins lorsqu'elle était nue.

— Tu es si belle!

Torturé à la seule idée que nous aurions très bien pu ne jamais nous retrouver, je plongeai mon regard au fond du sien, quémandant son absolution. Comme elle gardait le silence, je repris :

— Merci, merci, Lou.

Elle se souleva sur les coudes.

— Pourquoi me remercies-tu?

— Parce que tu as eu foi en moi, expliquai-je. Parce que tu as persisté alors que je me détournais de toi, parce que tu ne m'as pas oublié.

Le violet de ses yeux s'assombrit, virant au pourpre.

— Tristan, c'est effrayant, tout aurait pu échouer si facilement! C'était complètement fou, le pire plan que tu n'aies jamais imaginé.

— Je sais.

— Tu ne recommenceras pas.

— Je ne recommencerai pas quoi?

— À mettre en place des plans aberrants.

— C'est-à-dire?

J'entendis de l'amertume dans son rire.

— Mourir, revenir! Impossible que ça fonctionne indéfiniment.

— Peut-être pas. Ou au contraire, peut-être que si.

Elle ne saisissait pas et c'était très bien ainsi.

— Explique-moi comment une chose pareille est possible! soupira-t-elle enfin en se blottissant contre moi.

Ses lèvres chuchotaient dans le creux de mon épaule et je pouvais sentir battre ses longs cils sur mon cou. Je resserrai mon étreinte, jubilant de la façon presque magique dont elle et moi, nous formions un tout. Ma main s'appuya contre sa hanche et vint ensuite se refermer sur l'un de ses seins. Ma paume formait un creux parfait pour épouser sa poitrine. Rien n'avait donc changé.

— Ce soir, on fait l'amour, demain, nous parlerons, décidai-je, intraitable, en m'allongea de tout mon long sur elle. Je ne veux plus perdre une seconde. Beaucoup trop de rattrapage à faire.

Elle pouffa et se rangea à ce qu'elle considéra comme un très bon plan.

Chapitre 24
« Une très longue nuit »

Tristan
Sa respiration régulière et profonde me fit croire qu'elle sommeillait, jusqu'à ce que je sente des larmes chaudes sur mon épaule.

— Qu'y a-t-il? lui demandai-je en embrassant ses cheveux.

Elle refusa de répondre. Toujours aussi entêtée. Toujours aussi difficile de lui arracher le moindre mot. En cela, elle n'avait pas changé.

— Je t'en prie, Lou, épargne-moi les longs interrogatoires. Dis-moi ce qui t'attriste.

Elle se redressa. Ses yeux luisaient dans la pénombre comme un lac gelé sous un clair de lune.

— On aurait pu ne jamais croire l'un en l'autre, Tristan. Que se serait-il alors passé?

Luttant contre mes propres peurs, amoindrir les siennes était chose difficile à faire. Pourtant, il ne fallait pas en rester là. Lui dire la vérité me sembla être la meilleure solution.

— Je ne t'ai pas crue, Marylou, avouai-je. Lorsque tu es venue me voir pour tout me dire, à aucun moment je ne t'ai crue.

— Mais qu'est-ce qui t'a fait changer d'avis?

— La lettre…, la lettre et certaines de tes paroles m'ont suffisamment ébranlé pour que je me décide à consulter Léo.

Bien que j'eusse préféré attendre, je lui relatai mon rendez-vous inusité du matin même et ce qui en était ressorti.

— Seigneur! s'affola-t-elle. Et si ça n'avait pas marché?

— Inutile d'imaginer le pire. Ça a fonctionné. Pas exactement comme je l'espérais, ni aussi vite, mais qu'importe. Nous sommes ensemble et c'est tout ce qui compte.

— Oui, mais…

Je l'interrompis en l'embrassant et un très long moment s'écoula avant qu'elle ne reprenne la discussion.

***

Elle s'était allongée sur le ventre et je traçais sur sa peau, un sinueux trajet qui partait de ses reins et arrivait au creux délicat de sa nuque.
— C'était un peu comme cela, remarqua-t-elle.
— Quoi donc?
— Ce que je ressentais, lorsque tu étais mort. Ce courant d'air frais qui m'effleurait et provoquait mes frissons.
Elle enfouit son visage entre ses mains.
— « Mort », comment puis-je encore arriver à prononcer un tel mot? Survivre à la mort de celui qu'on aime, c'est le pire tourment qu'on peut subir sur cette terre!
— Oui, mais maintenant, je t'offre ce qu'il y a de mieux : ma vie.
Perplexe, elle releva soudain la tête.
— Comment t'appellerai-je? Caleb ou Tristan?
— Comment expliquer aux autres que tu m'appelles Tristan?
— Oui, c'est vrai. C'est pourtant celui que tu es.
— Peu importe le prénom. Prononcé par toi, je m'y reconnaîtrai.
La tendresse de son sourire m'émut.
— Caleb pour les autres, Tristan dans l'intimité, décida-t-elle.
— Proposition acceptée.
Je claquai ma paume contre la sienne, en guise de pacte.
— Ça ne te gênera pas de porter le prénom d'un inconnu?
Comme j'hésitais à répondre, je me mis à jouer avec ses doigts pour faire diversion.
— Ce n'était pas un inconnu.
— C'est vrai, oui. Il m'a sauvé la vie.
— Il t'a sauvée alors que moi, j'étais impuissant à le faire...
— Tu es là maintenant.
Je roulai à nouveau sur elle.
— Loutamé, chuchotai-je, éperdu. Tellement!
— Moi aussi, Loutamé. Tout autant.

***

Nous remettions de l'ordre dans la pièce, les coussins sur le canapé et nos vêtements sur nous, lorsqu'elle me demanda :

— À qui allons-nous en parler ?

Occupé à éteindre le feu, je suspendis mon geste, pensif.

— Joël devrait comprendre.

— Il sait déjà beaucoup de choses. C'est lui qui m'a convaincue de tout te raconter. Sans cela…

Je laissai tomber le tisonnier sur le sol et l'attirai entre mes bras.

— J'étais déjà retombé amoureux de toi, de toute manière. Alors, ça n'aurait rien changé.

— Tu sais que c'est faux. Tristan, nous avons un passé ensemble. Ce n'est pas le cas de Caleb.

Le menton appuyé sur le haut de sa tête, je la berçai, désireux d'amoindrir sa peur, cette nouvelle compagne, avec laquelle il nous faudrait apprendre à cheminer. Du moins pour un temps.

— Aie confiance, je suis là maintenant, réitérai-je.

— Oui, mais je risque de l'oublier encore. C'est si… irréel.

— Je te le répéterai autant qu'il le faudra. Je suis là.

De révolte, elle secoua la tête.

— Tu m'as déjà abandonnée deux fois, Tristan, et je sais que tu pourrais recommencer. Tu ne sembles pas comprendre ce que j'ai vécu après ta mort.

— Je t'ai vue te détruire. Et crois-moi, c'est encore pire. Je refuse de revivre cela. Alors, ne t'inquiète pas, mon prochain contrat avec la mort n'est pas encore signé.

Elle changea brusquement de sujet.

— Que diras-tu à Barbara ?

— La vérité. Elle peut la supporter. Et puis, je l'aime comme une sœur. Ce qu'elle est, en quelque sorte. Je lui dois beaucoup. Pour dire vrai, je dois tant à tellement de gens !

— Tu dois beaucoup à Annabelle aussi ?

— Ah oui ! Si toi et moi nous sommes ensemble aujourd'hui, c'est qu'elle a certainement rempli sa part du marché.

— Pour ça, elle l'a fait. Je l'ai vue débarquer chez moi pour me raconter une histoire invraisemblable. Et toi? Que lui as-tu promis?

Je déposai un baiser sur son front.

— Tu le sauras en temps et lieu. Je respecterai ma parole comme elle a respecté la sienne. Tu me connais, je tiens toujours mes promesses.

À ces derniers mots, nous fûmes pris d'un fou rire qui éloigna pour un temps nos angoisses. Nous désertâmes les lieux au petit matin alors que le ciel était d'un gris d'aquarelle, et le silence, celui des anges. Seuls nos pas crissant sur le sol gelé troublaient l'irréalité du moment. Nous nous installâmes dans la voiture et je ne pus m'empêcher de jeter un dernier regard à cet endroit où nous ne reviendrions jamais. Une grande perplexité sembla s'emparer de Marylou alors qu'elle scrutait l'unique fenêtre du chalet. Était-ce l'âme de Caleb qui assombrissait ainsi les carreaux? Qu'il nous ait observés ne m'aurait pas étonnée. Afin de renouer avec elle, pourquoi avais-je choisi cet endroit qui ne nous était rien, alors qu'il avait tout à voir avec lui? La réponse était simple : pour sceller le pacte qui nous unissait. Maintenant, c'était fait. À tout jamais.

— Partons, décréta-t-elle en fermant les yeux.

En quelques minutes, nous avions rejoint l'autoroute. Marylou s'était endormie, la tête contre mon épaule, une main possessive sur ma cuisse. La ramener chez moi avait été ma première idée. Mais la présence de Barbara et les explications qu'il aurait fallu lui donner me firent en décider autrement.

— Les clefs, chuchotai-je, lorsque nous fûmes arrivés à la porte de son appartement.

En guise de réponse, elle m'embrassa. Je la plaquai contre la porte, mes deux mains enfouies dans ses cheveux qui sentaient encore le feu de bois. Profiter de chaque seconde comme s'il s'agissait de la dernière : voilà ce que m'avait appris la mort.

— Les clefs, redemandai-je quelques instants plus tard.

Elle sortit de ses poches son trousseau qu'elle laissa tomber dans le creux de ma paume. La serrure cliqueta et avant même que la porte ne s'ouvre, elle m'embrassait de nouveau.

Je nous revis posant les mêmes gestes, au même endroit, au retour d'un cours, après l'épisode de sa disparition. Essayait-elle de recréer dans ma nouvelle vie chacun des souvenirs qui avaient façonné la première?

— Marylou? C'est toi?

Cette voix surgie de l'intérieur de l'appartement nous fit sursauter. Une lumière s'alluma et Joël apparut, les cheveux en bataille, les paupières lourdes de sommeil.

— Joe? Mais qu'est-ce que tu fais là? s'exclama-t-elle, embarrassée.

— Je t'attendais. Je me suis peut-être assoupi...

— Pas étonnant, il est plus de cinq heures du matin! s'exclama-t-elle, ironique, en entrant dans l'appartement.

— Je m'inquiétais, reprit-il. Tu semblais si perturbée... J'étais venu te proposer une séance de cinéma et en ne te voyant pas ici...

Il s'interrompit, ébahi, en m'apercevant derrière elle. Il finit quand même par lui demander :

— Est-ce que c'est ce que je pense?

J'éclatai de rire, avant de me ruer sur lui, de le prendre dans mes bras et de le soulever de terre, euphorique. Revoir mon beau-frère me procurait une véritable joie. Les épreuves que nous avions traversées ensemble, au cours de ma première vie, avaient créé entre nous des liens solides et une réelle complicité.

— Tu veux dire : est-ce que je suis bien qui tu penses! Ça fait vraiment plaisir de te revoir, Joe!

Trop pétrifié pour réagir, Joël laissa s'échapper quelques secondes avant de reposer sa question :

— Tristan, c'est bien toi?

— Mais oui, c'est moi!

Comme si je venais de brandir un argument irréfutable, il me crut et finit par me rendre mon accolade.

— Bon sang, si je m'attendais...

Un large sourire éclaira son visage et nous l'entendîmes s'exclamer d'une voix, soudain claironnante :

— Tristan! Alors, c'est vrai? Nom de... hum. Wow!

Nous nous étreignîmes encore quelques secondes, ivres de bonheur. Marylou se rendit à la cuisine et en rapporta un plateau garni de trois tasses fumantes.

— J'ai sommeil, murmura-t-elle en passant ses deux bras autour de ma taille, la tête au creux de mon cou.

Un sourire de pur contentement flottait sur ses lèvres. Joël fixa sa sœur, avant de reporter son attention sur moi.

— Désolé, s'excusa-t-il, j'imagine que tu as mieux à faire que de discuter avec ton beau-frère en un moment pareil. Mais je me suis réellement inquiété pour Marylou. Elle n'était plus que l'ombre d'elle-même depuis sa petite virée à ton appartement. Enfin à l'appartement de Caleb… Comment aurai-je pu prévoir que… Il faut croire que ma foi a ses propres défaillances.

J'interrompis ses excuses d'un large geste de la main.

— Je suis tellement comblé en cette minute, qu'il ne me viendrait pas à l'idée d'en vouloir à qui que ce soit. Et puis, je suis heureux de te voir. Sincèrement.

Joël reporta son attention sur sa sœur dont les traits avaient retrouvé un air paisible. Ému, il dut s'éclaircir la voix pour reprendre la parole.

— Après ma discussion avec Marylou, j'avais préparé tout un discours.

— Vraiment? Et sur quoi portait-il?

Joël posa sa tasse sur la table et me fixa de son regard intense.

— Tout d'abord, j'avais prévu une introduction très longue et très moralisatrice sur la manière dont tu étais intervenu dans sa vie en dépit de…

— Ma mort?

— Hum… oui. Mais comme je me doute que tu ne seras pas plus réceptif qu'elle sur cette question, je pense que je vais sauter cette partie.

Je resserrai l'étreinte de mes bras autour de Marylou qui s'endormait, avant de rétorquer :

— Tout ce que je peux dire pour ma défense, c'est que je n'avais vraiment pas le choix. Ce qu'il y a entre elle et moi va au-delà de la vie et de la mort.

— Permets-moi d'en douter.

— Elle ne s'en serait jamais remise.

— Je pense que si.

— Tu as tort.

Joël soupira, à moitié convaincu.

— OK, je te laisse le bénéfice du doute. Et je dois quand même l'avouer, elle n'a jamais été aussi mal en point qu'après ton décès. Sauf peut-être, après qu'on lui a tiré dessus à la banque. Mais bon, j'imagine que ce n'est pas pour la quitter une nouvelle fois que tu es revenu, n'est-ce pas?

Revenu? Bon sang, Tristan, mais comment peut-on revenir d'entre les morts, s'écria-t-il d'une voix que l'émotion avait fait monter.

Je ne pus m'empêcher de rigoler.

— C'est une très longue histoire. Cependant, la prochaine fois, je m'assurerai que ce soit elle qui parte avant moi.

Mon beau-frère s'esclaffa en entendant ces propos stupides.

— Je ne crois pas que tu as ton mot à dire, Tristan, me gronda-t-il en secouant la tête.

— Peut-être. Mais j'ai de nouvelles cartes en main et ma stratégie s'est affinée.

— Et en quoi consiste-t-elle, cette stratégie?

J'étendis le bras et lui donnai une bourrade amicale sur l'épaule.

— Pour les jours à venir, je pense que tu préfères ne pas le savoir.

Je crus le voir rougir et me mis à rigoler, euphorique comme jamais.

— Si tu savais à quel point je peux me sentir comblé à cet instant précis, repris-je.

— Je m'en doute. Et pour être honnête, je suis moi aussi très heureux que tu sois là. Bon sang… Tristan, mais comment fait-on pour revenir d'entre les morts? insista-t-il, éberlué.

Puis, il se passa rapidement une main dans les cheveux, avant de laisser échapper un nouveau petit rire.

— Bon sang, répéta-t-il. Que suis-je censé dire à quelqu'un qui s'est réincarné? Il n'y a rien d'écrit à ce sujet dans les livres de théologie. Tu vas devoir m'expliquer pas mal de choses, mon vieux.

— Ouais, plus tard. Pour l'instant, il faut la mettre au lit. Elle est épuisée et pour être franc, moi aussi.

Alors que j'allais entrer dans la chambre, Marylou presque endormie à mes côtés, Joël posa une main lourde sur mon épaule. Je croisai son regard ombragé.

— Tristan? Une seule chose…

— Laquelle?

— Quel était le prix à payer? Car pour ce genre de transaction, il y a forcément un prix à payer, n'est-ce pas?

Sa question souleva un réel malaise en moi.

— Aucun. Il n'en a jamais été question. Avec qui que ce soit.

Le visage toujours soucieux, l'air plus embarrassé que jamais, il me suivit jusque dans la chambre.

— Il n'y a plus d'autobus à cette heure-ci.

Je me remis à rire.

— Dors sur le canapé, ça ne pose aucun problème. Je saurai bien réfréner mes pulsions encore quelques heures!

Il ferma la porte derrière lui, me laissant seul avec Marylou.

Chapitre 25
« Une soeur... »

Marylou

J'étais habituée à me lever tôt. Beaucoup trop tôt. Ces trois dernières années, les insomnies avaient déréglé mes nuits et les lueurs froides de l'aube m'étaient devenues familières. En m'éveillant ce matin-là, je fus donc étonnée de découvrir l'éclat de la lumière du jour sur le mur qui faisait face à la fenêtre de ma chambre. Quelle heure pouvait-il bien être? Certainement plus de six heures du matin.

De délicieux arômes de café et de bacon frit flottaient autour de mon lit et le sifflotement enjoué de Joël m'embrouilla davantage. Quel jour étions-nous? Ah oui! Samedi! Dans ce cas, pourquoi me sentais-je si sereine? J'avais habituellement horreur des fins de semaine. Ils offraient peu d'activités et trop de temps pour réfléchir. Un sentiment d'angoisse m'oppressait généralement dès mon réveil. Pourquoi était-ce différent aujourd'hui? Loin d'être triste ou anxieuse, je me sentais… régénérée et comblée.

Je sentis alors une main posée sur le bas de mon dos et un éclair de lucidité raviva ma mémoire. Les doigts s'écartèrent avant de remonter doucement jusqu'à ma nuque. Toute souriante, je tournai la tête pour rencontrer le regard brillant de Tristan. Ou celui de Caleb? Tristan? Caleb?

— Pourquoi ce sourire et ces sourcils froncés? murmura-t-il en approchant son visage du mien.

— Parce que je suis heureuse, mais aussi un peu perdue.

Je me soulevai sur un coude.

— Les yeux, chuchotai-je, ce sont ceux de Caleb, n'est-ce pas?

— Plus maintenant.

— Pourtant, ce sont les siens.

— Et?

— Et malgré cela, le regard reste le tien. Je m'y perds...

Il se laissa retomber sur le dos, et je m'empressai de me rapprocher de lui. Je ne supporterais plus la moindre distance entre nous. Ne serait-elle que d'un centimètre?

— J'admets qu'il nous faudra un temps d'adaptation. C'est compliqué pour moi aussi, tu sais. Mes sentiments ressemblent à ceux des malades qui ont subi une transplantation. On survit grâce à quelqu'un qui nous a fait don d'une partie de son corps. C'est une chance inouïe, mais ça peut aussi être effrayant.

— Faire don de tout son corps, Tristan, c'est un peu différent, non?

— J'imagine. Dans mon cas, c'est mon âme qui a été en quelque sorte transplantée. Il s'assit au milieu du lit et d'un mouvement lent du pouce et de l'index, se frotta les yeux.

— J'ai pas mal de choses à te demander, repris-je, sans cesser de m'émerveiller de sa musculature.

Vraiment? Toi, tu as des questions? Tu m'étonnes!

Je m'emparai d'un oreiller et le lui lançai à la tête.

— Hé! se plaignit-il en m'attrapant par la taille. Ne fais pas la maligne, Lou. Tu sais que tu n'es pas en mesure de lutter contre moi.

À son ton, doux comme un miel onctueux chauffé au soleil, je compris immédiatement dans quelles dispositions il se trouvait.

— J'ai besoin de certaines réponses, Tristan. Tu ne peux pas m'en vouloir pour cela.

— Je sais. Et il en existe même certaines dont tu ne peux imaginer ce qu'elles seront. Mais s'il te plaît, garde à l'esprit que cette situation est nouvelle pour moi aussi. Allons-y doucement.

Comment ne pas l'approuver? Il me remercia d'un long baiser qui aurait sûrement abouti à d'autres plaisirs si mon frère n'avait pas frappé à la porte.

— Le déjeuner est servi, claironna Joël. Inutile de jouer les endormis, je vous ai entendus. À table!

Ma déception devait être évidente, car mon compagnon me chuchota :

— Nous avons toute la vie devant nous. Allons mettre un peu de carburant dans cette superbe machine!

Quelques minutes plus tard, nous étions tous les trois attablés.

Tristan avalait nonchalamment son petit déjeuner, comme si de rien n'était. Comment y parvenait-il, lui qui avait traversé tant d'épreuves?

Alors que mon esprit vagabondait, Joël assaillait Tristan de questions. La discussion m'intéressait peu. La seule chose qui m'importait, c'était d'observer Tristan. Non, pas l'observer, mais le dévorer des yeux. Ma faim de lui était insatiable.

Parfaitement conscient de l'attention que je lui portais, il resserra plus fermement les doigts de sa main droite déjà entrelacés aux miens. Je me mordis les lèvres à plusieurs reprises, histoire de détourner mon obsession de lui.

— Quoi? demanda-t-il soudain, conscient de mon désir.

Et sans attendre de réponse, il lâcha sa fourchette qui tomba à terre et m'embrassa avec fougue.

— Pourquoi souffrir en silence, tu n'as qu'à demander!

Son clin d'œil provocateur me fit rougir jusqu'à la racine des cheveux.

— Un peu de retenue, s'il vous plaît, bougonna mon frère qui se mit à desservir prestement la table.

C'est alors qu'on entendit quelqu'un frapper à la porte d'entrée, mais ni moi ni Tristan ne réagîmes. Joël revint presque aussitôt et se racla bruyamment la gorge. Barbara était avec lui. Très droite, elle dévisageait son frère.

— Bonjour, dit-elle simplement, un sourire timide sur les lèvres. Notre cafetière ne fonctionnait plus, alors je suis venue me ravitailler ici!

Sa réplique se voulait drôle, mais le haut de son visage était marqué par l'inquiétude. Je ne l'avais jamais connue que frivole. Cet air sérieux ne lui convenait pas.

— Je pense qu'il est temps pour moi de regagner mes quartiers. J'ai préparé le déjeuner, mais je vous laisse la vaisselle, les enfants.

Joël s'empara de son manteau et l'enfila avant de quitter l'appartement aussi précipitamment qu'un courant d'air.

L'air grave, Tristan mit quelques secondes à réagir, puis se leva avec lenteur. Le silence était oppressant. Ayant vite compris que ni la sœur ni le frère ne démarreraient la conversation, je le fis pour eux.

— Bonjour, Barbara. Tu veux t'asseoir? Je vais t'apporter du café. Tu verras, il est excellent…

Je l'invitai à retirer sa veste, puis la prenant par le coude, je l'incitai à s'approcher de la table. Devant son hésitation, j'insistai.

— Je t'en prie, assieds-toi, Barbara. Son exubérance coutumière avait disparu. Démunie, elle s'installa en face de Tristan.

— Je vais refaire du café, proposai-je, nerveuse.

— Plus tard, décida Tristan

Il se rassit à sa place, mais alors qu'il passait son bras autour de mes épaules, je découvris qu'il tremblait, lui aussi. Barbara toussa.

— Je suis désolée de faire irruption de cette manière, j'étais inquiète. En ne te voyant pas rentrer cette nuit, j'ai pensé que tu serais ici.

Tristan s'obstinait à garder le silence. Je pressai doucement sa main pour le faire réagir.

— Je suis désolé, j'aurais dû appeler.

Elle hocha brièvement la tête.

— Oui, tu aurais dû. Mais que m'aurais-tu dit ?

Comme il hésitait, elle poursuivit :

— Je crois savoir.

Elle était très pâle et je regrettai de ne pas m'être assise à ses côtés. Nous semblions faire barrage contre elle alors qu'il n'en était rien. Tristan, qui discrètement m'avait empêchée de m'éloigner de lui, finit par dire calmement :

— Tu savais que cette situation pouvait advenir.

— Oui. Mais l'envisager est une chose, y être confrontée en est une autre.

— Il faut que nous parlions, Barbara. J'avais espéré un peu de temps pour me préparer, mais le destin, une fois de plus, en a décidé autrement.

— Je vais faire du café, insistai-je en me levant.

Une main plaquée un peu trop brusquement sur mon bras me força à me rasseoir.

— Reste là, Lou. Ce que je vais dire répondra à plusieurs de tes questions.

Dans l'impossibilité de lui résister, mais aussi parce que j'étais dévorée par la curiosité, j'obtempérai.

— Barbara, l'homme que j'étais hier et celui que je suis aujourd'hui sont la même personne. Mais celui d'aujourd'hui et celui qui s'est pris une balle à la banque, ceux-là sont différents.

— Comme tu l'as dit, c'était une éventualité. Comment est-ce arrivé? bredouilla Barbara.

Tristan tourna alors la tête dans ma direction.

— J'ai passé un marché avec Caleb, expliqua-t-il de but en blanc. Alors qu'il s'apprêtait à mourir, je lui ai raconté mon histoire et certains détails qui ne peuvent pas encore être connus de vous deux.

— Je l'ai entendu murmurer des bribes de phrases toute une nuit, murmura Barbara, très songeuse. Je croyais qu'il délirait…

— Non. Il ne délirait pas. Il conversait avec moi. Il m'a proposé un marché : il me laisserait utiliser son corps pour que je puisse revenir près de Marylou. J'étais si inquiet pour toi, Lou! Vivant ou mort, je n'ai cessé de m'inquiéter pour toi. Perpétuellement dans le mauvais clan, j'étais incapable de te protéger.

Barbara ne devait rien comprendre à ces propos, mais tout avait un sens pour moi. Je le laissai donc poursuivre. Sa main libre vint effleurer la courbe de ma joue.

— Te voir allongée sur un lit d'hôpital, anéantie, était insupportable! Te voir sortir avec Alan était insupportable, et te voir te débattre seule dans la vie l'était aussi. Comme toi, Lou, j'étais conscient que nous allions droit à la catastrophe. On ne pouvait pas continuer de cette manière.

J'allais protester, mais il m'intima le silence d'un doigt posé sur mes lèvres.

— Chut, écoute-moi. Tu étais vivante et moi, mort. Aucune relation n'est possible entre les vivants et les morts. Du moins, pas celle que nous voulions. Tu sais que j'ai raison.

— C'est faux! protestai-je.

— C'est vrai, insista-t-il plus doucement. Mais je n'étais pas stupide. Je savais ce que j'étais en mesure de faire. Il ne me manquait qu'un corps d'accueil.

— Caleb?

La voix de Barbara laissait transparaître une grande amertume. Tristan hocha la tête.

— Il… il aurait pu s'en sortir?

— J'en suis la preuve, non?

— Mais pourquoi?

— Je connais son parcours difficile. La vie ne l'a pas épargné et il a souffert davantage que ce qu'il pouvait endurer. C'est un véritable miracle qu'il ait résisté aussi longtemps. Sans l'intervention de plusieurs guides, il serait mort bien avant. Sa rancœur à l'égard du monde était intense. Il évoluait dans des sables mouvants. Il persévérait uniquement à cause de toi et de Suzanne. Mais ça ne suffisait pas, tant il était obsédé par le malheur.

Les yeux de Barbara débordèrent de larmes.

— Pourquoi lui? Parce que tu le savais plus faible que les autres?

— Pas du tout. L'offre ne provenait pas de moi, mais de lui.

— On dit que l'âme se réincarne dans un enfant nouveau-né, le coupai-je brusquement, pas dans le corps d'un adulte de vingt-sept ans!

— Je sais, oui. Mais aurais-tu attendu dix-huit ans de plus? me taquina-t-il en posant sur moi un regard tendre. En te faisant patienter trois ans, j'ai déjà failli te perdre, alors imagine…

Sa plaisanterie n'avait rien de drôle. Prenait-il simplement conscience de ce que j'avais enduré au cours de ces années de cauchemar?

— Je sais, reprit-il pour s'excuser. Plusieurs facteurs ont permis que je puisse bénéficier d'un pareil échange, Lou. C'est en quelque sorte une grâce que l'on m'a accordée.

— Pourquoi donc?

— Je ne devais pas mourir à vingt-et-un ans. Surtout pas happé par une voiture dans les circonstances que tu connais. Les victimes de meurtre se voient détournées de leur plan de vie. On leur retire toute chance d'évoluer, de s'améliorer. C'est pourquoi le meurtre est un crime si grave. Or, la majorité des victimes, une fois décédées, font des choix contraires aux miens, parce qu'elles parviennent à se détacher de leur incarnation. Moi, pas. Sans toi, Lou, j'aurais sans doute sauté le pas aussi facilement que les autres. Mais tu me retenais. Pour une raison qui m'est toujours inconnue, je suis incapable de me détacher de toi.

Il finit par reporter son attention sur Barbara.

— Lorsque, dans cette banque, j'ai vu Caleb affronter avec autant d'assurance un homme armé, j'ai réalisé à quel point il tenait peu à la vie. À l'hôpital, pendant des heures, j'ai fait la navette entre son chevet et celui de Marylou. Je voyais le corps de Caleb lutter alors que la vie se détachait de lui. Puis j'ai compris. J'ai compris que la providence venait de lui offrir la chance qu'il attendait. Mais crois-moi, Barbara, il était hors de question que je l'abandonne. Une nuit entière, j'ai essayé de lui redonner espoir. En vain. Je pense qu'il aurait rendu les armes bien avant s'il n'avait pas tenu à toi, Barbara. Il t'aimait infiniment. C'est alors qu'il m'a proposé un échange : son corps contre le paradis, son corps contre ma promesse de prendre soin de toi. Je pense que mon histoire l'a touché. C'est cet accord que nous avons conclu. Voilà.

— Je me souviens de la nuit qui a précédé son arrêt cardiaque. Il ne cessait de dire qu'il fallait prendre soin de moi, qu'il avait enfin trouvé un sens à son existence. C'était donc cela...

— Pourquoi m'avoir laissée dans l'ignorance, Tristan? m'indignai-je. Pourquoi?

Barbara sursauta en m'entendant prononcer un prénom différent de celui de son frère.

— Une seule petite phrase aurait suffi pour que ces deux dernières années ne se transforment pas en enfer, m'enflammai-je.

— Marylou, reprit-il d'une voix sèche, il ne s'agissait pas d'une simple formalité! La possibilité de réussite était infime! Quasi nulle! J'ai tenté le tout pour le tout pour te revenir, sans avoir la moindre certitude que ça marcherait. Je ne voulais pas que tu passes ta vie à m'attendre si je devais échouer!

Il planta à nouveau un regard dur au fond du mien.

— Ça n'aurait pas dû fonctionner! J'ai bénéficié d'un miracle, Lou. Et qui peut compter sur un miracle?

Je détournai les yeux, mais sa main ramena mon visage vers le sien.

— Je savais que le processus de réincarnation anéantirait ma mémoire d'avant. Pourtant, j'avais confiance que notre attraction mutuelle nous réunirait. Peu importait le temps que cela prendrait et la façon d'y arriver. Mais je te savais particulièrement impatiente, et j'ai dû prévoir un plan B.

— Annabelle intervenait dans ce plan?

Le sourire qui apparut sur ses lèvres me fit fondre.

— Oui!

— Elle doit avoir un sacré cran pour se pointer chez les gens comme elle l'a fait chez moi et déballer des histoires aussi rocambolesques! m'exclamai-je, pleine d'admiration.

— Autant qu'il t'en a fallu pour débouler dans l'appartement de Caleb et lui servir le même discours.

D'une voix calme, il expliqua alors à sa sœur :

— Lorsque le cœur de Caleb s'est arrêté, j'étais auprès de Marylou. Le moment était venu.

Puis il s'adressa à moi.

— Je t'ai alors demandé de me faire confiance, en sachant pertinemment que ce que j'exigeais tenait de la démesure. Mais que pouvais-je faire d'autre? Ensuite, je suis allé le trouver et l'échange a eu lieu. J'étais entouré d'anges, peut-être là, à mes côtés, pour s'assurer que tout fonctionnerait parfaitement. Je n'ai pas eu la moindre hésitation. Je me suis glissé en lui, un peu comme une main dans un gant, et son cœur..., non, le mien s'est remis à battre.

Voilà, tout était dit. Pas vraiment tout. Mais la suite pouvait attendre. Pour la première fois depuis que Tristan m'était rendu, je ressentis le besoin de m'isoler.

— Je vais faire du café.

Cette fois, personne ne m'en empêcha. Les murs de mon appartement étaient mal insonorisés et une fois dans la cuisine, leur conversation fut audible. Après que j'eus quitté la pièce, un long silence s'installa entre le frère et la sœur. Puis la voix résignée de Barbara s'éleva :

— Lorsque je t'ai surpris, chez nous, une bouteille de bière à la main, et qu'ensuite tu m'as raconté les doutes de Marylou à ton sujet, une partie de moi a compris. Notre relation avait changé depuis l'accident. Ton attitude était trop différente, tu t'intéressais à des choses dont Caleb ne se souciait pas, et puis cette proximité entre nous... Je croyais que d'avoir frôlé la mort avait transformé ta vision du monde. Il est évident, maintenant, que tu avais changé simplement parce que tu étais un autre.

— Dès la première seconde, je t'ai considérée comme ma sœur, Barbara. Je ne sais pas comment expliquer ce chambardement de ma personnalité, ou de la sienne. J'ai l'impression que nos deux êtres s'entremêlent. C'est très paradoxal. Par exemple, je n'ai jamais eu de problème d'alcool au cours de ma première vie, et pourtant aujourd'hui je suis continuellement en état de manque. J'ai récupéré sa profession, son appartement et... sa sœur. J'éprouve une affection sincère pour toi. Sans doute parce que j'ai été ton frère pendant ces trois dernières années. Mais ces années-là, il ne les a pas vécues, elles m'appartiennent. Et toi, Barbara, tu en fais partie. J'ai aussi fait une promesse... J'ai promis de prendre soin de toi, comme Caleb aurait voulu pouvoir le faire. Et j'ai l'intention de respecter cette promesse, si toutefois tu m'y autorises.

Leur conversation s'arrêta là : Barbara avait dû accepter. Lorsque je déposai la cafetière fumante sur la table, ils étaient dans les bras l'un de l'autre. En me voyant, Tristan m'attira à lui avant de passer son bras autour de mes épaules.

— Barbara, voici Marylou, la femme pour qui j'ai vaincu la mort. Marylou, voici Barbara, ma sœur.

Cette fois, tout était bel et bien dit.

Chapitre 26
« État de crise »

Marylou

Tristan semblait tendu, ce qui pouvait indiquer qu'il cachait quelque chose. Mais quoi exactement? Depuis nos retrouvailles, le temps des effusions passé, le comportement de Tristan s'était modifié. Je m'abstenais cependant de l'interroger, respectant son silence.

De l'air distant et souvent soucieux de son frère, Barbara aussi s'inquiétait. Mais Tristan savait se montrer convaincant. Non, il n'avait rien. Oui, il allait bien. Si elles m'avaient été adressées, ces réponses auraient mené à des explications que je ne brûlais pas d'obtenir. Pourtant, je savais que tôt ou tard, il lui faudrait se livrer.

Et c'est ce qui arriva. Une nuit, je m'éveillai en sentant un vide à mes côtés. La froideur des draps, là où Tristan aurait dû se trouver, indiquait clairement qu'il avait disparu depuis un bon moment. Je me levai en trombe, sans prendre la peine de passer un vêtement, et me mis à le chercher dans tout l'appartement. Je le trouvai assis à la table de la cuisine, dans la lumière très pâle d'un croissant de lune qui poussait l'indiscrétion jusqu'à entrer par la fenêtre. J'étendais le bras pour atteindre l'interrupteur lorsque sa voix dure m'arrêta.

— Non!

L'ordre avait claqué.

— N'allume pas. C'est suffisamment difficile comme cela.

Son ton m'effraya. Figée sur le seuil de cette cuisine, je me demandai pour la première fois si je ne ferais pas mieux de battre en retraite. Il dut le sentir, car il ajouta d'une voix adoucie :

— Reste. Je t'en supplie, reste.

En moins d'une seconde, je me retrouvai à ses côtés et posai une main caressante sur son épaule. Sa peau était moite et ses muscles bandés, comme s'il fournissait un effort démesuré. À cet instant précis, il me rappela cruellement le Tristan que j'avais rencontré dans une bibliothèque à l'université.

— Tristan, commençai-je, inquiète.

Il secoua la tête et m'interrompit.

— Et si nous nous étions trompés, Lou? Si je n'étais plus celui que tu crois?

Estomaquée, j'ouvris de grands yeux.

— Non, ne dis rien, ordonna-t-il. Tu ne peux pas comprendre.

— Explique-moi, alors. Qu'est-ce qui se passe, Tristan?

En entendant ce prénom, il se leva d'un bond si brusque que sa chaise retomba sur le sol avec fracas. Les yeux en furie, il s'avança vers moi avec l'intention évidente de me forcer à reculer. Je ravalai ma peur.

— Tristan…

— Tristan? Pourquoi m'appelles-tu ainsi alors que je ne le suis plus totalement?

— Bien sûr que…

— Vraiment? me coupa-t-il de nouveau. Laisse-moi en douter.

— P... pourquoi?

L'angoisse me faisait bredouiller.

— Pourquoi? Parce que Tristan n'a jamais été obsédé par l'alcool, et qu'il n'en a pas bu une seule goutte pendant des années. L'alcool ne lui a jamais posé le moindre problème, alors que moi, à cette minute même, je serais prêt à tuer pour boire une maudite bière!

Le goulot d'une bouteille vint frapper mon menton. J'en sursautai. Il se tenait si près de moi que je n'osais plus respirer.

— Si je suis ton Tristan, pourquoi ai-je aussi soif? Sais-tu combien il y a de bières dans ton frigo? Onze! Il y a onze maudites bières dans ton foutu frigo!

L'espace entre nous s'amenuisa encore. Je commençais à entrevoir la nature du problème sans pour autant avoir de solution à proposer.

— Tu… tu meurs d'envie de boire?

— Envie de boire? Ça m'obsède depuis des heures, tu veux dire…

— Mais…

— Quoi?

— Tristan, je crois savoir…

— Tais-toi, rugit-il, tu ne sais rien! Tu m'as retrouvée et le reste ne compte pas!

— Comment peux-tu dire cela?

Il plaqua son corps contre le mien, m'écrasant contre le mur.

— Regarde-toi, tu es là nue et effrayée. Tristan ne t'aurait jamais mise dans cet état.

— Tu te trompes. Tristan a fait bien pire et tu le sais! Tu es Tristan! m'écriai-je avec force.

— Et si c'était faux? Si j'avais accepté cette mascarade simplement pour t'avoir?

— Je ne le croirai jamais.

Son obsession le rendait incohérent. Avec une lenteur extrême pour ne pas attiser sa fureur, je levai les mains vers lui, paumes en l'air.

— Tu souffres! Comment puis-je être utile? Je ferai n'importe quoi.

Il se recula en titubant, comme si l'état de manque dans lequel il était plongé l'avait rendu ivre.

— M'aider? Offre-moi une bière ou, mieux, une bouteille de vodka! Même de l'alcool à brûler, je m'en satisferai. Ou alors, offre-moi une planche pour ne pas couler, Lou!

— Mais je peux être cette planche, moi! argumentai-je avec ferveur.

— Toi? Ton corps et ton âme réunis ne seraient pas à la hauteur! Alors fous le camp! Dégage! De l'air!

La forteresse que j'avais érigée autour de moi s'écroula d'un coup. Retenant les larmes qui me brûlaient les yeux, je choisis la fuite. Silencieuse, je longeai le mur pour m'éloigner de lui et m'en retournai dans notre chambre. Le bruit de la poignée que je tournais dut le provoquer. Dans les secondes qui suivirent, le fracas des chaises lancées contre les murs et de la vaisselle qui tombait sur le sol m'atteignit avec une précision diabolique. Je m'emparai de mon téléphone portable et appelai la seule personne que je croyais apte à désamorcer une situation aussi désastreuse.

Tristan n'avait pas quitté la cuisine. La porte du réfrigérateur s'était ouverte et refermée plusieurs fois. Barbara frappa discrètement à l'entrée un peu plus tard. En voyant ma détresse, elle me serra dans ses bras.

— Je ne le reconnais pas, crus-je bon de l'avertir.

— Parce qu'il est en crise, chuchota-t-elle. Ne t'inquiète pas, je vais le calmer. A-t-il bu quelque chose?

— Je ne sais pas.

— Laisse-moi une demi-heure. Ça va aller.

Je retournai m'enfermer dans ma chambre où les draps du lit semblèrent encore plus froids. J'entendis des coups de poing frappés sur la table. Des éclats de voix me parvinrent, puis finirent par s'estomper. Les aiguilles de l'horloge continuèrent leur ronde, se traînant plus que d'ordinaire. Puis Barbara passa la tête par l'entrebâillement de la porte.

— Je peux entrer?

J'acquiesçai, resserrant instinctivement mes bras autour de mes jambes repliées. Elle prit place sur le lit et ma tête vint se poser contre son épaule.

— Est-ce qu'il va mieux? m'informai-je, la gorge nouée.

— Il dort. Sur le canapé.

Mes épaules s'affaissèrent.

— Sur le canapé? Il refuse de revenir près de moi.

Barbara caressa doucement mes cheveux.

— Ne lui en veux pas, il n'a pas su comment gérer la situation. Jusqu'à maintenant, j'étais toujours là, dans ces moments de crise. Se retrouver seul l'a démuni.

— Seul! dis-je sèchement en me redressant. J'étais là, moi.

Barbara sourit avant de fixer son regard sérieux au mien.

— Marylou, tu es ce qu'il aime le plus au monde et il s'est juré de te protéger envers et contre tous. Te demander de l'aide, à toi, lui est impossible.

— Depuis que je le connais, il a toujours agi ainsi. Il m'a tenue éloignée de ce qui le blessait. Mais Barbara, tu ne seras pas toujours là! Il doit comprendre qu'il peut se reposer sur moi!

— Laisse-lui du temps. S'adapter à une nouvelle vie exige plus que quelques semaines, non?

Elle avait raison. J'attendais trop de Tristan. J'avais espéré retrouver un homme en tous points conforme à celui que j'avais perdu. Annabelle m'avait pourtant prévenue que ce ne serait pas le cas.

— Je ne veux pas le perdre! m'écriai-je

— Le perdre? Qui t'a parlé de le perdre?

— Jamais il ne m'avait repoussée ainsi! Il m'avait déjà tenue à l'écart, c'est vrai, mais cette fois-ci, il m'a affirmé que son besoin de boire était bien plus intense que son besoin de moi.

Chaque mot m'écorchait la langue. La caresse sur mes cheveux reprit.

— Tu ne l'as pas cru, j'espère. Marylou, lorsqu'il est en état de manque, il perd l'esprit. Menace-le de partir et il changera de discours.

— Je n'ai pas envie de tenter l'expérience, sanglotai-je.

— Crois-moi, ça va passer. En revanche, j'aimerais connaître la raison de sa crise.

Du dos de la main, j'essuyai les larmes qui ruisselaient sur mes joues.

— Il est préoccupé depuis quelques jours.

— Je l'avais remarqué, mais lui prétend qu'il n'en est rien. Quelle tête dure, celui-là! Lorsqu'il est trop stressé, il retombe facilement dans cet état.

— Et… ça se produit souvent?

— Beaucoup moins… qu'avec Caleb. Ne t'inquiète pas, Marylou. Demain, après avoir dormi quelques heures, il y verra plus clair et pourra sans doute te parler de ses angoisses.

Je commençai à me détendre.

— Qu'est-ce que je dois faire maintenant? Le laisser sur le canapé?

— Et comment! À défaut d'une gueule de bois, j'espère qu'il se réveillera avec un bon mal de dos! C'est tout ce qu'il mérite pour avoir gâché notre nuit à toutes les deux!

Barbara s'apprêtait à partir.

— Non! Reste, s'il te plaît! Je ne veux pas l'affronter seule demain matin.

Après un instant d'hésitation, elle accepta. Elle retira ses chaussures et s'allongea à mes côtés dans le lit, comblant momentanément le vide laissé par son frère.

Chapitre 27
« Mémoire cellulaire »

Tristan

En ouvrant les yeux, j'eus la désagréable surprise de me retrouver couché sur le canapé. Je me redressai péniblement et remarquai la couverture qui avait glissé sur le sol durant la nuit. Que faisais-je donc au milieu du salon? Où était Marylou? Bon sang! Les remords m'empoignèrent alors que ma mémoire se réactivait.

Mon premier réflexe fut d'aller la supplier de me pardonner. Puis, en y réfléchissant, je conclus que ce n'était pas la meilleure chose à faire. Inutile d'en rajouter. Je devais pourtant lui parler. Elle le méritait. Mais je devais aussi comprendre pourquoi le manque d'alcool avait eu cet effet dévastateur sur moi. Et surtout, pourquoi moi, Tristan, en étais-je arrivé à ce degré d'alcoolisme?

Le silence planait sur l'appartement. Je me dirigeai vers la chambre à pas feutrés. Comment allais-je l'aborder? Avec un peu de chance, elle dormirait à poings fermés et je pourrais me glisser contre elle. Mais peut-être était-elle tout simplement en train de lire ou encore d'étudier une nouvelle page du dictionnaire? Elle était si surprenante!

Je poussai la porte d'une main un peu hésitante. Le lit était vide. Où était-elle donc? Je me rendis dans la salle de bain. Personne. Si elle avait été dans la cuisine, je l'aurais entendue ranger l'épouvantable désordre que j'avais laissé quelques heures plus tôt. Elle était donc partie. Elle avait fui.

La blancheur d'une feuille posée sur le plan de travail attira mon regard. Je m'en emparai avec une certaine appréhension et parcourus les mots gribouillés dont l'écriture m'était bien connue.

Tristan,

Pour te permettre de te reposer, Barbara et moi sommes sorties déjeuner. Nous reviendrons en fin d'après-midi après quelques heures de lèche-vitrine.

P.-S. 1 : Qu'aimes-tu comme lingerie féminine?
P.-S. 2 : Ne t'inquiète pas, je vais bien.
P.-S. 3 : Je t'aime.

Elle ne s'était pas sauvée. Elle retardait seulement l'échéance de notre confrontation, ce qui, au fond, lui ressemblait assez. Marylou n'était pas le genre de femme à s'aventurer sur les terrains minés. Bon, très bien, les excuses attendraient. D'une certaine manière, je lui en fus reconnaissant. Pour me sentir mieux armé face à elle, je devais d'abord trouver des réponses à certaines de mes questions.

Je me jetai alors littéralement sur le téléphone, comme si mon salut dépendait de ce simple geste. La voix de Léo répondit aussitôt. En quelques mots, je lui relatai les événements de la veille ainsi qu'une partie de mes interrogations.

— Présentez-vous à mon bureau dans une heure, je vous attendrai.

— Merci, Léo.

Je raccrochai et m'occupai de régler un autre problème : obtenir quelques jours de congé. Si je ne voulais pas que ma vie professionnelle se transforme en échec, je devais comprendre où j'en étais dans ma vie personnelle.

À ma grande surprise, on m'accorda une semaine de congé. Libéré d'un poids, je me rendis à mon rendez-vous.

Cette fois encore, Léo m'accueillit d'une poignée de main chaleureuse. Je retrouvai le même décor, la même sensation de plénitude.

— Je suis heureux que vous ayez pris mon invitation au sérieux. Ça me fait extrêmement plaisir de vous revoir Cal... euh... Tris... euh... Comment faut-il vous appeler?

— Tristan.

— Très bien, Tristan. Alors, comment allez-vous?

— À peu près bien. Vous savez pourquoi je suis ici. Vous seul pouvez m'aider à comprendre ce qui m'arrive.

Les bras posés sur les accoudoirs, Léo se cala dans son fauteuil.

— Bien sûr. J'aimerais que vous me racontiez ce qui s'est passé. Au téléphone, votre récit était plutôt décousu.

Je me massai les tempes, les yeux fermés. Je replongeai dans les heures qui avaient précédé, sans tenter de me disculper.

— Maintenant, Léo, pouvez-vous me dire pourquoi je suis devenu alcoolique? J'ai toujours pensé que l'alcoolisme était un trouble psychologique. Or, je ne buvais pratiquement pas dans mon autre vie. Caleb, lui, c'est vrai, en faisait un usage abusif, mais il n'est plus là aujourd'hui.

Après quelques instants de réflexion, Léo finit par expliquer :

— Oui, mais c'est dans son corps que vous évoluez à présent. Je ne suis pas expert en maladies mentales, ni en alcoolisme. Cependant, je serais porté à croire qu'un corps qui a ingurgité une quantité excessive d'alcool pendant de longues années doit toujours en ressentir le manque lorsqu'il en est privé. L'accoutumance est bien réelle. Et le besoin d'alcool, comme beaucoup d'autres choses, se trouve enregistré, programmé, dans la mémoire cellulaire de ce même corps.

— La mémoire cellulaire? C'est ça votre théorie?

— Vous en préféreriez une autre?

Léo ne me laissa pas l'occasion de lui répondre. Déjà il reprenait :

— La mémoire cellulaire concerne l'état aussi bien physique que psychologique d'un être. Ainsi, chaque cellule qui constitue notre corps physique et notre esprit pourrait posséder sa propre mémoire. Au niveau du corps, ces cellules seraient en mesure de se rappeler la moindre information biologique sur nos ancêtres alors que notre âme porterait le souvenir de nos expériences passées. Certains spécialistes soutiennent que nos impressions de déjà vu et même certains rêves prémonitoires viendraient de là. Ce qui s'est passé dans la vie présente ou dans une vie antérieure se répéterait constamment. C'est en quelque sorte une manière de dépasser certains échecs ou certaines situations problématiques non résolues.

— Et vous y croyez à cette théorie?

— Pourquoi un greffé qui n'a jamais aimé la bière se met-il soudainement à l'apprécier? Pourquoi un malade amputé d'une jambe continue-t-il à ressentir de la douleur à cette même jambe? Tout simplement parce que nos cellules enregistrent tout ce que nous sommes. Nos goûts, nos aptitudes, nos besoins, notre histoire personnelle, notre héritage génétique, tout. Je crois que pour un alcoolique, c'est pareil.

— Donc, en récupérant son corps, j'aurais aussi récupéré toute cette mémoire dont vous parlez.

— Toute? Je ne sais pas. Une partie, en tous cas. Et pas seulement la sienne, mais celle d'une multitude de passés différents.

Un long soupir m'échappa. Pourquoi de telles explications m'étonnaient-elles encore?

— Peut-on y remédier? m'enquerrai-je, sans grand espoir d'obtenir une réponse positive.

— Je crois que oui. Certains thérapeutes spécialisés dans ce domaine proposent des séances d'hypnose pour purifier cette mémoire. Mais cela dépasse mon champ de compétences. Si cela vous intéresse, je peux vous donner quelques références.

J'acquiesçai, finalement heureux de cette proposition. Léo se leva et griffonna rapidement des noms au verso de sa propre carte qu'il me tendit. Je la rangeai distraitement dans ma poche. Une autre question importante me préoccupait encore.

— Cette mémoire cellulaire dont vous m'avez parlé, pourrait-elle expliquer une attraction hors norme entre deux personnes?

— Vous faites référence à quelqu'un en particulier? demanda-t-il, légèrement amusé.

— Oui. Imaginez un homme et une femme totalement dépendants, reliés l'un à l'autre par une force inexplicable. Est-il raisonnable de croire que cette attraction puise son origine dans un temps bien antérieur à l'existence de ces deux êtres?

Il retira ses lunettes qu'il se mit à essuyer consciencieusement avec un mouchoir avant de les remettre sur son nez.

— Eh bien oui, je pense que c'est une possibilité envisageable. Si nos cellules peuvent emmagasiner nos erreurs et nos souffrances, sans doute peuvent-elles agir de la même façon avec les personnes que l'on a aimées. Vous croyez détenir un début d'explication?

— Je ne sais pas. Peut-être. Merci, Léo, de m'avoir reçu.

***

À mon retour, deux heures plus tard, une douce odeur sucrée flottait dans l'appartement; Marylou était rentrée et s'activait dans la cuisine. Était-ce sa façon d'évacuer sa colère? Ou sa tristesse? Mais qu'en savais-je, après tout! Sur bien des points je ne la connaissais pas autant que je me plaisais à le prétendre!

Je l'aperçus qui remuait une cuillère en bois dans une casserole remplie, à n'en point douter, de sucre à la crème. Je détaillai ses gestes et remarquai qu'elle avait relâché ses cheveux. Avait-elle réfléchi longtemps avant de choisir ce jean qui la moulait si parfaitement et ce t-shirt au décolleté profond? Elle était superbe, semblable aux souvenirs que je conservais d'elle et qui dataient de mon autre vie. Marylou était-elle à ce point rusée pour utiliser un tel stratagème? Quelle meilleure vengeance que d'offrir à mon regard son corps délectable après la scène de la veille!

En fait, les yeux perdus dans le vague, elle ne portait aucune attention à ce qu'elle faisait. Une automate. Je fus heureux de ne pouvoir lire dans ses pensées, tant je les craignais.

Au bruit que je fis pour manifester ma présence, elle tourna la tête et m'adressa un sourire d'une immense tendresse qui me traversa comme une onde de choc. Une fois à ses côtés, je ramenai ses cheveux sur son épaule et dévoilai l'arrondi laiteux de son cou. Très doucement, j'y déposai un baiser. À peine un effleurement. Mes lèvres perçurent un long frisson qui parcourait son corps.

La cuillère qu'elle manipulait tomba au fond de la casserole. Elle se retourna vers moi.

— Ça sent bon, m'exclamai-je en la dévorant des yeux.

Mes doigts se posèrent sur sa taille, l'attirèrent à moi.

— C'est du sucre à la crème. Si tu continues, il va prendre au fond.

D'un geste vif, je la fis pivoter et elle put poursuivre sa tâche alors que je me pressais contre elle. Je laissai s'écouler quelques secondes d'un silence léger avant de poursuivre :

— Je suis désolé pour hier soir. Rien de ce que je t'ai dit n'était vrai.

— Je sais.

Sa voix était calme, aussi onctueuse que le sucre qu'elle remuait. Mais sa main droite se crispa autour du manche en bois qu'elle tenait.

— Je ne veux pas d'excuses, Tristan. Tu dois déjà t'en vouloir suffisamment. Nous avons été idiots. Et nous en avons payé le prix.

— Idiots? Et pourquoi?

D'un geste nonchalant, elle souleva les épaules, puis retira la casserole du feu et se retourna vers moi.

— Avoir cru que cette deuxième chance nous était donnée sans la moindre difficulté était totalement idiot. Il y a forcément un revers à la médaille, un prix à payer.

Le fait qu'elle utilise les mots de Joël me troubla.

— Nous n'étions pas préparés à ce que surgissent des obstacles. Maintenant, nous saurons faire face et nous agirons différemment.

En moins d'une minute, elle m'avait donc gracié. C'était trop simple. Je méritais qu'elle me complique un peu les choses.

— Lou…

— J'ai une seule exigence.

Ah! Il y avait de l'espoir.

— Toi, tu as des exigences? fis-je semblant de m'étonner.

Elle approuva d'un signe de la tête.

— OK, vas-y.

— Je ne veux plus jamais, et je dis bien « jamais », que tu me tiennes à l'écart ou, pire encore, que tu me rejettes comme tu l'as fait hier.

Comme ma réaction tardait, elle répéta :

— Plus jamais tu ne te tourneras vers quelqu'un d'autre que moi.

— Tu ne peux pas…

— Oh si, je peux! Je peux et je le veux. Tu m'as laissée en plan une fois, lorsque tu te croyais schizophrène, puis une deuxième fois lors de la mort de ton père, et une troisième fois hier soir. Mais c'était la dernière.

J'avais souhaité un peu de complications, j'étais servi.

— Marylou, hier soir, je n'étais plus moi-même! Tu n'as pas à assister…

— Stop, stop, stop!

Voilà, j'étais parvenu à la rendre furieuse. Surpris par son éclat, je ne résistai pas lorsqu'elle plaqua fortement ses mains contre mes épaules, m'acculant contre le mur.

— Stop, Tristan! Je ne veux plus de ça! Je suis là parce que je t'aime. Et ce que j'aime chez toi, ce n'est pas seulement ton physique séduisant ou ton instinct protecteur maladif! J'aime ton âme que je sais plus belle que toutes les autres, ton instinct de justice irrépressible. Même ton côté atrabilaire et chacun de tes moindres défauts, je les aime! J'accepte tout! Tu m'entends? Tout! La façon fabuleuse dont tu me fais l'amour, tes regards charmeurs, tes sourires en coin, tes poings serrés et même ta ride au milieu du front! Tout! Et ça inclut tes moments de doute ou de faiblesse qui te feront avoir besoin de moi, qui me prouveront que tu es bien un homme de chair et de sang! Pas un super héros, pas une entité surnaturelle! Je veux un homme qui sera conscient du réconfort que je peux lui offrir et qui en fera usage! Tu m'offres un homme alcoolique? Eh bien, je le prends! Point final! Et si jamais ça te pose un problème…

Elle hésita, ne sachant manifestement pas comment terminer sa tirade. Son regard était encore sombre de rage.

— Je t'ai déjà donné mon âme, chuchotai-je, la voix rauque.

— Je sais. J'espère pouvoir en faire autant un jour.

Nous nous regardions comme cela nous arrivait souvent, sans cligner des yeux, deux fauves fixant leur proie. Puis, sans savoir qui s'était rué sur l'autre, nous nous retrouvâmes en train de nous embrasser. Alors que je la portais vers notre chambre, je songeai qu'il n'y avait pas de plus grand miracle au monde que le pardon de Marylou. Qu'elle prenne tout, si ça lui faisait plaisir… Je saurais bien faire avec…

***

— C'est une belle nuit, murmura-t-elle plus tard contre mon épaule en regardant les étoiles par la fenêtre de sa chambre.

Je resserrai mon étreinte autour d'elle.

— Tristan? J'ai une question.

— Une seule? la taquinai-je.

Elle sourit, séductrice et je hochai la tête.

— Quels souvenirs gardes-tu du temps où tu étais de l'autre côté?

J'enroulai une mèche de ses cheveux autour de mon index.

— J'ai l'impression d'être un livre dont on aurait arraché une page sur deux. Je me souviens de la majorité de nos conversations, mais rien de ce que je faisais en dehors de ces instants.

Mes poils se hérissèrent en repensant à ce que contenait la lettre que Marylou m'avait remise. Tant de zones d'ombre… Si peu d'informations et en même temps beaucoup trop… Les yeux violets devinrent plus perçants et je m'empressai de lui sourire, trompeur.

— Si tu souhaitais savoir à quoi ressemble le paradis, ce qu'on y fait, quelle tête a Dieu et tout le tralala, désolé, ma jolie, il te faudra attendre pour le découvrir par toi-même.

— Oh… C'est bien dommage.

Elle reposa sa tête sur mon épaule, se régalant du son mesuré de mon cœur. Je le sus car son index, posé à la base de mon cou, en marquait chaque pulsation. Ce son revêtait une signification très intense pour nous. Il fallait en avoir été privé pour en découvrir toute la sensualité.

— Tristan? Sais-tu ce qui peut avoir provoqué ta crise?

Et vlan! Comment ce petit bout de femme parvenait-il toujours à mettre le doigt sur ce qui faisait mal? À coup sûr, elle était munie d'un détecteur de sujets épineux.

— Me répondras-tu? insista-t-elle.

— Ai-je le choix?

Elle fit mine de réfléchir, un doigt sur la bouche.

— Non.

— Tu es impossible! me lamentai-je.

— Alors, tu le sais, n'est-ce pas? Je ne suis pas aveugle, Tristan. Même si je ne t'ai pas questionné avant, je sais très bien que tu es préoccupé.

— C'est vrai. J'ai quelque chose à faire. Très bientôt. Une chose déplaisante et à laquelle je ne peux pas me soustraire. J'en ai retardé l'échéance, mais le sursis tire à sa fin.

Je sentis venir d'autres questions. Je m'empressai donc de l'embrasser à pleine bouche. Lorsqu'elle se remit à parler, elle se contenta de demander :

— Je saurai bientôt?

— Très bientôt.

— Tu ne me tiendras pas à l'écart?

Nouveau baiser. Nouveau silence. J'usai de mes meilleures armes pour la faire taire; mes mains se remirent à la caresser.

Chapitre 28
« Philippe »

Marylou

Nous roulions en silence depuis un bon moment. Tristan ne m'avait rien dit sur notre destination. Connaissant son entêtement, je m'abstenais de lui poser la moindre question et me contentais de ce qu'il avait laissé échapper la veille : ce voyage avait un lien avec son père. De toute façon, jamais je n'aurais pu imaginer ce qui m'attendait.

La tension qui marquait son visage n'était pas rassurante, et lorsque je lus sur un panneau le nom de Trois-Rivières, un terrible doute commença à poindre au fond de mon esprit.

— Tristan?

— Nous allons voir ma mère, lâcha-t-il entre deux raclements de gorge.

— Ta… ta mère?

J'avais sûrement mal compris. Une confirmation s'imposait.

— Tristan?

— Ma main s'était posée instantanément sur son avant-bras. Il ne broncha pas, ses muscles durs, tendus par la nervosité.

— Étant donné les circonstances, peut-être devrais-tu cesser de m'appeler Tristan pour le reste de la journée.

— Oh… je… bien sûr.

Voilà, j'étais devenue muette. Tristan me regarda du coin de l'œil et laissa échapper un petit rire.

— Serais-je enfin parvenu à te déstabiliser? Tu n'as donc rien à me demander?

Une main douce se posa sur ma cuisse.

— Eh, Lou, ça va? Reprends-toi. C'est moi qui vais revoir ma mère, pas toi!

Il me secoua légèrement et je finis par réagir.

— Bon sang! m'exclamai-je, ahurie. Tu ne vas pas faire ça!

— Oh que si!

— Mais… que vas-tu lui dire? « Salut maman, je suis mort, mais je me suis réincarné! Est-ce que je peux rester dîner? »

Il s'esclaffa. Moi, je n'avais pas le cœur à rire.

— Enfin, Tristan, j'ai moi-même de la difficulté à croire à toute cette histoire! Comment espères-tu qu'une femme qui a enterré son fils réagisse? Elle va appeler la police et te faire arrêter!

Un nouveau rire, plus franc celui-là, emplit la voiture.

— Je suis flic, Marylou. Je ne crois pas qu'elle aura l'idée d'appeler du renfort. Ne t'inquiète pas. Je n'ai pas l'intention lui raconter quoi que ce soit à mon sujet. Pour elle, Tristan est mort et il le restera. J'imagine sa douleur et je ne remuerai pas le couteau dans la plaie. Enfin, pas dans cette plaie-là.

— Qu'est-ce que ça veut dire « pas dans cette plaie-là »?

Je devais avoir pâli subitement, car il répliqua :

— Marylou, du calme! Ce qui va se dire aujourd'hui ne te concerne pas, alors détends-toi.

Cette fois, je virai au gris. Il n'avait donc rien compris? Mes bougonnements s'intensifièrent.

— Quoi, qu'est-ce que j'ai encore dit? s'étonna-t-il.

— Apparemment, tu n'as rien retenu de notre discussion d'hier.

— Ça dépend. Celle que nous avons eue avant ou après que je te fasse l'amour?

— Avant.

— Tu te trompes, j'ai parfaitement saisi ton message. Il est bien gravé là-dedans!

De son index, il se tapa le front.

— Permets-moi d'en douter. Tu viens de dire que ça ne me concernait pas.

— Et alors?

— Ce qui te concerne me concerne aussi. Donc, laisse-moi blêmir à ma guise!

Nouveau rire.

— Si tu veux. Mais tâche de garder ton esprit près du mien. J'en aurai besoin plus que jamais, aujourd'hui.

— Ah, voilà qui est mieux.

Satisfaite, j'abandonnai mes scénarios d'horreur pour me concentrer sur la beauté de ses traits. J'étais même parvenue à retrouver un semblant de calme lorsque nous arrivâmes à Bécancour.

Le lieu m'était inconnu. Après la mort de Tristan, j'avais refusé d'y venir, tant m'avait été insupportable l'idée de fouler l'endroit où il avait passé son enfance, fait ses premiers pas, dragué ses premières conquêtes. C'était trop. Quant à me retrouver devant sa tombe… jamais!

Aujourd'hui, j'en étais toujours incapable, mais pour d'autres raisons. Instinctivement, Tristan et moi levâmes simultanément nos mains et nos doigts s'entrelacèrent.

— Je suis là, chuchotai-je alors qu'il se garait devant la maison de briques blanches. Est-ce qu'elle sait que nous venons?

— Oui. Je l'ai appelée en début de semaine. Enfin, Caleb l'a fait.

— Oh! Et que lui a-t-il dit?

— Seulement que je devais m'entretenir avec elle d'une affaire délicate.

— Oh! répétai-je de plus en plus nerveuse. Et quelle est cette affaire?

— Patience, Lou. Il n'y en a plus pour longtemps.

Sans doute s'amusait-il de ma curiosité. Or, pour une fois, il s'agissait de toute autre chose. Ne rien savoir me laissait démunie et dans l'incapacité de le soutenir.

Le bruit de nos pas sur la mince couche de glace recouvrant les quelques marches qui menaient au perron de bois peint en rouge étouffa nos respirations anxieuses. Côte à côte, doigts toujours entremêlés, nous avancions comme deux soldats conscients du terrain miné sous leurs pieds. Mais nos mains se quittèrent dès que la porte s'ouvrit et qu'apparut la silhouette élancée d'Amanda, la mère de Tristan.

Les bras serrés autour d'elle pour se protéger du froid qui s'engouffrait dans la maison, Amanda jaugea l'homme qui lui faisait face. Un tressaillement parcourut son visage, mais elle se ressaisit et replaça d'une main légèrement tremblante une mèche de cheveux grisonnants derrière une oreille.

C'est alors qu'elle sembla remarquer ma présence, et une réelle surprise se peignit sur son visage. Ses yeux, plus accusateurs qu'interrogateurs, allaient et venaient de Caleb à moi.

— Bonjour, Amanda, commençai-je poliment.

— Marylou! C'est une surprise. Après tout ce temps…

Et voilà! La balle était lancée. Je me tournai lentement vers mon compagnon afin de l'inciter à poursuivre. Mais rigide et muet, il dévisageait la femme qui se tenait devant lui. Je devinais sans peine les émotions contradictoires qui le traversaient : le bonheur de revoir sa mère, et la frustration de ne pouvoir la prendre dans ses bras.

— Pouvons-nous entrer un instant? Nous aimerions… enfin… Caleb souhaiterait s'entretenir avec vous.

Un très discret coup de coude le fit revenir à lui. Il tendit une main assurée en direction d'Amanda et se présenta :

— Sergent Caleb Trudeau, madame. Comme je vous l'ai expliqué lors de mon appel, j'ai quelques questions à vous poser. Ce ne sera pas très long.

Il reprenait le contrôle de la situation.

Amanda nous invita à entrer, le regard braqué sur la haute stature de Caleb. Quelque chose au fond de ses yeux d'un vert soutenu venait de s'allumer, comme débarrassé de la poussière du temps. Nous passâmes dans un petit salon surchargé de boiseries et de meubles luxueux. D'innombrables bouquets de fleurs jetaient des touches de couleurs mal accordées aux rayures des rideaux. Tristan, minimaliste à l'extrême lorsqu'il s'agissait de décoration, ne pouvait tenir d'elle.

Amanda nous invita à retirer nos manteaux qu'elle alla suspendre dans l'entrée. Tristan en profita pour s'emparer d'une de mes mains. À son retour, elle nous invita à nous asseoir sur l'immense canapé, à rayures lui aussi, qui faisait face au fauteuil dans lequel elle prit place.

Une ombre froide balaya le visage de notre hôte. Quelles idées pouvaient bien chahuter dans sa tête? Caleb brisa le silence pesant qui s'était installé.

— Tout d'abord, je tiens à vous remercier de me recevoir. Il aurait été difficile d'aborder par téléphone un sujet aussi délicat que celui dont je veux vous entretenir.

Ses prunelles grises toisaient Amanda avec une certaine arrogance. À quel jeu jouait-il? Amanda s'éclaircit la gorge tout en lissant des plis imaginaires sur son pantalon gris.

— C'est tout naturel, sergent. Je suis curieuse de connaître le sujet de cet entretien. Mais avant que nous ne commencions, puis-je vous offrir quelque chose à boire? Il fait un tel froid dehors!

Cette politesse forcée me glaça. La situation devenait franchement ridicule. Une mère et son fils se tenaient face à face, contraints d'agir comme deux étrangers. À mon sens, il aurait encore mieux valu qu'ils ne se rencontrent pas.

— Non, merci, répondit Caleb. Marylou?

— Euh, non, merci.

Amanda croisa ses longues jambes, reportant son attention sur Caleb qui poursuivit :

— J'ai été amené à faire certaines recherches il y a quelques semaines.

— Des recherches? De quel ordre?

— L'appartement de Marylou a été vandalisé. Saccagé serait un terme plus approprié. Comme il est d'usage dans ce genre d'affaires, nous avons étudié le profil des gens qu'elle côtoie régulièrement afin de trouver d'éventuels suspects. Le nom de Tristan Sénéchal faisait partie de la liste.

Comment ne pas réagir en l'entendant prononcer son propre nom comme s'il parlait d'un étranger?

— Tristan était mon fils, sergent. Et il ne peut être considéré comme suspect puisqu'il est décédé depuis quelques années. Marylou a déjà dû vous dire tout cela, n'est-ce pas?

— En effet. Et c'est ce qui ressortait de nos fichiers. J'en profite pour vous présenter mes condoléances.

J'évoluais certainement dans un cauchemar. À l'évocation du prénom de Tristan, mon cœur avait perdu toute mesure et entendre ce dernier présenter ses condoléances à sa propre mère pour son propre décès était au-dessus de ce que je pouvais supporter. Je me mis à trembler. Les doigts de Caleb, toujours entremêlés aux miens, raffermirent leur prise. Le regard d'Amanda semblait de plus en plus voilé. La lourdeur du mystère autour de nous s'épaississait. La situation devenait intenable.

— Pourquoi êtes-vous ici, sergent? Sûrement pas pour me parler de mon fils.

— En fait si, madame.

Mes lèvres s'entrouvrirent lentement et la pression des doigts de Caleb contre les miens s'accentua.

— Tristan est mort, je ne vois pas ce qu'il peut y avoir de plus à dire!

— Oh! pardonnez-moi, je ne parlais pas de Tristan, mais de Philippe.

Voyez-vous, il est écrit dans nos dossiers que Tristan avait quatre sœurs, mais aussi un frère.

Cette fois, je me sentais sur le point de défaillir. Amanda avait brusquement cessé de respirer, ses deux mains agrippées aux accoudoirs de son fauteuil.

— Je… je ne vois pas de quoi vous voulez parler. Je n'ai…

— Allons madame, on relève très peu d'erreurs dans nos registres. De nos recherches, il est ressorti que vous aviez donné naissance à un fils en 1983 au Centre hospitalier régional de Trois-Rivières. Et toujours d'après ce qui figure dans ces mêmes fichiers, Tristan est né en 1986. Il ne peut s'agir du même enfant.

« Bon sang, à quoi joues-tu? » pensai-je en voyant Amanda voûter les épaules.

— Laisse-moi faire, me chuchota-t-il.

Je fronçai les sourcils, n'ayant pas réalisé que j'avais parlé à voix basse. Mais déjà, Amanda retrouvait ses esprits et d'une voix lasse reprenait :

— On a beau soutenir le contraire, le passé finit toujours par ressurgir.

D'une manière ou d'une autre…

— Tristan avait un frère? m'écriai-je sans parvenir à me retenir.

— J'ai eu un autre fils, rectifia-t-elle d'une voix brisée.

Amanda releva les yeux vers moi.

— Ce n'est pas parce que vous avez couché avec mon fils pendant quelques mois que vous pouvez prétendre connaître l'histoire de sa famille.

L'insulte était moins douloureuse que le sourire méprisant qui étira ses lèvres minces. J'en frémis. Sans doute aurais-je répliqué si la pression de la main de Caleb ne m'avait incitée au silence.

— Je vous demanderai de ne pas vous montrer désagréable avec Marylou. Elle m'est extrêmement précieuse.

— Tristan aussi prétendait qu'elle lui était précieuse. Et pourtant il est mort. Vous devriez être prudent, sergent.

Je me levai, prête à quitter les lieux, mais Caleb m'en empêcha, tirant sur mon bras pour me forcer à me rasseoir.

— Reste là, m'ordonna-t-il. Il n'y en a pas pour longtemps.

Apparemment, Amanda venait d'user ce qui lui restait de subtilité et de patience.

— Je n'abuserai pas de votre temps, madame Sénéchal, je serai bref. Répondez simplement à mes questions et nous vous laisserons. Donc, vous avez bel et bien eu un autre fils. Que lui est-il arrivé? Je veux dire, nous avons été surpris de ne trouver aucun certificat de décès.

— Il n'est pas mort.

— Pourriez-vous être plus explicite?

— Je ne vois pas en quoi tout cela concerne votre affaire.

— Je comprends votre réticence. J'ai pourtant de bonnes raisons de vous interroger. En réalité, je sais que vous avez donné votre premier fils, Philippe, en adoption quelques jours après sa naissance. Pourquoi?

— Advenant que ce soit le cas, en quoi tout cela vous regarde-t-il?

Amanda était d'une extrême pâleur.

— Eh bien, je pense avoir une bonne nouvelle pour vous, madame. Il se trouve que j'ai peut-être retrouvé votre fils.

Cette fois, le coup avait porté. Amanda s'était levée, attendant la suite. Caleb se leva lui aussi, d'un mouvement aussi lent et mesuré que s'il avait tenu une bombe entre ses mains.

— Voyez-vous, madame, il se trouve que j'ai moi aussi été adopté. Et je suis né le 11 novembre 1983.

Si je me laissai choir sur le canapé, Amanda fut plus théâtrale : elle perdit connaissance et s'effondra à nos pieds.

Chapitre 29
« Aveux d'une mère »

Caleb

Les secondes défilaient. Une autre minute s'était écoulée. Debout devant la fenêtre, les mains dans les poches, je jetai un regard par-dessus mon épaule.

À genoux, Marylou s'appliquait à rafraîchir le visage de ma mère qui venait de s'évanouir pour la troisième fois. Après l'avoir allongée sur le canapé, j'attendais qu'elle daigne enfin reprendre connaissance.

— C'est long, beaucoup trop long! s'inquiéta Marylou. On devrait appeler une ambulance.

— Elle va revenir à elle. Laisse-lui le temps.

Indifférent à son regard plein de reproches, je m'absorbai à nouveau dans la contemplation des arbres centenaires qui composaient le paysage à l'avant de la maison. Sous la neige, tout semblait calme et paisible, contrairement à ce qui se déroulait à l'intérieur de cette maison.

— Je sors prendre l'air, je ne m'éloignerai pas.

Le vent hivernal me fouetta le visage, pour mon plus grand bien. Curieusement, j'étais parvenu jusqu'ici à rester stoïque. Mais à présent, mon cœur ripostait. Je sentis alors une main se poser sur mon épaule. Marylou se tenait derrière moi, grelottante, sa longue chevelure brune s'affolant autour de son visage.

— Tu vas mourir de froid!

— Et toi alors! s'exclama-t-elle.

Son regard s'assombrit avant qu'elle n'ajoute :

— Elle a repris connaissance. Elle craignait que tu ne sois parti. Elle veut te parler.

— J'en étais sûr, répliquai-je entre mes dents, en retournant vers la maison.

— Vas-y doucement, Caleb, elle est sous le choc.

Ma mère, encore fébrile, nous attendait dans le salon. Mon intransigeance à son égard n'avait pas faibli, bien au contraire.

— Je sais que vous ne vouliez rien boire, mais après de pareilles nouvelles, je me suis dit qu'un thé serait le bienvenu.

Elle secoua une petite cloche en argent et une femme d'une quarantaine d'années apparut avec un plateau qu'elle posa sur la table basse devant nous. Ma mère nous tendit une tasse pleine, et sa main trembla lorsque nos doigts se frôlèrent.

— C'est peu dire qu'en me levant ce matin je ne m'attendais pas à retrouver un fils. Car c'est de cela qu'il s'agit, n'est-ce pas?

— D'abord, je crois mériter certaines explications.

— Oui, cela va de soi, commenta-t-elle, embarrassée.

Elle but quelques gorgées de son thé, tout en dévisageant Marylou par-dessus sa tasse.

— Eh bien, ils t'attirent, mes fils!

J'allais répliquer, mais Marylou le fit avant moi.

— Vous n'imaginez pas à quel point, madame.

Devant son ton assuré, Amanda se rembrunit. Elle toussota, reposa sa tasse et commença abruptement son récit.

— Tu es né le 11 novembre 1983 à 22 h 46. L'accouchement a été particulièrement difficile et j'en garde un souvenir atroce. Les contractions ont duré plus de trente-six heures et, à la fin, comme tu t'étais retourné, le cordon s'est enroulé autour de ton cou. L'obstétricien a dû procéder d'urgence à une césarienne. Ton cœur ne cessait de décélérer. J'étais complètement paniquée et Carl, ton père, gérait encore plus difficilement l'angoisse de cette situation. Tu étais bleu et inerte… C'était terrifiant. Il a fallu te réanimer avant que tu ne pousses ton premier cri. Quel bonheur alors!

Je remarquai que ma mère essuyait discrètement une larme qui perlait au coin de ses cils.

— Un bonheur de courte durée. Plus tard, on m'a ramenée dans ma chambre. Seulement, dans l'heure suivante, alors que je te tenais serré dans mes bras, toi, mon bébé tout neuf, tu as cessé de respirer. J'ai hurlé pour avoir de l'aide. Les infirmières sont intervenues très vite. Cette nuit-là, tu as fait deux autres arrêts respiratoires. Le lendemain matin, l'un des pires moments de mon existence, j'ai vu débarquer à mon chevet toute une armada de médecins. Ils venaient m'expliquer que tu avais manqué d'oxygène à la naissance et que ton cerveau avait beaucoup souffert lors de l'accouchement. Pour l'instant, ils ne pouvaient déterminer quelle serait la gravité des séquelles. « La gravité des séquelles... » Quelle mère peut entendre ses mots sans devenir folle? Pourtant, le pire était à venir. Ton père t'attendait comme on attend le Messie. Toi, son premier fils. Et voilà qu'on lui retirait tous ses espoirs d'un seul coup. Sa réaction fut très violente. L'accouchement m'avait beaucoup affaiblie. Trop pour que je puisse résister ou réfléchir par moi-même. Le lendemain, ton père et moi nous sommes rendus à ton chevet. Tu étais branché à toutes sortes de machines. C'était terrifiant à voir. Je te regardais en pleurant alors que ton père jurait en hurlant que ce bébé fragile et malade ne pouvait être son fils. Je suis retournée dans ma chambre, anéantie, ton père soutenant qu'il lui serait impossible d'aimer un enfant attardé. Il se mit à crier si fort qu'un agent de sécurité a dû intervenir pour le faire sortir. Tout le temps qu'a duré mon hospitalisation, il n'est jamais revenu. Il se contentait d'appeler une fois par jour pour me demander si je m'étais débarrassée de notre petit problème. C'était ses mots. M'en débarrasser.

Mon visage s'était durci alors que je voyais se dessiner la trame de mon abandon ou plutôt celui de Caleb. Ma mère hésitait à poursuivre. Ses yeux cherchaient les miens, dans l'attente d'un encouragement, d'un geste de compréhension. Mais par solidarité envers mon frère, je me refusai à le lui fournir. Elle respira à fond et finit par reprendre son récit.

— La veille de mon départ, en fin d'après-midi, une infirmière est venue me voir. Elle s'occupait de toi depuis ta naissance. Elle s'appelait Élisabeth.

Amanda s'interrompit un instant, dans l'attente que ce prénom fasse son effet. Et il le fit. Mon estomac se contracta. Élisabeth ainsi s'appelait la mère de Caleb.

— C'est elle qui m'a adopté.

— Oui. Elle avait été témoin de l'esclandre de ton père et m'a dit que si je me sentais incapable de m'occuper d'un enfant déficient, elle était prête à le faire à ma place. Elle s'était déjà prise d'affection pour mon bébé malade et m'a assuré qu'elle t'aimerait comme son propre fils, que tu ne manquerais jamais de rien. Elle a insisté pour me dire que c'était peut-être ton destin. J'étais désespérée, épuisée et harcelée sans relâche par mon mari. Alors, j'ai cédé. Et c'est ainsi que tu es devenu le fils d'Élisabeth. Ton père est venu me récupérer à ma sortie de l'hôpital, moi et mes bras vides. Sa seule inquiétude était de s'assurer qu'il ne serait plus jamais question de toi. Pour nos amis et notre famille, tu étais mort à la naissance, il n'y avait rien d'autre à dire.

Sous l'effet de la colère que cette histoire provoquait en moi, le contrôle que je m'étais juré de garder m'échappait. Marylou s'en aperçut et caressa doucement mon avant-bras jusqu'à ce que mes doigts se décontractent.

— J'ai mis plus de deux ans à retomber enceinte, le temps nécessaire pour faire mon deuil de ce fils perdu et me convaincre que ce choix avait été le bon. Je n'aurais pas su lutter toute ma vie contre mon mari. Et puis Tristan est né. Son père était euphorique comme je ne l'avais encore jamais vu! Il était redevenu l'homme aimant et prévenant que j'avais connu avant ta naissance. Mais Tristan grandissant, leur relation s'est détériorée. J'ai toujours cru qu'il ne s'était jamais pardonné d'avoir abandonné Philippe. J'entretenais l'espoir que leur relation s'améliorerait et qu'ils finiraient par développer une réelle affection l'un pour l'autre. Mais le sort s'acharnait. On apprit que Tristan était atteint de schizophrénie. Mon mari le rejeta alors et ne s'occupa désormais que de ses filles. Je sais que Tristan a énormément souffert de cette situation. Même sur son lit de mort, Carl a refusé de lui offrir l'affection qu'il était en droit d'attendre.

Amanda se resservit du thé et cette maîtrise d'elle-même m'épata.

— Regrettez-vous votre choix? ne pus-je m'empêcher de demander abruptement.

La tasse de porcelaine heurta la soucoupe, ce qui fit sursauter Marylou.

— Non. Pas une seule seconde. En voyant comment Carl s'est comporté avec Tristan, je me dis qu'il vaut mieux pour toi que tu aies échappé à tout cela. Il t'aurait rendu la vie infernale.

Elle avait raison. Mais malgré le pardon que j'avais accordé à mon père après sa mort, je cédai à la rancune. Celle de Caleb. Il avait tellement plus à pardonner! Il m'apparut que ma mère prenait la chose un peu trop calmement et je devais le lui faire savoir.

— Laisse-moi te parler un peu de ma vie, rétorquai-je donc, en la tutoyant abruptement. Tu pourras ainsi constater si j'ai gagné ou perdu au change. Mon père adoptif nous a abandonnés, Élisabeth et moi, à la naissance de ma jeune sœur. Mon meilleur ami est mort après s'être fait renverser en vélo et ma mère est décédée à son tour, alors que je venais d'avoir seize ans. J'ai tenté de me suicider et je suis devenu alcoolique à force de noyer mon mal-être dans la bière. Et pour finir, j'apprends à l'âge de vingt-sept ans que j'ai été adopté, ce que l'on m'avait caché. Et lorsqu'enfin je rencontre ma mère biologique, c'est pour l'entendre raconter que mon père m'a volontairement rejeté. Ça fait beaucoup de choses à digérer, tu ne trouves pas? Ma vie est-elle aussi sensationnelle que ce que tu croyais?

— Caleb, calme-toi.

J'entendis à peine Marylou. Pétrifiée, Amanda ne bougeait plus.

— Je ne suis pas une sainte, Caleb. J'ai fait ce qui me semblait le mieux. Non, en réalité, j'ai fait la seule chose que je pouvais faire. Je suis… désolée que ta vie ait été si… difficile. Tu dois me croire lorsque je dis que ce n'est pas ce que je souhaitais pour toi. Une mère ne veut que le meilleur pour son enfant.

Je me levai et saisit la main de Marylou.

— Il est temps pour nous d'y aller.

Ma mère se leva aussi et nous accompagna en silence jusqu'à la porte d'entrée. Avant de nous laisser partir, elle me demanda :

— Pourquoi es-tu venu aujourd'hui, Caleb? Que puis-je attendre de cette visite?

— L'avenir nous le dira, répondis-je, laconique.

— Ai-je une place dans ton avenir? osa-t-elle demander.

— Probablement. Sinon je ne serais pas ici.

C'était tout ce que je pouvais promettre. J'espérais que c'était ce que Caleb aurait répondu. Comme elle paraissait attendre autre chose, je spécifiai.

— Je te rappellerai. Dans quelque temps.

Un sourire timide se dessina sur ses lèvres toujours aussi pâles. Puis son regard fixa Marylou.

— C'est bien, en fin de compte, ajouta-t-elle à son intention.

— Quoi donc? interrogea Marylou, sur le qui-vive.

— Que vous l'ayez trouvé avant moi.

Pour la première fois, nous nous sourîmes tous.

— Tu l'ignores sans doute, Caleb, mais juste avant que je ne tombe enceinte de Tristan, ton père s'est mis à souffrir d'insuffisance cardiaque et a dû subir une intervention très grave. J'ai toujours pensé que son cœur l'abandonnait parce qu'il en avait trop manqué lors de ta naissance. Puis, une seconde chance lui a été offerte le 14 février 1985. Le jour même de la Saint-Valentin, il a eu une greffe cardiaque. Quelqu'un en ce monde lui a fait don de son propre cœur. Je me disais qu'il comprendrait le message. Après la naissance de Tristan, j'en ai été intimement persuadée. À tort, car très vite il a renouvelé ses erreurs. Pourtant moi, je t'ai toujours gardé dans mon cœur. Une mère n'oublie aucun de ses enfants. Qu'elle l'ait tenu dans ses bras toute une vie ou juste un instant.

Ses paroles auraient pu m'attendrir si Marylou ne s'était soudainement figée à mes côtés. Ses réactions commençaient à m'inquiéter et il devenait impératif que je la sorte de là. Je saluai Amanda d'un simple geste de la tête, et nous quittâmes la maison et tous ses souvenirs.

Lorsqu'une distance suffisante me sépara d'Amanda, je proposai à Marylou de me remplacer au volant, ce à quoi elle acquiesça sans rien dire. Comme je l'avais prévu, cette rencontre avait été particulièrement éprouvante. Je me calai contre le dossier du siège et fermai les yeux, épuisé.

— Tu en as d'autres, dissimulés dans tes poches? me demanda Marylou au bout d'un moment.

— Quoi donc?

— Des secrets de ce genre.

— Peut-être encore un ou deux.

— Tristan, comment as-tu pu me cacher une chose pareille! C'est… sidérant. Quand je pense que Caleb était ton frère… Et le plus fou dans cette histoire, c'est que ta pauvre mère, à l'heure actuelle, pense qu'elle a un fils mort et un autre vivant. Mais ce qu'elle ignore c'est que le vivant est en réalité celui qui est mort. Comment pourrons-nous garder la tête froide dans un tel imbroglio?

— Ça suffit, Lou. Tu parles trop!

Elle me jeta un rapide coup d'œil avant de s'apercevoir qu'un large sourire fendait mon visage.

— Avoue que je m'en suis plutôt bien tiré.

— Tu as été très dur, Tristan. La pauvre femme!

— Je pense que c'était nécessaire. Pour Caleb. Je le lui devais.

— Pff... Amanda a abandonné son nouveau-né. Aucune mère ne peut sortir indemne de cette épreuve. Elle avait déjà payé pour son erreur, pour autant que cela en soit une.

— Tu l'approuves? demandai-je, irrité.

— Non. Pas plus que je ne lui donne tort. Je la plains, sincèrement. Et ce n'est pas à toi de la juger. Je suis certaine que depuis ta naissance, elle n'a pas cessé de faire son propre procès. Et puis ce n'est pas toi qui es en cause, c'est Caleb. Essaie de t'en souvenir.

— J'essaierai.

— Crois-tu qu'elle en parlera à tes sœurs?

— Sans doute oui. Mais pas maintenant. La connaissant, elle attendra de voir si je reviens vers elle et quelle tournure prendront nos rapports. Ensuite, elle avisera.

— Est-ce que tes sœurs te manquent?

— Oui. Mais curieusement, moins que me manquerait Barbara si j'étais privé de sa présence.

— C'est vrai qu'elle est attachante. Exubérante, mais attachante. Et maintenant, quel est le programme?

— Rentrons à la maison. J'ai encore certaines choses à te montrer.

Comprenant à quoi je faisais allusion, elle appuya sur l'accélérateur. Nous roulâmes une demi-heure en silence, puis quelque chose revint agiter ma mémoire.

— Lou? Pourquoi ce malaise juste avant de partir, lorsqu'elle a évoqué la transplantation de mon père? Je croyais t'en avoir déjà parlé.

— Oui, tout comme je t'ai dit que mon père, lui aussi, avait eu une greffe cardiaque quelque temps avant ma naissance.

— Nous n'en sommes pas à une coïncidence près! décrétai-je.

— En réalité, ce n'est pas cela qui me gêne.

— Alors, c'est quoi?

— La date. La date me dérange.

Je réfléchis un instant avant de hausser les épaules.

— Mon père a été transplanté le jour de la Saint-Valentin. Je crois, en effet, que l'on pourrait prendre cela pour un présage. Dommage qu'il n'ait pas su le comprendre.

À ma grande surprise, Marylou freina brusquement et arrêta la voiture sur le bas-côté.

— Lou, qu'est-ce que tu as?

— Et si le présage ne s'adressait pas à lui?

— Français, Lou. Parle français, s'il te plaît.

— Tristan, sais-tu à quelle date mon père a été opéré?

Mon regard braqué sur elle s'intensifia alors que je n'osais répondre.

— Le 14 février 1985. Tu en penses quoi de cette coïncidence?

— Lou! Combien de mystères soulèveras-tu encore dans ma vie?

— Et toi, Tristan, combien de mystères soulèveras-tu encore dans la mienne?

Et nous reprîmes notre route.

Chapitre 30
« Une histoire de coeur »

Tristan

Apprendre à Barbara que j'avais été adopté par sa mère avait été aussi délicat que de lui raconter la mort de Caleb. La surprise passée, elle m'assura que ce nouveau statut ne changeait rien pour elle. Peu importait mon nom ou ma famille biologique, l'affection qui nous unissait dépassait les liens du sang. La liste de mes sources d'angoisse raccourcissait donc.

Un problème, cependant, était insoluble : Nataniel. Je l'avais rencontré à deux ou trois reprises chez Marylou. Chaque fois, il avait essayé de la convaincre de mon influence néfaste sur elle. Pendant l'une de ses visites, nous en étions presque venus aux mains et il avait alors reconnu très ouvertement sa haine à mon égard.

— Le plus simple aurait été de tout lui dire, avais-je soutenu.

— Non. N'oublie pas que dans ta vie d'avant, Nel nourrissait des sentiments très ambigus à ton égard, Tristan.

J'avais soupiré, attristé.

— L'autre jour, ton frère a mentionné un prix que j'aurais forcément à payer pour avoir eu droit à cette deuxième chance. Devoir renoncer à cette amitié qui m'était si chère, ce serait ça, le prix ?

— Je pense que ça en fait partie, oui.

Par la suite, nous n'avions plus jamais reparlé de Nel et celui-ci avait fini par disparaître de notre vie. Cependant, sans insister sur le sujet, Marylou se reprochait parfois de l'avoir abandonné.

Après notre retour de chez ma mère, je réussis à convaincre Marylou de m'accompagner pour faire une autre visite importante sur laquelle, toutefois, je ne lui donnai aucun détail. Après avoir roulé une centaine de kilomètres, nous nous arrêtâmes devant une vieille maison de style canadien plantée au milieu d'un terrain mal entretenu. Même la neige ne dissimulait pas la ferraille éparpillée ici et là.

Alors que j'allais cogner contre la porte de bois écaillé, Marylou me retint par le coude.

— Je n'accepterai d'entrer que si tu me jures que c'est la dernière fois.

Du revers de la main, je lui caressai la joue, amusé.

— Oui, je le jure sur ta tête. C'est la dernière fois que je te traîne sur le pas d'une porte inconnue sans t'en donner la raison.

Elle soupira, grognonne, et enfouit ses deux mains dans les poches de son manteau en signe de protestation.

— J'en ai ras le bol des intrigues, Tristan. Je pense que j'ai atteint mon quota pour les trente prochaines années. Le samedi après-midi, je ne veux rien faire d'autre que l'amour avec toi.

Hilare, je jetai un rapide coup d'œil à ma montre.

— Il est 10 h 30. Si nous nous dépêchons, à midi nous serons de retour à la maison.

— Tu es certain de ne pas avoir fait d'autres promesses entre ta vie d'avant et celle de maintenant?

Cette fois, un rire tout à fait sincère agita mes épaules.

— Non. C'est la dernière. Allez, sois un peu coopérative. C'est toi qui as insisté pour m'accompagner.

— Menteur, tu m'as suppliée. Et puis zut! Je suis déjà obligée de me passer de toi cinq jours par semaine, pas question qu'on me vole aussi mes week-ends.

— Égoïste, la tançai-je gentiment.

— Atrabilaire, répliqua-t-elle, suave.

La porte s'ouvrit alors. Une femme d'une cinquantaine d'années apparut. En silence, elle nous dévisagea d'un air peu engageant.

— Qu'est-ce que vous voulez? finit-elle par nous demander.

— Euh, bonjour. Je me présente, Caleb, et voici Marylou. Excusez notre venue impromptue. On m'a informé que Laurence habitait ici et nous aimerions lui parler.

— Laurence? Que lui voulez-vous?

— Seulement discuter avec elle, lui répondis-je poliment. Je viens de la part de sa tante Annabelle.

À ce prénom, la femme se crispa davantage.

— Annabelle n'est pas la bienvenue ici. Allez-vous-en!

La porte allait se refermer, mais avec ma botte, je la bloquai.

— Madame, excusez-moi d'insister, mais elle m'a assuré que je pourrais aider Laurence. Alors s'il vous plaît…

La femme hésita, puis fit un pas sur le côté et agita sèchement la tête, une façon de nous inviter à entrer.

— La porte à droite. Mais c'est à vos risques et périls.

Et elle nous planta là, sans un mot de plus.

— Qu'est-ce qu'elle a voulu dire par « à vos risques et périls »? me demanda Marylou, inquiète.

— Aucune idée. On verra bien.

— Elle n'a pas la variole au moins…

Je m'esclaffai en l'attirant contre moi pour déposer un baiser derrière son oreille.

— Sois sage, murmurai-je avant de frapper sur le battant derrière lequel ne provenait pas le moindre son.

Une multitude de cliquetis se firent entendre et la porte s'entrouvrit sur une jeune femme, à peine plus âgée que nous. Ses cheveux emmêlés n'avaient pas dû être brossés depuis plusieurs jours. De larges cernes creusaient ses yeux voilés dont l'expression, curieusement, m'était familière.

— Qu'est-ce que vous voulez?

— Bonjour, commençai-je en lui adressant un sourire engageant. On nous a autorisés à venir vous parler quelques minutes. Nous venons à la demande d'Annabelle.

La jeune femme sourcilla en entendant le nom de sa tante et se pressa de refermer la porte et ses verrous derrière nous. Instinctivement, je me rapprochai de Marylou et j'enroulai un bras protecteur autour de sa taille.

Laurence nous invita à nous asseoir sur un canapé qui occupait l'angle du petit studio. Restée debout, elle ne cessait de jeter des coups d'œil affolés autour d'elle.

— Vous êtes bien Laurence? s'enquit Marylou, histoire de se rassurer.

Elle nous fit signe de nous rapprocher. Après une brève hésitation, nous obéîmes, jusqu'à nous retrouver à moins d'un mètre d'elle.

— Oui, c'est moi, chuchota-t-elle. Enfin, je crois.

— Vous croyez? Qu'est-ce que…

— Chut! m'interrompit-elle aussitôt. Si vous parlez trop fort, ils vont entendre et revenir!

En entrant dans cette maison, je ne m'étais pas attendu à devoir discuter avec une cinglée.

— Qui va revenir?

— Les visages!

Elle avait gémi ces deux petits mots avant de s'asseoir sur le sol, les bras autour de ses jambes repliées, et de se balancer d'avant en arrière, le regard vague.

— Je crois que nous ne sommes pas du bon côté des verrous, murmura Marylou à mon oreille.

Je levai une main pour la faire taire, alors que je me concentrais sur l'être pétrifié devant nous. Je tentai de me rappeler la conversation que j'avais eue avec Annabelle, afin d'y trouver un indice sur ce que je devais faire. Je décidai de m'accroupir à ses côtés.

— Laurence, votre tante croit que je peux vous aider.

— Personne ne peut m'aider. Personne. Et c'est aussi de votre faute!

Elle s'était soudainement mise à crier, pointant Marylou d'un doigt accusateur.

— Comment est-ce que…

— Là! hurla-t-elle, en déplaçant légèrement son doigt sur la gauche de Marylou.

Aussi affolés l'un que l'autre, nous regardâmes dans la direction indiquée. Rien. Du moins, rien que nos yeux puissent percevoir.

— Qu'est-ce qu'il y a, là? insistai-je.

— Des visages. Toujours des visages!

— Mais quels visages?

— Ils me rendent folle. C'est de sa faute!

À nouveau, elle accusait Marylou. Je tendis doucement une main vers Laurence, mais elle s'esquiva. Je repris alors mon interrogatoire.

— Pourquoi dites-vous que c'est la faute de Marylou?

— Annabelle m'avait promis que ce n'était pas dangereux! Elle m'a trompée! Tout comme elle! Il y en a un qui n'arrête pas de prononcer son nom…

Elle plaqua ses deux mains contre ses oreilles. Je me rappelai alors où je l'avais déjà vue. Le jour du déménagement de Marylou, Laurence était venue lui apporter une plante. Je devais en avoir le cœur net.

— Laurence, avez-vous déjà habité dans le même immeuble que

Marylou? Lui avez-vous apporté une fougère pour lui souhaiter la bienvenue?

Elle acquiesça.

— Jamais, je n'aurais dû la rencontrer! C'est une mauvaise femme! Avant, je les entendais, mais je ne les voyais pas! Mais ce visage-là, il est différent. Dès le premier instant où je l'ai vu, j'ai su qu'il était dangereux. Et les autres ont suivi, les femmes, les enfants, les vieux, les jeunes…

Ma respiration s'accéléra.

— Laurence, votre tante semble croire que je peux vous aider. Savez-vous comment?

Sans me répondre, Laurence se releva. Elle se mit à longer le mur, comme si elle cherchait à s'y fondre. Ses yeux fous dévisageaient Marylou.

— Il s'approche de vous! Il n'arrête pas de tourner autour de vous!

En moins d'une seconde je fus près de Marylou, l'attirant contre moi. Un étrange malaise avoisinant la peur fit tressauter mes muscles. Entre mes bras, Marylou tremblait. Mais déjà Laurence reprenait.

— Personne ne peut m'aider. Beaucoup ont essayé, mais personne n'a réussi. Ils reviennent toujours. Ils s'obstinent. Je ne veux plus les voir, je ne veux plus les entendre! Annabelle aussi voulait m'aider. Elle voulait que je puisse parler à ma famille, mais ce sont eux qui sont venus. Pas ma mère, pas mon père. Juste les visages.

— Depuis quand sont-ils là?

— Des années. Moi, je voulais juste savoir si mes parents m'aimaient encore. Je n'aurais jamais dû faire ce que j'ai fait. Ça a tout déclenché.

Elle se mit à secouer frénétiquement la tête.

— Il ne faut pas jouer avec les esprits. C'est trop dangereux!

— Laurence, ce sont vos parents qui sont morts?

Je vis sa main se refermer sur un médaillon qu'elle portait autour du cou. Elle nous scruta attentivement, Marylou et moi, avant de retirer le collier qu'elle me tendit et m'incita à ouvrir. Prenant soin de ne pas frôler ses doigts, je m'emparai de l'objet et soulevai le couvercle ciselé pour découvrir une petite photo sur laquelle figurait une famille composée des parents et de deux fillettes. Je reconnus la plus vieille, c'était Laurence, alors que l'autre ne devait pas avoir plus de deux ans.

— Ce sont eux, mes parents et ma jeune sœur. Morts. Tous pourris. Décomposés. Ils m'ont laissée seule.

— De quoi sont-ils morts? interrogea doucement Marylou.

— Un éboulement les a écrasés pendant une randonnée. Comme j'étais malade, j'étais restée avec ma tante Annabelle qui leur avait pourtant demandé de ne pas partir. Elle avait eu un mauvais pressentiment. Annabelle est une sorcière. Tout le monde le dit. C'est à cause d'elle qu'ils sont morts. Parce qu'elle l'a prédit.

— Seigneur…, murmura Marylou. Je suis désolée…

— Il ne faut pas en parler. Il faut laisser les morts avec les morts et les vivants avec les vivants. Sans cela, il arrive des choses.

— Que voulez-vous dire? demandai-je, à nouveau intrigué.

— Mes parents avaient fait don de leurs organes.

— Tous les deux?

— Oui. Après l'accident, leurs cœurs ont été prélevés. Et aussi celui de ma jeune sœur.

— C'est un geste très honorable et très grand, commenta Marylou, songeuse.

— Non, c'est mal. C'est depuis ce jour qu'ils me hantent. Il faut laisser les morts avec les morts et les vivants avec les vivants, répéta-t-elle, très pâle. C'est un signe. C'est une punition. Mais, moi, je n'y suis pour rien!

Ébranlé, je commençai à croire que le cas de Laurence relevait davantage de la psychiatrie que de mon propre ressort. J'en voulus à Annabelle de m'avoir imposé cette situation.

— Vos parents ont sauvé des vies, tentai-je maladroitement. Il ne faut pas regretter leur choix.

— Des vies? Non. Ils ont permis que les visages me hantent.

Puis, changeant soudainement de ton, braquant à nouveau son regard sur Marylou, elle murmura :

— Oh! il ne vous quitte pas du regard… il ne devrait pas s'approcher de vous…

— Qui? Qui s'approche d'elle?

— Un visage. Celui d'un homme. Son regard est… étrange. Méchant. Trop méchant.

Puis elle s'empressa de fermer les yeux avant de s'écrier :

— Allez-vous-en! Depuis ce maudit jour où je suis entrée dans votre appartement, ils ont tous compris que je pouvais les voir et ils me hantent sans arrêt! Je n'arrive plus à vivre seule ni à sortir dans la rue! Partez! Emmenez-les tous!

— Laurence, à part cet homme qui vous fait peur, les autres, est-ce qu'ils sont méchants avec vous?

Cette simple question sembla déstabiliser la jeune femme qui se mit à me dévisager étrangement. Sa réponse me laissa perplexe.

— Ils me volent mon sommeil. Trop de messages, trop de secrets! Je ne peux pas tout entendre!

— Oui, ils vous parlent sans arrêt. Mais sont-ils méchants?

— Je... je ne sais pas.

— Vous font-ils du mal?

— Ils m'empêchent de dormir, insista-t-elle, comme si c'était là le problème primordial de son existence.

— Et votre tante, que dit-elle de tout cela? Elle est un peu comme vous, Laurence. Elle pourrait vous aider.

— Je ne peux pas voir ma tante. Depuis qu'elle a prédit l'accident, on me l'interdit. Elle est trop dangereuse.

Je commençais à entrevoir une partie du problème.

— Et si j'étais en mesure de vous rassurer sur ce point? avançai-je doucement.

Laurence m'arracha le collier des mains, referma le médaillon et fit passer la chaîne par-dessus sa tête.

— Personne ne peut m'aider.

— Moi, je peux. J'en ai été un.

— Un quoi?

Avant de répondre, je quêtai l'accord de Marylou.

— Un visage. Une voix. Il y a quelque temps, j'ai été renversé par une voiture et je suis mort.

Je me demandai dans quelle mesure un esprit aussi perturbé que celui de Laurence pouvait assimiler ce que je venais de dire. Or, elle se calma aussitôt. Je m'appliquai donc à lui raconter les moindres épisodes de mon histoire. Le regard de Laurence cessa de voltiger d'un coin à l'autre de la pièce pour se fixer sur moi.

J'essayai de garder une certaine distance pour évoquer les plus merveilleux moments de ma vie auxquels s'entremêlaient les plus sombres. Mais comment pouvais-je rester insensible aux réactions très fortes de Marylou? Le fil entre nous était plus solide que jamais. La fusion de nos émotions était totale. La souffrance de Marylou prenait ainsi le pas sur tout le reste.

Je m'obligeai à être concis. Lorsque je me tus, un silence d'une étrange intensité envahit la pièce. Impossible de lire quoi que ce soit sur le visage de Laurence.

— Vous étiez comme eux? Un visage? Alors vous ne me croyez pas folle?

— Non. Comme beaucoup de personnes en ce monde, je pense que vous avez un don et que vous devez l'apprivoiser et vous en servir. Vous pourriez aider beaucoup de gens.

— Vous voulez que je leur parle, c'est ça?

— Oui, mais il faut surtout que vous les écoutiez. Tous ces visages ont sans doute des messages à transmettre et vous pourriez être celle qui leur permette de le faire.

— Et je pourrai dormir en paix?

Les ombres foncées sous ses yeux expliquaient pourquoi ses insomnies l'obsédaient.

— Je crois en effet que vous pourrez de nouveau dormir. Fixez-leur des limites et les moments précis durant lesquels vous serez disposée à les écouter. Dites-leur que vous ne délivrerez leurs messages qu'à la condition expresse qu'ils respectent vos besoins de sommeil et d'intimité. Je crois que ça peut marcher.

Un sourire presque béat passa sur les lèvres desséchées de Laurence. Elle nous regarda à tour de rôle d'une manière presque contrite.

— Ma dernière vraie nuit de sommeil remonte à mes six ans. Ça donne presque envie de mourir. Pour enfin dormir et ne plus se réveiller.

Lorsque nous la quittâmes, quelques instants plus tard, Laurence semblait plus calme. Si son regard avait repris sa course égarée autour de la pièce, il semblait moins craintif.

— Laurence, avant que nous ne partions, j'aimerais savoir une chose. À quelle date sont morts vos parents?

Un sourire triste apparut sur ses lèvres avant qu'elle ne me regarde, résignée.

— Le 14 février 1985, me répondit-elle, sur le ton d'une enfant qui récite sa leçon. Drôle de date pour mourir, non?

Marylou étouffa alors de justesse un cri.

— Tristan, bredouilla-t-elle ensuite.

— Je sais. Ne dis rien. Nous en reparlerons plus tard.

Au moment de sortir de la pièce, je réalisais que j'avais pratiquement évité de respirer dans cet espace confiné. Laurence agrippa alors soudain Marylou par le bras.

— Il vous en veut. Je l'ai su dès le premier instant. Méfiez-vous! s'écria-t-elle, les yeux hagards.

Marylou se dégagea d'un mouvement brusque et je l'entraînai hors de la maison.

— Bon Dieu! s'écria-t-elle une fois dans la voiture, en frappant le tableau de bord à plusieurs reprises de la paume de ses mains.

Comme elle ne se décidait pas à le faire elle-même, je m'occupai de boucler sa ceinture.

— Bon Dieu! répéta-t-elle.

— Marylou, tu devras aller te confesser!

Mon ton moqueur cachait en fait une immense inquiétude que les dernières paroles de Laurence avaient créée en moi.

— Je crois comprendre.

Ses mains étaient glacées. Je les pris entre les miennes pour les réchauffer.

— Qui est-ce? Le visage dont elle parle, celui près de moi?

— Lou, un jour tu m'as accusé de te suivre dans la salle de bain. Tu t'en souviens?

Bien sûr qu'elle s'en souvenait.

— Ce n'était pas toi?

— Non, ce n'était pas moi. Je t'avais promis de ne pas le faire. François, lui, l'a fait.

L'évocation de mon premier amour, l'homme responsable de la mort de Tristan, me donna froid dans le dos. Les souvenirs de sa tentative de meurtre à mon égard et de son suicide étaient encore bien présents dans ma mémoire.

— Il a tenté à quelques reprises de revenir vers toi, mais ma présence à tes côtés l'en empêchait.

— Sauf dans la salle de bain.

— Dès que je l'ai su, j'ai rompu ma promesse et je ne t'ai plus quittée. Jusqu'à ce jour à l'hôpital…

— Donc, c'est François? C'est lui que Laurence a vu?

— Je ne vois pas ce qu'elle voit. Et si c'est le cas, mon père le maîtrise. Il ne te fera rien.

— Oh, Seigneur! gémit-elle.

— Marylou…, tentai-je, d'une voix rassurante.

Prise de panique, elle ne parut pas m'entendre. Je saisis brutalement ses poignets et la forçai à me regarder.

— Personne ne te fera de mal. Je viens de te le dire, mon père veille au grain.

— Comment le sais-tu?

— Parce que c'était écrit dans la lettre.

— La lettre?

Ses yeux retrouvèrent un semblant d'intérêt.

— Celle que tu m'as remise de la part d'Annabelle. Plusieurs choses dont je ne me souvenais pas y sont inscrites. Lorsque j'ai pris la décision de tenter ma chance pour revenir dans ce monde, mon père m'a promis de veiller sur toi. Quoi qu'il arrive. Aucune menace venant de l'au-delà ne peut t'atteindre.

— François ne peut sans doute pas me toucher, mais m'observer, m'espionner, oui, et c'est tout aussi agressant.

— Lou, des milliers d'entités évoluent autour de nous sans qu'on le sache. Lui ou un autre… Je suis là. Je te protègerai. Tu as confiance en moi, n'est-ce pas?

Elle déglutit avec difficulté. Cette petite phrase nous avait tellement porté malheur dans le passé… Je la serrai contre moi mais la relâchai presque aussitôt car mon téléphone cellulaire se mit à vibrer. Je décrochai et écoutai attentivement les paroles saccadées de mon interlocuteur.

— À quel hôpital? m'enquis-je au bout d'un moment. J'arrive tout de suite.

— Que se passe-t-il? me demanda Marylou.

— Un carambolage. Sur l'autoroute Duvalon.

— C'est grave?

— Oui. Mon collègue Ted fait partie des blessés.

— Oh! Tristan… je suis désolée.

— Je te dépose à la maison et je file à l'hôpital.

Elle acquiesça et reprit ses questions.

— Tristan, tu le savais, n'est-ce pas?

— De quoi parles-tu?

— Que les parents de Laurence sont les donneurs. Ce sont forcément eux! Tu le savais?

— Je m'en suis douté lorsqu'elle a évoqué l'accident et ses conséquences.

— Est-ce que tu crois que…

— Je ne crois rien du tout, l'interrompis-je, peu désireux d'aborder ce sujet.

— Et si c'était le commencement de tout? poursuivit-elle.

Je savais parfaitement ce qu'elle allait dire pour l'avoir moi-même envisagé.

— Tristan, si c'était de là que provenait notre attirance mutuelle, cette attraction démesurée qui nous pousse l'un vers l'autre en dépit de tout le reste…

En jetant sur elle un regard exaspéré, je notai cette façon dont sa poitrine se soulevait un peu trop rapidement. Entre cet homme qui tournait autour d'elle, mon collègue à l'hôpital et ces nouvelles révélations sur nos parents, je n'en pouvais plus.

— Ça ne te fait rien? s'emporta-t-elle, outrée par ma réaction qu'elle ne devait pas juger à la hauteur de la sienne.

— Marylou, repris-je tranquillement, il m'a été offert d'être aujourd'hui près de toi, de t'aimer et te désirer comme un dingue. Je me fous de savoir à qui je le dois ou pourquoi c'est arrivé. Je suis heureux, comblé et ça me suffit. Point final.

— Je ne peux pas croire que…

Deux de mes doigts vinrent recouvrir ses lèvres pour la faire taire.

— Chut!

— Mais…

— Marylou, il t'arrive d'être une femme épuisante.

— Tristan, une dernière question, s'il te plaît.

— Hum?

— Tu crois qu'ils s'aiment à travers nous?

— Qui?

— Les parents de Laurence.

— Je crois surtout que rien ne se perd dans l'univers, contrairement à ce que j'ai longtemps cru. Et je trouve cela rassurant. Toi, qu'en penses-tu?

— Je ne sais trop.

— Allez, sois tranquille. Tout ira bien maintenant.

Elle leva brusquement sa main, et cette fois ce fut moi qui fus réduit au silence.

— Pas de promesse, s'il te plaît. Je n'y survivrais sans doute pas.

Elle me sourit et ferma les yeux. Je me concentrai donc sur la route. Mais mon esprit était prisonnier des quelques mots que ma compagne semblait avoir oublié : « Il vous en veut »…

Chapitre 31
« Rencontre »

Tristan

À peine entré à l'hôpital, le cœur me leva. J'avais ce bâtiment en horreur. Ses couleurs pastel, ses odeurs médicamentées, les chuchotements qui remplissaient les couloirs et les gémissements qui provenaient des chambres m'étaient insupportables. C'est donc d'un pas rapide que je me rendis au chevet de Ted. Occupé à chercher le bout de papier sur lequel j'avais griffonné le numéro de sa chambre, je heurtai l'épaule d'un malade que je croisais. Confus, je m'excusai, regardant le contenu de mon portefeuille se déverser à mes pieds sur le sol. J'entendis l'homme bredouiller un bref « y a pas de mal » avant qu'il ne se penche pour m'aider à récupérer cartes et photographies. Il me les tendit d'une main tremblante, le visage falot.

— Tout va bien? m'enquis-je en me redressant.

L'homme portait une jaquette d'hôpital et une perfusion pendait près de lui.

— Euh, oui. Merci. Mais vous feriez mieux de regarder devant vous. Y a pas mal de trafic ici, plaisanta-t-il, les traits pourtant sérieux.

— Raphaël? Vous n'avez rien?

Une infirmière s'approchait de nous, le pas alerte. Alors que l'homme la rassurait, je la fixais, stupéfait. Jamais je n'aurais pensé me retrouver face à face avec cette femme.

— Mais c'est vous! m'exclamai-je, le visage fendu d'un large sourire.

— Excusez-moi, mais je ne crois pas…

— Je suis Tristan, Annabelle.

Mon prénom fit son effet. Le visage de l'infirmière pâlit sous l'effet de la surprise.

— Tristan? Oh, je…! C'est…!

— Annabelle, vous allez bien?

C'était au tour du patient de s'inquiéter. Annabelle sourit en lui tapotant gentiment l'épaule.

— Oui, Raphaël, merci. Voyez-vous, Tristan est un malade que j'ai soigné il y a quelques années. Il était très mal en point. Le revoir est un choc! Mais vous devriez regagner votre chambre, maintenant.

Ainsi congédié, Raphaël n'eut d'autre choix que d'obtempérer. Je le regardai s'éloigner lentement, économe de ses mouvements. Mais Annabelle, dont la voix avait retrouvé son aplomb, reprenait à voix basse :

— Je me suis si souvent demandé comment vous alliez... C'est fabuleux!

— Comme vous le voyez, je vais bien. Et je n'oublie pas que c'est en partie grâce à vous.

— Vous avez donc retrouvé Marylou?

— Oui! Et j'ai aussi respecté la promesse que je vous avais faite.

Brièvement, je lui relatai ma visite à sa nièce et elle m'en remercia chaleureusement. Elle nota quelques numéros sur un papier qu'elle me tendit.

— N'hésitez pas à faire appel à moi pour quoi que ce soit, Tristan. Ma porte vous sera toujours ouverte.

— Euh, justement, si vous avez encore quelques minutes, j'aimerais vous entretenir d'un fait étrange. Alors que nous étions avec Laurence, elle a prétendu voir un homme tourner autour de Marylou. J'aimerais savoir ce que vous en pensez.

— Un homme mort?

J'acquiesçai.

— Vous savez qui c'est?

— Je crois que oui. Mais je sais de source sûre qu'il est maîtrisé et qu'il ne peut pas lui faire du mal.

— Maîtrisé, dites-vous?

— Oui.

— Alors écoutez-moi bien. Si cet homme est aussi près d'elle que Laurence l'a prétendu, vous devriez faire le deuil de votre ancienne vie au plus vite. Oubliez votre nom, oubliez celui que vous étiez. Prenez l'identité de Caleb à part entière. Ne négligez rien.

— Mais pourquoi?

— Ouvrez grand vos oreilles. Avant vous, jamais je n'avais été témoin d'un miracle. Mais si le miracle s'est produit une fois, il peut tout à fait se reproduire une deuxième fois, même si ce doit être à de mauvaises fins.

Annabelle vérifia que personne ne nous écoutait et insista :

— Vous comprenez ce que je viens de dire?

— Oui. Malheureusement, oui.

— C'est le seul conseil que je puisse vous donner. Attention, je ne dis pas que c'est ce qui arrivera. Mais si cet homme est aussi mal intentionné que vous le dites, ne négligez rien. Faites-le pour vous et pour Marylou.

Elle posa sa main douce sur la mienne et m'adressa un sourire rempli d'affection.

— Merci, chuchotai-je, en serrant précieusement le bout de papier qu'elle venait de me donner.

— Je dois y aller, mes patients m'attendent. C'est merveilleux de vous avoir revu…

— Caleb, terminai-je sa phrase pour elle. Appelez-moi Caleb. Comme vous voyez, j'applique déjà vos conseils.

Lorsqu'elle se fut éloignée, je sortis mon portefeuille afin d'y ranger les précieuses coordonnées. Je cherchai la photo de Marylou que je traînais toujours sur moi, mais en vain. Je regardai par terre. Rien. Déçu, je me remis en quête de la chambre de Ted.

Marylou

L'angoisse causée par les paroles de Laurence s'accrut lorsque je me retrouvai seule dans mon appartement. Pourtant, il fallait que je sache si elle avait raison. Quelqu'un m'observait-il vraiment? Assise sur mon lit, les mains croisées sur les genoux, les yeux fermés, je me concentrai, à l'affût de la moindre sensation. Mais après dix minutes de méditation, rien ne se révéla à moi, sinon l'absence de Tristan. Puis, mon regard se posa sur la porte fermée de la salle de bain. Avant même que je ne l'ouvre, mon corps était en état d'alerte.

La pièce, faiblement éclairée par le soleil couchant, semblait m'attendre, invitante. Je me plaçai face au miroir, la poitrine soulevée par le rythme rapide de ma respiration. Mes doigts tremblants déboutonnèrent mon chemisier, puis dégrafèrent le haut de mon pantalon. Une fois entièrement nue, je fermai à nouveau les yeux, certaine que je percevrais enfin la présence qui tournait autour de moi et violait mon intimité. Mais le temps passa sans que je ressente quoi que ce soit. Surprise, je m'allongeai à même le sol, dans une position légèrement provocante. S'il fallait appâter le loup, autant que la brebis soit tentante. Mais rien ne se produisit.

Selon Tristan, des dizaines d'entités partageaient, à notre insu, constamment notre espace. Avait-il raison? Laurence s'était-elle trompée? Peut-être avait-elle tout inventé. J'attendis encore quelques instants. Toujours rien. Il n'y avait personne.

Un frisson courut le long de ma peau lorsqu'un courant d'air frais frôla le sol. Presque aussitôt, la voix étonnée de Tristan retentit.

— Peut-on savoir ce que tu fais?

Je tournai la tête vers la porte, honteuse de m'être fait surprendre. Convaincue qu'il n'apprécierait pas ma réponse, je lui adressai un regard suggestif avant d'entrouvrir un peu plus les jambes.

— Je t'attendais, bien sûr.

Et comme je l'espérais, les questions s'arrêtèrent là.

Chapitre 32
« Agression »

Tristan

À la fin de mon service de nuit, je retardai mon retour à la maison. Le soleil de ce mois de mai exultait et il était hors de question que j'aille me coucher. Les cours que Marylou donnait à l'université ne se terminaient qu'en début de soirée. J'avais donc de longues heures à tuer avant qu'elle ne rentre.

J'en profitai pour aller déjeuner sur la terrasse d'un petit restaurant. Une heure plus tard, un café aromatisé à la main, je pénétrai dans l'appartement de Marylou et refermai la porte derrière moi, sans prendre la peine de la verrouiller. La fatigue fut-elle responsable de cet oubli ou s'agit-il d'un plan soigneusement orchestré par le destin? Cette question resterait à jamais sans réponse. Par contre, ce qui s'ensuivit aurait des répercussions sur le reste de ma vie.

Je laissai mon café à moitié bu sur la longue table en pin, passai dans la chambre et m'y déshabillai après avoir posé mon arme de service sur la commode, comme à mon habitude.

Mes paupières luttaient difficilement contre le sommeil et je n'aspirais plus qu'à prendre une douche et retrouver la douceur des draps qui auraient gardé l'odeur de Marylou.

Le jet d'eau chaude délia mes muscles et eut un véritable effet thérapeutique. Je me séchai et me glissai sous les couvertures. Je m'endormis avant même d'avoir pu fantasmer sur les formes douces qui se trouvaient généralement à mes côtés.

Je dormais depuis plusieurs heures déjà lorsque je me redressai en sursautant. Les yeux encore lourds de sommeil, je compris que quelque chose de suspect avait réveillé mon instinct de survie. Tout était pourtant silencieux autour de moi, mais je remarquai immédiatement une chose qui me glaça le sang : mon arme n'était plus sur la commode.

Machinalement, je jetai un coup d'œil au réveille-matin. Les chiffres rougeoyants marquaient 17 h 30. Un soulagement indicible me submergea en constatant que Marylou ne devait pas encore être rentrée. Dans l'immédiat, elle ne courait donc aucun risque. Je me forçai à ne pas imaginer ce qu'il adviendrait s'il devait encore une fois m'arriver quelque chose.

Un bruit sourd provenant du salon propulsa une dose d'adrénaline dans mes veines. Des pas feutrés venaient dans ma direction, et je m'empressai de me lever, cherchant un téléphone ou du moins un objet pour me défendre. Mais à ma demande, notre chambre était très dépouillée, et le seul objet à ma disposition, à part les meubles en bois massif, était le réveille-matin. Je n'avais donc pour seules armes que ma volonté et mes poings.

Je compris vite que mes poings ne seraient pas d'une grande utilité lorsque la porte s'ouvrit et qu'apparut dans l'encadrement un homme masqué braquant mon arme sur moi. Par expérience, je savais que la dernière chose à faire dans ce genre de situation était de se précipiter. Tout geste irréfléchi accentuait inévitablement la tension de l'agresseur et augmentait les risques que les choses se terminent mal.

— On a fini son petit dodo? me demanda l'inconnu, narquois.

Je ne répondis pas, concentrant mon attention sur l'homme qui me faisait face. Sa voix ne me disait rien, sa stature non plus. Une cagoule lui recouvrait le visage.

— Bien. On va discuter un peu.

D'un geste mesuré, je pointai mon jean posé sur une chaise capitonnée près de la fenêtre.

— Je peux? demandai-je, sans le quitter des yeux.

— Fais donc! me répondit-il d'un ton sarcastique.

Mon agresseur transpirait l'assurance et la confiance. C'était mauvais pour moi. Je n'affrontais pas un jeune imbécile à la recherche de médicaments bons à revendre ou d'un coffre à bijoux bien garni. Non, celui-là savait ce qu'il faisait. Une fois mon pantalon enfilé, je me redressai, les bras croisés sur mon torse nu. J'étais légèrement plus grand que lui, ce qui me redonna un brin d'audace.

— Est-ce qu'on se connaît?

— Nous? Toi, tu n'as pas cette chance. Moi, en revanche… beaucoup trop entendu parler de toi. Beaucoup trop perdu à cause de toi.

— Et pourrais-je savoir ce qui me vaut l'honneur de… cette rencontre? demandai-je d'une voix irritée.

Nouveau ricanement.

— Bien sûr. Je suis ici pour terminer un travail. Pour reprendre ce qu'on m'a pris.

Cette fois, j'étais bluffé. Mentalement, je fis le tour de l'appartement, à la recherche d'un objet qui puisse avoir une valeur suffisante pour inciter quelqu'un à s'introduire ici par infraction et à me tenir en joue. Marylou ne possédait rien de ce genre, à part quelques vieux dictionnaires qui, par leur rareté, auraient pu constituer un certain intérêt pour un collectionneur. Mais l'homme qui me toisait avec un mépris évident n'en était pas un. Devant mon air intrigué, il ajouta :

— Je pourrais te laisser mijoter encore un long moment, mais le jeu deviendrait lassant. Je suis un passionné de films d'action et je déteste les longueurs. Alors laisse-moi t'expliquer. Tu as détruit la vie de pas mal de monde, Caleb, et je suis ici pour exiger réparation.

— Réparation de quoi?

Mon agresseur me donna d'abord une date qui m'ébranla intérieurement.

— Et puis, dans une banque, un homme est mort à cause de toi! ajouta-t-il

— Caleb?

Le nom avait surgi de ma bouche sans que je ne puisse le retenir. Je pinçai aussitôt les lèvres.

— Ne me prends pas pour un cave. Si seulement tu étais resté sagement sur ton lit d'hôpital pour y crever, je n'aurais pas eu à faire ce sale boulot.

— Qui est mort à cause de moi? demandai-je d'une voix que j'espérais ferme et assurée.

— Ne fais pas l'idiot.

L'homme avait parlé entre ses dents. Sans que je le voie venir, il leva son arme et m'en asséna un coup sur le crâne. Je tombai à genoux sur le sol, à moitié sonné. Certainement excité par mon état de faiblesse, il se mit à grogner de plus en plus fort, comme une bête.

— Il n'avait pas dix-huit ans! C'était pas un braqueur de banque. C'était juste un pauvre petit, désespéré et effrayé!

Il me frappa de nouveau, sur l'épaule cette fois-ci. Malgré la douleur, je commençais à comprendre. Je revis Caleb debout au milieu de la banque, ce fameux matin au cours duquel, en effet, la vie de trop de gens avait basculé. Je revis l'homme masqué qui tenait Marylou en joue, son peu d'assurance, sa panique.

— Tu as abattu mon frère de sang-froid, sans une seconde d'hésitation.

— En braquant cette banque, il a fait le mauvais choix!

— On n'a pas toujours le choix! Des revendeurs de drogue le menaçaient, il leur devait beaucoup d'argent. Nos parents n'avaient pas un sou, et moi, son frère, je ne voulais rien savoir de ses problèmes. Rien. Alors quel autre choix avait-il?

Il s'empara d'une chaise qu'il envoya voler contre un mur. Avant de se remettre à hurler.

— Tu l'as tué! Tu l'as tué au lieu de l'aider! Est-ce que ce n'est pas le rôle de la police d'aider les gens? En appuyant sur cette gâchette, tu n'as pas seulement tué mon frère, tu as aussi tué ma mère, tu as tué mon père et tu m'as tué, moi. Et lorsqu'on détruit autant de vies, ça se paye. Et aujourd'hui je suis là, à la demande de mon père. Pour que tu payes ce que tu nous dois.

Prudemment, je me relevai, essayant de mettre le plus de distance possible entre nous, mais la chambre n'était pas bien grande.

— OK, si c'est comme cela que tu comprends les choses, que proposes-tu?

— Pendant toutes ces années, à voir ma mère mourir de chagrin, j'ai longuement réfléchi au sort que je te réserverais. Sur son lit de mort, les dernières paroles de mon père ont été : fais-le payer. Et je suis là aujourd'hui pour ça.

Le regard de l'homme se fixa alors sur la photographie posée sur la table de nuit, de mon côté du lit. Cette fois, toute mon assurance s'envola.

— Marylou? laissai-je échapper malgré moi.

— Jolie fille. Un tantinet hystérique, mais très intéressante comme personnalité. Tu connais l'expression « œil pour œil, dent pour dent »?

Ce n'était pas le moment de flancher. Discrètement, mon regard enregistra l'heure qu'affichait le réveil, faisant mentalement le décompte du temps dont je disposais avant le retour de Marylou. Bien peu, à mon goût, d'autant que je n'étais pas dans la meilleure posture pour me défendre.

— Et tu lui veux quoi, exactement, à Marylou? poursuivis-je en abandonnant volontairement le vouvoiement. Pourquoi t'en prendre à elle alors que je suis là, désarmé, sans aucun moyen pour m'échapper? Ce serait simple, facile. Pourquoi ne pas en profiter?

— Justement. Trop simple, trop facile. Ta mort, c'est trop peu. Pas assez douloureux. Tu ne sembles pas avoir peur de mourir. Ce que je veux, c'est te voir souffrir.

L'homme, dont l'arme était toujours pointée dans ma direction, tourna autour de moi comme un gamin autour d'un kiosque de sucreries. Je le vis avec dégoût humer un soutien-gorge de Marylou qui traînait sur le dossier d'une chaise. Je décroisai les bras, mes poings soudain serrés comme deux pierres gelées.

— Quel parfum! s'exclama l'homme d'une manière si extatique que j'aurais pu lui fracasser la nuque s'il n'avait pas été armé. C'est une véritable bénédiction qu'elle soit entrée dans ta vie. Elle m'a offert la solution qui m'échappait.

— Lâche ça! ordonnai-je sèchement.

Un nouveau petit rire secoua les épaules de l'homme qui glissa l'objet dans l'une des poches de son blouson.

— Pour les longues nuits d'hiver, expliqua-t-il.

Je commençais à entrevoir les desseins de l'homme.

— Dommage pour toi, elle n'est pas ici.

— Oh, mais elle ne tardera pas. Je connais chacune de ses habitudes. Je peaufine mon plan depuis un bon moment. Lorsque tu as commencé à la fréquenter, ce fut comme un dessert au milieu du buffet. Je n'ai eu aucun mal à entrer chez elle. Je sais que tu as vu le petit message que j'ai laissé sur ses murs. Malheureusement, il ne devait pas être suffisamment clair, car il a été mal interprété.

Il avait vu juste. À l'époque, j'avais cru que Marylou en était la destinataire. Quel idiot!

— Mais là, je suis là. Et tu es là. Il ne manque que la belle. Ça ne te plait pas, hein?

L'homme se déplaça derrière moi et me frappa à nouveau la tête avec le révolver. Le sang gicla de l'entaille. Un autre coup me projeta avec violence contre le mur. Je me redressai péniblement, la vue troublée par le sang qui continuait de couler.

— Tu ne toucheras pas à un seul de ses cheveux.

Je me maudis mentalement d'avoir été si négligent. Comment un policier de ma trempe s'était-il retrouvé dans une pareille situation?

— Sors! hurla-t-il en m'indiquant la porte de la chambre.

J'hésitai l'espace d'une seconde, mais je n'avais pas le choix. Il semblait pris d'une violente frénésie. Il sortit un à un les tiroirs de la commode et les jeta violemment à terre. À reculons, prudemment, je quittai la chambre et m'arrêtai au milieu de salon, les mains en l'air, dans l'espoir qu'il se calme. Je revis alors Caleb au milieu de cette banque, et laissai la sérénité et l'assurance dont il avait alors fait preuve me pénétrer.

Très lentement, j'avançai vers l'homme cagoulé. En le fixant d'un regard dur, je martelai chaque syllabe de ma phrase.

— Moi vivant, tu ne la toucheras pas.

— Un pas de plus et je tire.

Je poursuivis ma progression et j'eus la satisfaction de voir l'arme se mettre à trembler.

— Tu t'arrêtes ou je tire! hurla-t-il.

— Vas-y! Tire! criai-je à mon tour. Tu as raison, je n'ai pas peur de mourir!

Des pas dans l'escalier et le bruit d'une conversation me firent comprendre que la pire de mes craintes était en train de se matérialiser.

— Œil pour œil..., reprit l'homme avant de modifier l'orientation de son arme.

Mon cœur, qui coursait comme un pur-sang, s'immobilisa subitement, suspendant ses battements pendant quelques secondes. Se produisirent alors trois choses qui allaient à nouveau changer le cours de mon existence. Et dont l'une me hantera jusqu'à la fin de cette vie.

Le bruit d'une clef dans la serrure me fit sursauter. L'arme de l'homme arrêta sa trajectoire et visa la porte au moment même où je m'entendis hurler : « Non! » Je me jetai sur le forcené, mais le coup partit avant que je ne puisse me saisir de l'arme. S'ensuivit un combat sans merci. J'étais dans un état second, le corps pollué par l'adrénaline qui stimulait ma rage et ma force. Mes poings s'abattirent sur le visage de l'homme. J'entendis le bruit des os qui se cassent et l'odeur de sa peur me submergea. Un coup dans l'estomac, de nouveau au visage, dans le bas du dos, impossible de m'arrêter. J'allais l'achever là, sur le sol, à mains nues. Mais un cri horrible réussit à se frayer un chemin au travers de mon cerveau embrumé par la fureur.

Une seule fois, j'avais entendu ce genre de cri. Je relâchai immédiatement le corps inerte de mon agresseur qui retomba mollement sur le sol et, du pied, je poussai l'arme hors de sa portée.

J'aperçus alors le trou laissé par la balle dans la porte de l'entrée. De mes doigts poisseux glissant sur le métal froid, je tournai la poignée et la tirai vers moi. C'est alors que je la vis, allongée dans une mare de sang, son regard vide et creux tourné vers moi...

Chapitre 33
« Le prix à payer »

Tristan

Depuis combien d'heures étais-je assis devant la fenêtre, le regard aussi sombre que l'était mon âme? J'aurais vidé sur le champ une caisse de bières si j'en avais eu la possibilité. Pourtant, il me fallait résister. Jamais, je le savais bien, l'alcool n'amoindrirait mon calvaire. La culpabilité qui me rongeait ne s'amenuiserait pas non plus. Et puis, je lui avais promis de ne plus boire une seule goutte, quelles que soient les circonstances. Cette promesse-là, je me savais capable de la tenir parce qu'elle dépendait de ma seule volonté. L'image de Marylou m'apparut alors, belle et pure. Marylou, qui méritait chacun de mes combats. Cette femme était ma lumière, mon oxygène et parfois aussi mes tourments. Elle était tout. Enfin, presque tout. Car sa présence à mes côtés ne m'avait pas empêché de plonger dans un immense vide après ma confrontation récente avec la mort.

Deux légers coups frappés contre la porte de la chambre me firent grogner. J'avais pourtant spécifié que je voulais être seul. Je devais rester en tête à tête avec mon chagrin et cette culpabilité qui me donnait d'horribles nausées. Je repassais indéfiniment le film de la scène qui s'était déroulée trois jours plus tôt et j'imaginais mille fins différentes. Si seulement j'avais pu modifier un seul de mes gestes...

Malgré mon silence, la porte s'entrouvrit. Joël vint s'asseoir à mes côtés et posa une main apaisante sur mon épaule.

— Je sais que tu voulais rester seul, commença-t-il à voix basse.

— Pourquoi es-tu là, alors? répliquai-je, cinglant.

— Parce que je te connais bien et que je peux t'aider. Exactement comme j'ai aidé Marylou.

Ce rappel du jour qui avait marqué la fin de ma première vie m'ébranla. Comment avait-elle pu continuer à vivre alors que, moi, je n'arrivais pas à affronter la mort de ma sœur?

— Elle s'inquiète pour toi, Tristan.

— Oui. J'en suis désolé, mais je ne sais pas comment faire autrement.

— Elle voudrait pouvoir t'aider. Elle se sent terriblement coupable.

J'en restai coi. Comment était-ce possible? S'il y avait un fautif dans l'histoire, c'était moi, pas elle.

— C'est stupide, décrétai-je en reportant mon attention vers la fenêtre.

— Pas tant que cela soutint Joël. C'est elle qui aurait dû mourir.

— C'est ridicule, insistai-je avec hargne. C'est moi le responsable. Pas elle.

— Tristan, certains silences sont plus dévastateurs qu'une armada de mots. Tu devrais parler de ce qui te ronge.

Comment oser dire que j'avais trahi ma promesse, ignoré l'unique demande que mon frère m'avait faite avant de m'offrir son corps? J'avais failli au bout de quelques mois à peine. Le regard aimant et le sourire enjoué de cette femme que j'aimais comme ma sœur m'obsédaient. Mais l'impardonnable, c'était ce soulagement très bref, d'une intensité inégalée, qui m'avait submergé en découvrant que le corps inerte sur le sol était celui de ma sœur et non celui de Marylou. Comment pourrais-je un jour avouer cette horreur à voix haute?

Comme s'il avait entendu chacune de mes pensées, Joël recouvrit mes mains des siennes.

— Tristan, ce qui est, personne ne peut le changer. Tout a une raison d'être.

— Vraiment? Un gamin de dix-sept ans a été tué dans une banque, Joe. Un enfant. C'est juste, ça? Où est-elle, la logique?

— Quiconque pénètre armé dans une banque, s'expose à ce genre de risque. Il a tiré sur Marylou! Ça ne fait plus de lui un simple adolescent de dix-sept ans, ça fait de lui un tueur. Caleb a agi selon sa conscience, selon ce qu'il estimait être juste.

— Je n'en suis pas certain.

— Tout comme il était écrit que Barbara devait terminer sa vie à ce moment précis. Tu n'y es pour rien, pas plus que Marylou ou Caleb. Et promesse ou pas, c'était son heure. Je me doute de ce que tu as dû vivre en la découvrant, de toutes les idées qui ont dû affluer dans ta tête et aussi du soulagement que tu as dû ressentir en voyant que c'était elle et pas ma sœur.

Cette fois, je pus soutenir son regard alors que des larmes de douleur, de colère et de honte inondaient mes yeux. Des larmes trop lourdes pour que je puisse les retenir.

— Tristan, plus que quiconque je sais ce que vous avez traversé, Marylou et toi, ce que vous avez dû affronter pour être ensemble aujourd'hui. C'est merveilleux mais ça a aussi son lot d'inconvénients. Sans elle, tu n'es rien et sans toi, elle n'est rien non plus. Ce n'est pas un choix, c'est un fait, une certitude. Alors ne te culpabilise pas parce que tu as été soulagé, l'espace d'une seconde, que ce soit l'une et pas l'autre. Ça ne signifie pas que tu n'aimais pas ta sœur et ça n'entache pas le chagrin que t'inspire sa mort. Ça veut simplement dire que l'une était ta sœur, alors que l'autre est ta vie.

J'acquiesçai faiblement, me remémorant un à un les événements qui avaient fait de notre couple ce qu'il était aujourd'hui.

— Oui, j'aimais Barbara. Sans doute plus que je n'aime mes quatre autres sœurs et ce, en dépit du peu de temps dont j'ai disposé pour la connaître. J'espère seulement que d'avoir eu ce privilège de l'approcher n'aura pas contribué à la tuer.

— Bien sûr que non, Tristan. Tu ne peux pas penser cela. Le Seigneur ne donne pas d'une main pour reprendre de l'autre.

— Ah non?

— Non. Si on pense que ça fonctionne ainsi, c'est parce que notre foi manque de profondeur et que nous refusons de ne pas pouvoir tout expliquer.

Si quelqu'un devait être en mesure de comprendre les propos de Joël, c'était bien moi. Mais j'en étais incapable.

— Tu as pourtant soutenu le contraire, Joe. Te souviens-tu de tes paroles, lorsque je suis revenu avec Marylou, après avoir retrouvé la pleine conscience de celui que j'étais?

— Honnêtement, non.

— Tu m'as dit que si on obtenait, comme moi, une deuxième chance pour vivre, il devait forcément y avoir un prix à payer.

— Ah, oui. Maintenant je me souviens. Mais je n'y croyais pas vraiment.

— À ton avis, est-ce que ma dette est acquittée?

La pression des mains de Joël s'intensifia.

— S'il est vrai que tu dois verser un dû pour avoir pu revenir près d'elle, alors je pense que tu es quitte maintenant. Et je trouve même que tu as payé très cher.

Oui, j'avais payé le prix fort. Mais c'était encore peu par rapport à ce que j'étais prêt à sacrifier pour conserver le droit de rester près de Marylou qui m'avait ancré en elle plus solidement que les fondations d'une église. Joël resta assis près de moi, respectant mon silence, priant.

Le soleil perdait de sa force lorsqu'il quitta la pièce et l'obscurité m'enveloppait lorsque Marylou osa prendre sa place. Elle recouvrit mes épaules d'une couverture légère et déposa un baiser sur ma nuque. Puis, après m'avoir chuchoté qu'elle m'aimait, elle alla s'allonger sur le lit.

Une pleine lune veillait sur nous. En repensant aux événements qui avaient forgé l'histoire que je partageais avec Marylou, j'avais vraiment l'impression de vivre dans une autre dimension.

Je me retournai vers le lit. Qu'attendais-je donc pour y retrouver la femme que j'aimais? Ma sœur était morte, mais Marylou, elle, vivait. Caleb était mort, mais moi, Tristan, j'étais vivant. Et je pris soudain conscience que même si j'étais revenu d'entre les morts, la vie ne m'épargnerait pas. Cette vie imprévisible et impitoyable qui valait pourtant la peine d'être vécue.

Alors je me levai de ma chaise et vins me coller contre le dos de Marylou, imbriquant mes genoux sous les siens.

— Je t'aime, chuchota-t-elle dans un demi-sommeil. Quoi qu'il advienne.

— Loutamé, répondis-je aussitôt, le visage enfoui dans sa chevelure. Oui, quoiqu'il advienne.

Et nous nous endormîmes.

Épilogue

Tristan

En leur proposant cette ballade, ce matin-là, je savais parfaitement ce que je faisais. Le plus difficile avait été de contenir l'incurable curiosité de Joël et Marylou, mais à force de ténacité, j'avais préservé mon secret. Car s'ils avaient su où nous allions, aucun des deux n'aurait accepté de m'accompagner. Pourtant, plus j'approchais du lieu, plus ma nervosité augmentait. Mes mains moites glissaient sur le cuir du volant et mon cœur reprenait les pas d'une danse que je connaissais bien.

J'écoutais discourir mes passagers d'une oreille distraite, concentré sur le moment à venir, répétant encore et encore le discours qui inciterait Marylou à me suivre. Car je ne doutais pas qu'elle ferait demi-tour en découvrant l'endroit où nous allions et la raison pour laquelle nous nous y rendions. Je m'étonnais d'ailleurs qu'elle n'ait pas encore protesté. Ce qui ne tarda pas. Quelques minutes plus tard, portant une soudaine attention à la route qu'empruntait la voiture, elle osa un :

— Tu as l'intention de rendre visite à ta mère?

Sans la regarder, je souris, niant d'un geste de la tête.

— Sois patiente. Nous y sommes presque.

— C'est gentil de m'avoir invité, commenta Joël.

— Ça n'était pas désintéressé, expliquai-je. Ça te concerne aussi.

Conscient que j'étais en train de malmener leur patience, je m'enfermai à nouveau dans mes réflexions.

Notre destination atteinte, j'immobilisais la voiture. Un silence de plomb s'abattit sur chacun de nous. Joël fronça les sourcils en scrutant les pierres tombales qui s'alignaient dans un ordre parfait. Le visage de Marylou s'était fermé.

— À quoi joues-tu? m'interrogea-t-elle sans parvenir à détourner son regard du cimetière.

Mes doigts s'emparèrent de son menton et je voulus tourner son visage vers le mien. Elle résista. Je m'obstinai et elle céda. Ses yeux étaient remplis de larmes.

— Pourquoi fais-tu cela! se lamenta-t-elle, les dents serrées.

— Parce qu'il le faut. J'aimerais que tu m'accompagnes, s'il te plaît.

— Hors de question! cria-t-elle en détournant le visage.

— Lou, je sais que c'est beaucoup te demander et je promets de ne plus jamais rien exiger par la suite.

— Tristan, intervint Joël. Tu peux nous expliquer?

Les mots que j'avais si bien préparés disparurent de mon esprit, trop préoccupé par les pleurs de Marylou.

— Je suis venu ici, aujourd'hui, en votre compagnie pour que nous puissions enterrer définitivement Tristan, finis-je par expliquer.

Mon ton très doux ne suffit pas à amadouer Marylou. Elle tourna vivement la tête vers moi et dans son regard je pus lire la rage qui la submergeait.

— Comment peux-tu me demander cela? Pourquoi le fais-tu? Tu es en manque de sensations fortes?

— Si Barbara avait été vivante, la coupai-je, elle serait ici, dans cette voiture, avec nous. Lou, nous sommes trois à connaître la vérité à mon sujet et à nager en pleine confusion. C'est inacceptable. Du moins pour moi.

Je soupirai, déjà à bout de forces.

— Mon amour, il ne s'écoule pas une journée, sans qu'il ne soit question de l'un ou l'autre des épisodes qui composent notre vie commune. Mais notre passé est trop lourd pour tes épaules et la douleur qu'il te cause trop lourde pour les miennes. Sais-tu à quel point il peut m'être pénible de te voir dans cet état?

— Ma souffrance n'a d'égal que mon amour pour toi, Tristan.

— Je le sais. Et parce que je t'aime tout autant, je tiens à t'épargner. Marylou, nous avons raconté notre histoire à trois personnes. Joël sait tout, comprend tout et accepte tout. Barbara, elle aussi, savait, mais elle est morte. Quant à Laurence, je ne sais pas jusqu'à quel point elle a cru notre récit, mais c'est sans importance, nous ne la reverrons plus. Mais les autres? Un jour, quelqu'un viendra t'interroger sur notre passé, sur la manière dont nous nous sommes rencontrés. Que répondras-tu, alors?

— La vérité, répliqua-t-elle, mordante. Dans une bibliothèque universitaire. Il n'y a rien d'extraordinaire là-dedans.

— Tu as rencontré Tristan dans cette bibliothèque, Marylou. Pas Caleb. Or Tristan est mort et tu sais que les gens sont prompts à faire des rapprochements.

— Que dois-je en conclure?

— Que pour ton bien et le mien, pour nous simplifier l'existence, il est préférable de l'enterrer pour de bon.

De nouveau, elle se détourna de moi.

— Tu n'as pas conscience de ce que tu me demandes.

— Je crois que si. Accepte de me suivre là-bas. Rien ne changera, mon amour. Ce que je suis, celui que tu aimes, je le serai encore, même si je m'appelle Caleb.

— Ce que tu me demandes, Tristan, c'est d'accepter bien davantage qu'un simple changement de nom.

— C'est vrai, oui. Mais c'est pour toi et pour moi. Tu m'as reproché maintes et maintes fois de t'avoir tenue à l'écart lorsque je vivais des moments difficiles. Alors je te le demande, comme tu me l'as fait jurer, aide-moi à réaliser l'étape la plus dure. Viens avec moi. Aide-moi à clore ce chapitre une fois pour toutes.

Sur la banquette arrière, Joël gardait le silence. Il regardait distraitement par la fenêtre, mais ses lèvres pincées laissaient deviner son état d'esprit. Je sortis de la voiture, la contournai et vins ouvrir la portière de Marylou. Je lui tendis une main qu'elle refusa.

— Je t'en prie, ne me force pas à te supplier.

Après une dernière seconde d'hésitation, elle finit par accepter. Mais je vis dans son regard qu'elle m'en voulait. Terriblement. Ça aussi, je l'avais envisagé. Et je ne savais comment le gérer. Joël m'adressa un signe de tête, joignant les mains à son habitude. Nous cheminâmes au travers des pierres tombales jusqu'à trouver celle qui nous intéressait.

Plusieurs fois, elle voulut faire demi-tour, mais je maintins ses doigts fermement enlacés aux miens. Chaque mètre qui nous rapprochait du lieu de ma sépulture fut béni par ses larmes. Elle en versa quelques-unes pour le jour de notre rencontre au milieu des livres poussiéreux de la bibliothèque, et pour chacun de nos moments en tête-à-tête, et encore pour la première fois où nous avions fait l'amour au milieu de la forêt. Pour ma mort, ses larmes ruisselèrent. Elle relata mon retour auprès d'elle, se rappelant à voix haute certaines de nos conversations, puis sanglota fortement lorsque vint le moment où, dans sa chambre d'hôpital, je l'avais quittée de nouveau. Je la pressai contre moi, faisant miens ses chagrins, la moindre de ses douleurs, réalisant pleinement tout ce qu'elle avait souffert et ce qu'elle déposait en terre avec moi.

— Je ne t'ai jamais abandonnée, chuchotai-je lorsqu'elle se fut calmée. Pas une seule fois.

— Oui. Je le sais… Caleb.

Mes lèvres pressées contre sa chevelure sourirent alors que nous nous tenions enlacés, les yeux rivés sur le nom gravé dans la pierre. Nous restâmes ainsi un très long moment, debout, formant une seule ombre. Puis lorsque tout fut dit, lorsque tout fut pensé et que tout fut pleuré, je m'éloignai lentement et l'entraînai avec moi. Cette fois, elle ne résista pas. Nous laissâmes Tristan au fond du cimetière, gardé par nos souvenirs, alors que Marylou et moi marchions ensemble vers ce que nous réservait encore la vie.

À suivre…

Prochain tome...

Égarements

À paraître chez Parfum d'encre
à l'automne 2012

Prologue
« Caleb »

Pour Caleb, le son d'une cloche d'école ou le rire des enfants courant au milieu des pommiers annonçaient l'arrivée de l'automne. Pour moi, les messagères, c'étaient ces oies blanches qui, en volées, partaient, attirées vers des cieux plus cléments. Belles, majestueuses, elles savaient exactement où elles allaient. Moi, je devais rester au milieu des cheminées qui allaient se remettre à fumer et des rues de plus en plus désertes. Quelquefois, je me faisais l'impression d'être l'une d'entre elles. J'aurais tant voulu pouvoir prendre mon envol…

Aujourd'hui, pour la première fois de l'année, je les ai entendues, mes oies. Elles ont cacardé autour de moi, le cou étiré, les ailes déployées. Je croyais qu'elles me faisaient leurs adieux, mais j'ai compris un peu tard qu'elles me délivraient un message. Étaient-elles au courant des plans divins, simplement parce qu'elles frôlaient le ciel ?

Elles m'ont survolée alors que j'étais au cimetière. Dans mon autre vie, avant le suicide de François, avant la mort de Tristan, avant l'assassinat de Barbara, j'évitais ce lieu effrayant. Je craignais d'y rencontrer les ombres noires des mauvaises âmes. La mort était encore une inconnue et malgré mes convictions , j'évitais d'évoquer son nom de crainte qu'elle ne se croie appelée. J'ai compris ensuite ma sottise. Avec les années, j'ai appris à la connaître. J'ai vu son double visage, le maléfique et le magique. Comme je ne savais pas tout d'elle, et même si Tristan l'avait amadouée, même s'il l'avait vaincue, elle m'effrayait encore un peu. Me rendre au cimetière ne soulevait cependant plus en moi la même impression. L'endroit était bien gardé : bon nombre d'anges cheminaient à mes côtés.

Ce jour-là, le temps était lourd et les nuages s'amoncelaient au-dessus de ma tête. Comme à mon habitude, j'avais sillonné les pierres tombales silencieuses et bien alignées. Malgré la promesse d'un orage, les innombrables oies me saluaient, comme elles saluaient les âmes qui devaient, elles aussi, voler autour de moi.

Je m'acharnais à remuer la terre à mains nues pour arracher les mauvaises herbes qui avaient envahi les fleurs plantées au début de l'été sur la jeune sépulture. J'éprouvais une sensation nouvelle, fascinante, que je ne maîtrisais pas encore et dont j'ignorais les prodigieuses capacités. Je ressentais comme un grésillement qui perçait ma peau. Le courant empruntait chacune des terminaisons nerveuses de mes mains. Caleb avait senti à quelques reprises cette électricité particulière. Ma paume plaquée contre la peau de son torse générait le phénomène. Nous ne l'expliquions pas encore, nous apprenions tout juste à ne pas sursauter lorsqu'il survenait.

Le tonnerre se mit à gronder au loin. Les deux mains en pleine terre, je n'y pris pas garde. Je restai immobile un long moment, jusqu'à ce que le courant s'épuise. Je recommençai alors à m'activer, espérant terminer mon désherbage avant que le ciel ne déverse son fiel. Je me redressai, épongeant mon front luisant de sueur. C'est alors que je la vis. Sur la pierre brillante de la stèle de marbre, mi-claire, mi-obscure, la mort me regardait bien en face. Son visage, parfaitement reconnaissable, me dévisageait de manière pénétrante. Je clignai des yeux plusieurs fois, certaine que l'ombre mouvante des nuages qui se reflétait sur la pierre veineuse, causait mon hallucination. Mais j'eus beau insister, le phénomène perdura et gagna même en netteté.

Un long frisson m'agita au moment exact où un coup de tonnerre fulgurant résonnait au-dessus de ma tête. Je sursautai et la frayeur m'arracha à la contemplation du visage. Un éclair qui zébrait le ciel détourna mon attention. La pluie s'abattit presque aussitôt, comblant les sillons que mes mains avaient laissés dans la terre. Un poing pressé sur ma poitrine, là où mon cœur paniquait, je reportai mon regard sur la pierre tombale ruisselante de pluie. Plus le moindre visage, ni ombre, ni mort.

Ébranlée, je me relevai et quittai en courant ce lieu qui venait de me trahir. La plénitude s'était dissipée au même rythme que les rigoles s'étaient emplies. Mes oies avaient disparu, l'automne était revenu. La peur aussi…

DU MÊME AUTEUR
CHEZ LE MÊME ÉDITEUR

ATTRACTION
ISBN : 9782923708386   439 PAGES   PARUTION : AVRIL 2011
J'ai d'abord cette étrange impression que qulqu'un m'attend. Puis, dans la pénombre d'une bibliothque, il y a cette femme, Marylou. Un seul regard échangé et nous voilà irrévocablement liés. Entre nous, tout est foudroyant et, surtout, redoutable. Notre fascination mutuelle n'a d'égal que l'intensité de ces pulsions meurtrières qui me font craindre d'être près d'elle. Et si la maladie dont je souffre n'était pas celle que l'on prétend?

EMPRISE
ISBN : 9782923708294   376 PAGES   PARUTION : MARS 2010
Paris, France. Le jour du vernissage, Nicolas remarque une femme qui lui est inconnue. Elle est complètement absorbée par le seul portrait qu'il ait jamais peint. Quelque chose dans son immobilité le trouble. Il avance vers elle, le choc est brutal et inattendu. Il devine que cette femme, qui le regarde maintenant avec insistance, est celle qui est représentée sur le tableau. Ce tableau qu'il ne se souvient pas avoir peint. Ce tableau qui l'obsède depuis si longtemps. Ce tableau qui renferme tant de mystères.

Commence alors pour Nicolas une quête effrénée, à la recherche de cette période de vie qu'il a oubliée, de cette femme qui ne cesse de le hanter, et des trop nombreux souvenirs dont elle seule possède la clef.